# 1

Caeodd Magi ddrws Bristol House yn glep ar sawdl yr olaf o'r cwsmeriaid.

'Mi fydda rhywun yn meddwl nad oes gan honna gartra i fynd iddo fo,' cwynodd, gan roi plwc sydyn i'r bleind.

Brathodd Grace ei gwefus. Roedd wedi hen sylweddoli na fyddai hi fymryn elwach o geryddu Magi.

'Siawns nad ydan ni'n haeddu panad bellach.'

'Fydda ddim gwell i chi sgubo'r llawr gynta, Magi?'

'Mi wna i hynny ben bora fory.'

'Fydd 'na ddim amsar yn y bora.'

'Os ydach chi'n deud, Grace Ellis.'

Gafaelodd Magi yn y brws llawr a dechrau sgubo'n wyllt, nes bod y llwch yn codi'n gymylau o'i hôl.

'Wn i'm i be 'dan ni'n boddran. Mi fydd 'run fath eto fory.'

Roedd Tada wedi ei rhybuddio mai camgymeriad oedd gadael i Magi fod mor hy arni. Byddai'n ei hatgoffa'n amal o'r Sera honno a fu'n forwyn yno am ddeuddeng mlynedd, un oedd yn gwybod ei lle ac yn parchu'i chyflogwyr. Er iddi geisio egluro i'w thad nad oedd pethau fel yr oedden nhw cyn y rhyfel, a'r byd yn prysur newid, y cyfan ddwedodd o oedd, 'A hynny er gwaeth, mae arna i ofn.'

Tynnodd Magi ei ffedog a'i thaflu ar y cownter. Estynnodd Grace amdani a'i hongian ar y bachyn pwrpasol, ond ni chymerodd Magi arni sylwi.

'Noson seiat heno, Magi. Pam na ddowch chi efo fi?'

'I be, 'lly?'

'Falla y caech chi ryw gysur yno.'

'Mi dw i siort ora fel rydw i. Ac mi fydda'n gneud mwy o les i chitha aros adra a cha'l pum munud bach i chi'ch hun.'

Biti na fyddai hynny'n bosibl, meddyliodd Grace. Ond er na châi hi unrhyw gysur yn y seiat bellach, roedd yn haws plygu i'r drefn na gorfod bod yn atebol i Tada.

Roedd drws y parlwr yn gilagored a gallai ei glywed yn mwmian wrtho'i hun. Ei dro ef oedd cymryd y seiat heno gan fod y gweinidog oddi cartref. Byddai'n dewis ei eiriau yr un mor ofalus ag arfer rhag tarfu ar John Williams. Oedd o ddim yn cael digon weithiau ar geisio cadw'r ddysgl yn wastad? Ond onid dyna oedd hithau wedi'i wneud ar hyd y blynyddoedd, o ran hynny, cyfaddawdu a derbyn? A'i ffieiddio ei hun, ar adegau, am ildio'r gobaith o allu gwireddu'i breuddwydion.

Aeth i ddilyn Magi i'r gegin.

'Mae golwg legach arnoch chi. 'Di blino, ia?'

Ia, wedi blino. Ond nid y blinder a olygai Magi a barodd iddi bwyso yn erbyn y bwrdd a chau ei llygaid.

'Yfwch hwn, cyn boethad ag y medrwch chi. Eli'r galon, fel bydd Mam yn deud.'

6

# Eigra Lewis Roberts

# Carreg wrth Garreg

Gomer

Cyhoeddwyd yn 2007 gan
Wasg Gomer, Llandysul, Ceredigion SA44 4JL

ISBN 978 1 84323 864 5

Dymuna'r cyhoeddwyr gydnabod cymorth
Cyngor Llyfrau Cymru.


Argraffwyd a rhwymwyd yng Nghymru gan
Wasg Gomer, Llandysul, Ceredigion

'Mi fydda'n well i mi fynd â phanad i 'nhad gynta.'

Ni chynigiodd Magi fynd â'r te drwodd. Byddai'n gwneud ati i geisio cadw o ffordd Edward Ellis. Gwnâi iddi deimlo'n fudur, er ei bod yn gofalu 'molchi'i hun fesul darn bob bora. Roedd o wastad yn dweud y drefn wrthi am beidio mynd i'r capal, a hyd yn oed wedi'i galw'n enath ddrwg unwaith. Hi, oedd mor dda ag oedd bosib iddi fod, yn gwneud ei gwaith heb rwgnach a byth yn gadael i hen hogia powld focha efo hi. Ac yn dweud ei phadar cyn mynd i gysgu, er mai yng nghynhesrwydd ei gwely ac nid ar ei phengliniau ar lawr oer y byddai'n gwneud hynny.

'Mi a' i rŵan 'ta . . . os ydi hynny'n iawn.'

O leia roedd ganddi'r gras i ofyn, er ei bod eisoes ar ei thraed ac yn estyn am ei chôt.

'Ydi, ewch chi. A pheidiwch ag anghofio'r parsal.'

'Dim peryg. Mae hwnnw'n ca'l gymint o groeso â fi.'

Aeth Grace â'r baned drwodd i'r parlwr. Ni fyddai'n mentro yno ond pan oedd raid. Roedd y lle'n ei hatgoffa o bethau y gwnaethai ei gorau i'w hanghofio.

Eisteddai ei thad wrth y bwrdd mawr. Cododd ei olygon o'i Feibl a gofyn,

'Wel, gest ti berswâd ar yr hogan o forwyn 'na i ddŵad i'r seiat heno?'

'Naddo. Waeth heb, Tada.'

'Mi ddylat ti gael ei gwarad hi. Mae 'na ddigon o ferchad bach parchus angan gwaith.'

'Falla fod Magi'n ddi-gapal, ond mae'i chalon hi'n y lle iawn.'

'A be am ei henaid hi?'

Mygodd Grace yr awydd i ddweud fod enaid Magi, hefyd, siort ora.

'Mi ro i gynnig arall arni.'

'Ia, gna di hynny.'

Oedodd Grace wrth y drws.

'Be oedd gan Daniel i'w ddeud yn 'i lythyr?' holodd.

'Digon digalon ydi o. Dydi'r Blaenau ddim gwahanol i Bethesda 'ma yn ôl pob golwg. Mwy o feddwi a thorcyfraith nag erioed.'

'A Laura a'r plant? Sut maen nhw?'

'Iawn, hyd y gwn i. Fydda ddim gwell i ti fynd i neud dy hun yn barod?'

Nid oedd Tada wedi cynnig dangos y llythyr iddi. Ta waeth am hynny. Dim ond poendod oedd llythyrau Daniel, yn orlawn o'i ofid ei hun. Gyda lwc, deuai llythyr oddi wrth Laura yn ystod y dyddiau nesaf a châi'r wybodaeth yr oedd hi'n ysu amdano yn hwnnw.

*   *   *

Yr un oedd byrdwn Edward Ellis; anogaeth i lynu wrth yr hen werthoedd ac i drysori trysorau yn y nef, lle nad oedd na gwyfyn na rhwd yn llygru. Ni allai neb amau'i ddiffuantrwydd wrth iddo gloi â'r adnod:

'Na ofelwch gan hynny dros drannoeth; canys

8

trannoeth a ofala am ei bethau ei hun. Digon i'r diwrnod ei ddrwg ei hun.'

Gwasgodd Grace ei dyrnau nes bod yr ewinedd yn brathu i'w chledrau. A be fyddai wedi dod o'r busnes petai hi wedi gadael i yfory ofalu am ei bethau ei hun?

Roedd ei thad wedi tewi ac yn syllu'n bryderus i gyfeiriad John Williams. Eisteddai'r pen-blaenor yn ei gwman a'i law o dan ei ben, fel petai wedi digio wrth bawb.

'Oes gan rywun air o brofiad heno?'

Cododd Jane Lloyd ar ei thraed.

'Mae bod yn fyw yn fawr ryfeddod, ydi wir, bobol bach.'

Ymlaciodd Edward Ellis. Gallai ddibynnu ar Jane Lloyd i gadw'r seiat i fynd am y pum munud nesaf.

Gadawodd Grace i'w meddwl grwydro'n ôl i adeg pan allodd hithau gredu fod i fywyd ei ryfeddodau, a'r rheiny o fewn ei chyrraedd yn ei milltir sgwâr ei hun. Credu hynny, a'i gredu'n angerddol, a barodd iddi wrthod Edgar Owen; mynnu mai yma yr oedd ei dyfodol hi. Be fyddai ei hanes wedi bod petai wedi derbyn? Ni allai fod ddim gwaeth na'r diwn gron hon o fyw, a phob trannoeth yn adleisio'r heddiw.

'Diolch a chanmil diolch i'r Tad am edrych ar ein hola ni. On'd ydan ni'n lwcus ohono Fo, bobol bach.'

Roedd Jane yn tynnu at derfyn ei pherorasiwn a'i llais yn crygu. Pan alwodd yn y siop rai dyddiau ynghynt roedd ei hwyneb wedi'i gleisio, a phrin y gallai agor un llygad. Effaith codwm, meddai hi. Effaith dwrn Dafydd Lloyd, yn ôl Magi.

Diolchodd Edward Ellis iddi am rannu'i phrofiad â hwy, er na welsai yntau fawr i ryfeddu ato ers iddo golli Gwen. Honnai pobol mai amser oedd y ffisig gorau, ond er bod dros chwarter canrif ers hynny roedd ei hiraeth amdani'n gymaint o wewyr ag erioed.

Oedodd Grace y tu allan i'r capel. Gwasgarodd yr aelodau i'r dde a chwith, wedi gwneud eu dyletswydd am wythnos arall ac yn ysu am gysur tŷ a thân. Cerddodd Jane Parry heibio iddi'n fân ac yn fuan gan daflu'r, 'Nos da, 'mach i. Bendith arnoch chi', dros ei hysgwydd.

Ei thad oedd y cyntaf o'r blaenoriaid i adael, a'r rhyddhad yn amlwg ar ei wyneb. Fel yr oedd yn croesi tuag ati, clywodd Grace lais John Williams yn galw arno o'r cyntedd. Aeth ato a gafael yn ei fraich.

'Dowch, Tada. Mae hi'n rhy oer i sefyllian.'

Gadawodd iddi ei arwain i gyfeiriad y giât, ond cyn iddynt ei chyrraedd roedd y pen-blaenor ar eu gwarthaf.

'Chlywsoch chi mohona i'n galw arnoch chi, Edward Ellis?'

'Ar dipyn o frys yr ydan ni, John Williams. Dydi'r tywydd garw 'ma'n dygymod dim â Tada.'

'Chadwa i mohonoch chi eiliad yn hwy nag sydd raid. Fe glywsoch, mae'n siŵr, fod Owen Rees, Braichmelyn, mewn cyflwr truenus? Yr hen ryfal 'na wedi gadael ei ôl arno fo.'

'Mi fedrwn ddiolch fod y brwydro hwnnw drosodd, o leia.'

'Ond mi fydd ei effeithia fo'n para am byth, Edward Ellis. Fel ein brwydr ninna i ennill ein hawlia fel gweithwyr.'

Teimlodd Grace y chwerwder yn codi i'w llwnc ac ni allodd ddal y geiriau'n ôl.

'Roeddach chi'n fwy na pharod i gefnogi'r frwydr honno, John Williams.'

'Un cyfiawn oedd ein rhyfal ni, Grace.'

Bu pwysau llaw ei thad ar ei braich yn ddigon i'w hatal rhag holi sut oedd modd cyfiawnhau unrhyw ryfel.

'Rydw i am alw ym Mraichmelyn ar fy ffordd adra. Ydach chi am ddod efo fi, Edward?'

'Dydw i ddim yn credu fod hynny'n beth doeth, Tada.'

'Falla ddim. Mi a' i draw yn y bora.'

'Ofni yr ydw i y bydd hynny'n rhy hwyr. Ond fel deudoch chi, "digon i'r diwrnod ei ddrwg ei hun", yntê?'

\*   \*   \*

Dringodd Magi allt Pen Bryn a'r gwynt yn chwipio gwrid i'w gruddiau. Pan oedd yn troi i Stryd Ucha, gwelodd Catrin Morris a Jini Maud drws nesa yn wynebu'i gilydd fel dau glagwydd, anghyfartal iawn o ran maint, o boptu'r llwybr. Roedd y ffrae wedi cyrraedd ei hanterth, a'r geiriau olaf a glywodd Magi cyn i Jini Maud ei gwasgu ei hun wysg ei hochr i'r tŷ gan ymladd am ei hanadl oedd, 'byw tali' a 'lojar'.

11

Ymledodd gwên dros wyneb Magi, ond pylodd honno pan drodd Catrin Morris ddau lygad mileinig arni.

'A be sy gen ti i wenu'n 'i gylch?'

'Dim, Catrin Morris.'

'Greda i. Dal i ddawnsio tendans ar y Grace Ellis 'na w't ti, ia?'

'Fedrwn i'm cael gwell mistras.'

'Hy! Hen ferch sur, dyna be ydi hi. 'Di methu ca'l dyn i'w chymyd hi.'

'Falla nad oedd hi isio 'run.'

'Choelia i fawr! On'd oedd hi'n canlyn yn selog efo'r titsiar hwnnw ar un adag? Ond 'i gadal hi ddaru o. Mi fedar ddiolch 'i fod o wedi ca'l 'i arbad.'

'Wn i'm byd am hynny. Sgiwsiwch fi, Catrin Morris, maen nhw'n 'y nisgwyl i adra.'

'Dim ond isio dy bres di maen nhw, 'sti, at fagu'r fflyd plant 'na. Oes ganddyn nhw ddim cwilydd, d'wad . . . cenhedlu fel cwningod?'

Er bod ei mam wedi ei siarsio i beidio gadael i Catrin Morris dynnu arni, ni allodd Magi ffrwyno'r tafod parod.

'Dim ond dau gawsoch chi, 'te?'

'Ac mi oedd hynny'n fwy na digon.'

'Falla ein bod ni'n llond tŷ, ond does 'na'r un ohonon ni wedi gorfod diodda fel gnaethon nhw.'

'Mi gei di dalu am hynna – y sguthan fach!'

Camodd Catrin tuag ati a'i chynddaredd yn ystumio'i hwyneb, ond safodd Magi ei thir.

'Ddylach chi ddim siarad fel'na, a chitha'n fam-yng-nghyfrath i weinidog. A be fydda gan Daniel

Ellis i'w ddeud petai o'n gwbod eich bod chi'n rhannu gwely efo'r lojar?'

Rhoddodd Magi hemiad iddi o'r neilltu ag un penelin nobl a cherdded ymlaen yn hamddenol am ei chartref, lle byddai'r croeso arferol yn ei haros, hyd yn oed petai wedi dod yn waglaw. Efallai ei bod wedi mentro'n rhy bell, ond ni châi neb daflu baw at ei theulu hi, na sarhau Grace Ellis chwaith. A phwy oedd y titsiar 'na ddaru neud tro gwael â hi, tybad? Yr hen sgerbwd iddo fo, pwy bynnag oedd o.

Prin ei bod hi wedi camu i'r tŷ nad oedd y plant yn heidio o'i chwmpas. Lapiodd hithau ei breichiau amdanynt a chusanu'r pennau melyn cyrliog fesul un.

'Lle buost ti mor hir?' holodd ei mam, wrthi'n magu bach y nyth.

'Ca'l ffrae efo Catrin Morris 'nes i.'

'O, Magi!'

'Hidiwch befo hi. Mi dw i yma rŵan.'

Cymerodd y babi'n ei chôl a'i wasgu ati.

'On'd ydi o'n ddigon o ryfeddod,' meddai. 'A chitha i gyd, pob un wan jac ohonoch chi . . . yn werth y byd yn grwn.'

\* \* \*

Gwyddai Ifan na allai fod wedi goddef y clebran di-baid funud yn hwy. Teimlai fel petai ar fygu a rhedai cryndod drwy'i gorff. Ond roedd y trên yn arafu a'r ddwy wraig siaradus yn paratoi i adael. Clywodd un ohonynt yn dweud wrth y llall wrth iddynt gamu i'r platfform,

'On'd oedd y ddau yna'n betha surbwch, d'wad?'

Cofiodd gyngor y meddyg, ac anadlodd yn ddwfn. Ailgychwynnodd y trên ar ei daith am Ddyffryn Lledr a theimlodd yntau'r cryndod yn llacio ryw gymaint.

'Peth braf ydi tawelwch, yntê?'

'Ia . . . braf iawn.'

Dychwelodd ei gyd-deithiwr at y llyfr na allodd ganolbwyntio arno oherwydd y bwrlwm siarad a'i bryder ynghylch y gŵr ifanc. Gallai synhwyro'i ofn, ei arogli a'i flasu; arswyd anifail wedi'i ddal mewn magl. Onid oedd wedi bod yn llygad-dyst o'r ofn hwnnw ganwaith yn ystod y blynyddoedd diwethaf?

Pan arhosodd y trên yng ngorsaf Pont y Pant, rhoddodd ei lyfr o'r neilltu a dechrau rhwbio'r ffenestr yn egnïol.

'Dyma olygfa na fydda i byth yn blino arni,' meddai a'i lais yn llawn cynnwrf.

Teimlodd Ifan y dylai ymateb, petai ond o gwrteisi. Syllodd drwy gil ei lygad ar ei gyd-deithiwr. Roedd rhywbeth yn gyfarwydd yn y talcen uchel a'r wyneb glandeg.

'Un o'r ardal yma ydach chi?'

'Na, ond yma mae 'ngwreiddiau i. Roedd Mam yn ferch i John Jones, un o frodyr Tan y Castell, Dolwyddelan.'

Cododd Ifan ar ei draed a chroesi ato gan estyn ei law.

'Mr Davies, Mr George M. Ll. Davies, ydach chi, yntê?'

Roedd ei ysgydwad llaw yn gynnes a chadarn.

'A chitha?'

'Ifan Evans, o Fethesda'n wreiddiol.'

'Cof plentyn sydd ganddoch chi am dair blynedd y Streic Fawr, mae'n siŵr.'

'A phlentyn parod i farnu, heb allu deall.'

'Dydi'r berthynas rhwng y gweithwyr a'r meistri wedi gwella fawr mewn ugain mlynedd, mae arna i ofn.'

'Ydach chi'n credu fod cymod yn bosibl, Mr Davies?'

'O, ydw, ac yn ei ddeisyfu o'n fwy na dim. Oeddach chi'n gyfarwydd â misolyn *Y Deyrnas*?'

'Mi fu hwnnw'n gysur mawr i mi.'

'Efallai eich bod chi'n cofio cerdd T. E. Nicholas? "Mae'n anodd breuddwydio, a'r ddaear" . . .'

"'Yn cochi gan fywyd fy mrawd".'

'Ia, 'na chi. Ac mae hi *yn* anodd weithia. Ond "daliaf i garu a daliaf i gredu", yntê?'

Roedd y trên yn arafu.

'Mi fydd raid i mi'ch gadael chi, yn anffodus, Mr Evans. Biti garw na fyddai'r ddau surbwch wedi dod i adnabod ei gilydd ynghynt!'

Agorodd Ifan y drws iddo. Safodd yntau ar y platfform am rai eiliadau, yn syllu o'i gwmpas mewn rhyfeddod.

'Mae Dolydd Elen mor hyfryd ag erioed,' galwodd.

Suddodd Ifan yn ôl i'w sedd. Teimlai'n ddig wrtho'i hun. Sut y gallai fod wedi gadael i'r fath gyfle lithro drwy'i fysedd; mynegi ei amheuon yng nghlyw dyn na adawodd i flynyddoedd o garchar dorri'i ysbryd, un oedd wedi cysegru'i fywyd i geisio sicrhau cymod a heddwch. Be oedd Mr Davies yn ei feddwl ohono, tybed? Ond roedd o wedi profi o leia ei fod yn gyfarwydd â'r *Deyrnas* ac â cherdd Niclas y Glais. Sut y gallai ei hanghofio, ac yntau wedi ceisio tynnu cysur ohoni ganwaith yn ystod y nosau hirion, di-gwsg:

Mae'n anodd breuddwydio a'r carchar
Yn gysgod ar obaith a ffawd;
   Ond gwn fod daioni
   I goncro drygioni
A baner cyfiawnder yn chwifio'n y nen;
Fe ddaw fy mreuddwydion rhyw ddiwrnod i ben.

\*   \*   \*

Pan ddychwelodd Magi i Bristol House a gwres ei chartref yn dal i lynu wrthi, roedd y drws cefn yn agored a Grace Ellis yn sefyll fel delw yn yr iard yn syllu i'r awyr.

'Tlws ydi'r sêr, 'te? Mae Mam yn deud ma' pobol wedi marw ydyn nhw, yn wincio i lawr arnon ni.'

Rhoddodd Grace ysgytiad bach.

'Chlywis i mo'noch chi'n cyrradd, Magi. Fy meddwl i 'mhell, mae'n rhaid.'

A lle roedd o'r tro yma, tybad? I ble bydda fo'n crwydro rownd y rîl? Roedd hi yno efo chi un munud, ac wedi'ch gadal chi'r munud nesa. Fel'na roedd pobol glefar fel Grace Ellis, medda Mam, a'i dyletswydd hi oedd dal ei thafod a pheidio ymyrryd. Ond roedd meddwl gormod wedi gyrru sawl un i'r

16

seilam. A doedd rhynnu yn fan'ma yn hel meddylia o ddim lles i neb.

'Gofyn am annwyd ydi peth fel hyn. Mewn â chi, reit handi.'

Aeth Grace ati i lenwi'r tecell, ond cipiodd Magi ef oddi arni.

'Fy lle i ydi gneud hynna. A rhowch y siôl 'ma dros eich sgwydda. Ddylach chi ddim fod wedi mynd allan hebddi.'

Lapiodd Grace y siôl amdani a'i theimlo'i hun yn dechrau magu gwres.

'Cymrwch chitha banad yn gwmpeini i mi, Magi.'

Syllodd Magi'n bryderus i gyfeiriad y drws.

'Well i mi beidio.'

'Mae Tada wedi mynd i'w wely. Doedd 'na fawr o hwyl arno fo.'

'A pwy sydd wedi pechu tro yma? Y dyn 'na sy'n gweld bai ar bawb a phob dim, ia?' Gallodd ddal ei thafod rhag ychwanegu, 'Tebyg at ei debyg'.

'Rŵan Magi, ddylach chi ddim bod mor amharchus.'

'Dydw i'm ond yn deud y gwir. Chawsoch chi fawr o be oeddach chi'n 'i alw fo yn y seiat, 'lly?'

Llwyddodd Grace i osgoi ateb drwy ofyn,

'A sut oedd pawb ym Mhen Bryn?'

'Ar i fyny, ac wrth 'u bodda efo'r parsal bwyd. A ma'r babi bach 'na'r peth dela welsoch chi rioed.'

'Pam na ddowch chi â fo draw yma ryw ddwrnod?'

Goleuodd wyneb Magi.

'Ga' i?'

'Wel, cewch siŵr.'

Synhwyrodd Magi fod meddwl Grace Ellis ar fin

17

dechrau crwydro eto ac meddai, cyn iddo gael cyfle i ddianc,

'Mi ge's i andros o ffrae efo'r Catrin Morris 'na heno.'

'Mi ddylach wybod yn well na thynnu honno'n eich pen.'

'Roedd hi'n gofyn amdani. Deud y dyla fod gen Mam a Nhad gwilydd, yn cenhedlu fel cwningod, a 'ngalw i'n sguthan am i mi ddeud nad oes 'na 'run ohonon ni wedi diodda fel 'i phlant hi. Mi 'ddylias i 'i bod hi'n mynd i mosod arna i, ond does gen i'm tamad o'i hofn hi.'

Yn wahanol i'w merch ei hun, meddyliodd Grace. Y Laura fach ffeind y gwelsai ôl y dwylo'n gleisiau ar ei chorff, ac a orfodwyd i ildio'i henillion prin i'r un dwylo barus.

'Mi ddeudis i na ddyla hi ddim siarad fel'na a hitha'n fam-yng-nghyfrath i weinidog. A gofyn tybad be fydda ganddo fo i'w ddeud petai o'n gwbod 'i bod hi'n rhannu gwely efo'r lojar. Ond ddylwn i ddim fod wedi deud hynny, falla.'

'Na, fe naethoch chi'n iawn.'

Rhythodd Magi'n geg-agored arni.

'Dydach chi ddim yn flin efo fi, 'lly?'

'Nag ydw. Mae'n bryd i Catrin Morris gael peth o flas 'i wermod 'i hun.'

'On'd ydw i 'di bod yn lwcus ca'l dŵad i weithio efo chi? Mi rois i wbod i'r hen jadan 'na na fedra neb gael gwell mistras.'

Llowciodd Magi ei phaned.

'Dew, ma'r te 'ma'n dda, dydi?'

'Eli'r galon 'te, Magi?'

Ac roedd Magi hithau gystal eli bob tamad.

\* \* \*

Roedd y trên wedi cyrraedd pen ei siwrnai. Gadawodd Ifan yr orsaf a cherdded am y stryd fawr. Tyrrai craig anferth uwchben y ffordd. Ymddangosai yn y llwyd olau fel bwystfil rheibus yn barod i'w larpio. Camodd yn ôl, ei galon yn pwyo a'r cryndod yn dechrau cerdded ei gorff unwaith eto.

'Mae'r hen Fwlch y Gwynt 'ma'n dipyn o ryfeddod, dydi?'

Trodd Ifan at y dyn a safai â'i gefn ar bwys wal y dafarn a Wdbein yn hongian o'i wefus.

'Braidd yn fygythiol ydi hi.'

'I rywun diarth fel chi, falla. Un o ble ydach chi, 'lly?'

'Bethesda.'

'Diawch, siawns nad ydach chi 'di hen arfar efo mynyddoedd a chreigia. Dyma'r tro cynta i chi fod yn y Blaena?'

'Ia. Chwilio am le i aros am heno yr ydw i.'

'Mi dach chi 'di taro'n lwcus.'

Cyn i Ifan allu dweud gair ymhellach, roedd wedi ei hysio i mewn i'r dafarn. Oedodd wrth ddrws y bar.

'Llymad bach gynta, ia?'

'Well gen i beidio, diolch.'

'Dyn dŵr ydach chi?'

'Ddim o gwbwl. Braidd yn flinedig ydw i, a deud y gwir.'

19

'Y cae sgwâr amdani 'ta, Mr . . .'

'Evans.'

'Benjamin Owens ydw inna . . . Ben i bawb ond Annie pan fydda i 'di sathru ar 'i chyrn hi. Fydda i fawr o dro.'

Diflannodd drwodd i'r bar gan adael y drws yn gilagored. Pan welodd Ifan glwstwr o wynebau'n syllu'n chwilfrydig arno, ciliodd i'r cysgodion.

'Mr Ifans?'

Roedd Ben yn ei ôl ac yn syllu'n ffwndrus o'i gwmpas.

'Ydi pob dim yn iawn, Mr Owens?'

'Ydyn, tad. Ofn oedd gen i am funud eich bod chi wedi gadal. Dowch â'r bag 'na i mi.'

'Does dim angan.'

'Mi dw i'n ddigon ffit, ar waetha'r hen goes 'ma. Mi fuo ond y dim i'r ddamwain ge's i'n y chwaral fod yn ddigon amdana i, ond mi ddois i drwyddi diolch i Annie.'

Wedi i Ben ei adael efo'i, 'Cysgwch yn dawal, Mr Ifans', eisteddodd Ifan ar erchwyn y gwely yn syllu drwy'r ffenestr fach ar y graig gyferbyn. A dyma'r Blaenau y clywsai gymaint o sôn amdano, cartref y Mr Lewis a ddaethai'n athro i Ysgol Bodfeurig a'i gyflwyno i'r Robinson Crusoe hwnnw a lwyddodd i wneud cymaint o bethau allan o ddim. Gallai glywed ei fam yn dweud, 'Mae pobol Pesda 'ma wedi gorfod gneud hynny am dair blynadd'. Be oedd hi'n ei wneud rŵan tybed, yno ar ei phen ei hun yn rhif 20 Llwybrmain lle bu unwaith bedwar ohonyn nhw'n deulu clòs. Ac yntau yma mewn tref ddieithr am nad oedd ganddo unman arall i fynd na chroeso iddo yn ei gynefin ei hun.

Caeodd ei lygaid, a cheisio dirwyn nerth o'r geiriau a roesai beth cysur iddo unwaith:

> Ond daliaf i garu
> A daliaf i gredu
> Fod gobaith i'r ddaear a Duw yn ei nen;
> Fe ddaw fy mreuddwydion rhyw ddiwrnod i ben.

Ond geiriau ofer oedden nhw bellach i un nad oedd ganddo na ffydd na gobaith na chariad yn weddill.

# 2

Roedd Tom wedi gadael am y chwarel ers awr a rhagor ac Elen Evans wrthi'n sgrwbio bwrdd y gegin pan ddaeth Maud i lawr o'r llofft. Aeth drwodd i'r gegin gefn heb ddweud gair. Clywodd Elen sŵn caead y bin bara'n cael ei godi, a'i ollwng gyda chlec. Dychwelodd Maud a chrystyn yn hongian rhwng ei bys a'i bawd.

'Dyna'r cwbwl sydd 'ma?' holodd yn biwis.

'Doedd 'na prin ddigon i lenwi tun bwyd Tom.'

'Ac ar be ydw i fod i fyw?'

'Eich tro chi oedd gneud y siopa ddoe.'

'Anghofio 'nes i, 'te. Mae'r gora'n gneud hynny weithia.'

A'r gwaetha'n anghofio'n amlach na pheidio, meddyliodd Elen.

'Mi fedra Tom fod wedi mentro gadal un frechdan i mi, yn lle llowcio'r cwbwl.'

'Siawns nad ydi o'n haeddu hynny. Fo ydi'r un sy'n gweithio i'n cynnal ni, Maud.'

'A finna'n dal 'y nwylo . . . dyna ydach chi'n drio'i ddeud, ia? Ond does 'na ddim byd i mi neud yma, yn nag oes?'

'Mi gewch orffan sgrwbio'r bwrdd 'ma os liciwch chi.'

'Ddim diolch. Mi a' i i weld os oes gen honna drws nesa ddarn o dorth i sbario.'

'Mi fydda'n well gen i 'tasa chi'n peidio mynd ar ofyn y cymdogion.'

'Ac edrych arna i'n llwgu, ia?'

Wedi i Maud ei gadael, rhoddodd Elen y gorau i'w gwaith. Ei wneud o ran arferiad yr oedd hi bellach ac ni châi fawr o bleser ynddo. Roedd ceisio atal ei thafod rhag tarfu gormod ar ei merch-yng-nghyfraith yn peri iddi deimlo'n llipa a di-nerth. Er gwaetha'r unigrwydd a deimlodd wedi i Tom briodi Maud a symud i fyw efo'i theulu, a'r hiraeth ysol am Ifan, roedd y cyfnod hwnnw'n nefoedd o'i gymharu â'r ddwy flynedd ddiwethaf. Ac i feddwl ei bod wedi credu Maud pan ddwedodd mai ei dyletswydd hi a Tom oedd bod yma'n gwmni ac yn gefn iddi, ac wedi gwneud popeth a allai i roi croeso iddi. Er na fu i Tom grybwyll hynny, cawsai wybod ar ddamwain fod mam Maud wedi troi'r ddau allan o'i thŷ. Ond ei chartref hi oedd hwn. Roedd wedi llwyddo i ddal ei gafael arno ar hyd y blynyddoedd, drwy ei hymdrech ei hun ac ambell gildwrn gan Tom, ac fe ddaliai i wneud hynny tra bod anadl ynddi.

Roedd hi wedi difaru'i henaid iddi grybwyll fod hwn yn gartra i Ifan hefyd pan drodd Maud arni, ei llygaid babi dol yn dywyll gan dymer, a dweud, 'Mi fydda gen hwnnw ormod o gwilydd dŵad yn ôl yma.'

Er ei bod hi wedi dioddef ei siâr oherwydd safiad Ifan, byddai'n rhoi'r byd am gael ei weld unwaith eto. Ei chyw melyn ola hi, y gallai roi taw arno ag un edrychiad unwaith. Ond ni allodd ei rwystro rhag gadael yr ysgol a mynd i weithio i'r chwaral na rhag poeri dirmyg ar ei frawd pan ddeallodd fod Tom wedi listio o'i ddewis ei hun. Be oedd ei hanas o, rŵan fod yr hen ryfal 'na drosodd, tybad? Sut oedd o wedi gallu dygymod â bod mewn carchar a chael ei gam-drin a'i guro, a'i lwgu falla. Roedd hi'n anodd deall petha. Harri bach Tŷ Pen yn dod adra o ryfal ym mhen draw'r byd, heb wybod dim lle'r oedd o na gallu 'nabod ei fam ei hun. Tom, nad oedd o erioed, mwy na'i dad, wedi codi'i ddwrn at neb – hyd yn oed pan oedd pethau ar eu gwaethaf – yn mynd i ladd o'i wirfodd. Georgie, brawd Maud, a sawl un arall o Douglas Hill a Pesda, yn cael eu chwythu'n ddarnau ar dir estron a'u clodfori am roi eu bywydau dros eu gwlad a'u brenin. Ac Ifan, a achosodd y fath boen iddi pan gafodd ei ddal yn cwffio ar y Sul, yn cael ei gosbi am iddo wrthod mynd i ymladd.

Estynnodd Elen am ei Beibl oddi ar y cwpwrdd a'i agor yn llyfr Eseia. Darllenodd y geiriau'n uchel a chael ynddynt y gobaith yr oedd hi'n ei ddeisyfu:

'Ac efe a farna rhwng y cenhedloedd, ac a gerydda bobloedd lawer: a hwy a gurant eu cleddyfau yn sychau, a'u gwaywffyn yn bladuriau: ni chyfyd cenedl gleddyf yn erbyn cenedl, ac ni ddysgant ryfel mwyach.'

\* \* \*

Fel yr oedd Ifan yn sleifio i lawr y grisiau, agorwyd drws y gegin a chamodd gwraig fach wydn a golwg setlo-pawb arni allan i'r cyntedd.

'A lle'r ydach chi'n cychwyn, Mr Ifans?'

'Mi fedrwn i neud efo chydig o awyr iach.'

'Ar hwnnw 'dach chi 'di bod yn byw, yn ôl eich golwg chi. Dowch drwodd i'r gegin.'

Camodd Ifan heibio iddi fel hogyn bach wedi'i ddal yn gwneud drwg.

'Mae'n dda gen i'ch cyfarfod chi, Mrs Owens.'

'Mrs Pritchard . . . gwaetha'r modd. Steddwch.'

Eisteddodd yntau'n ufudd gan edrych drwy gil ei lygad ar y plataid a osodwyd o'i flaen. Roedd yr arogl saim, yn gymysg ag arogl y cwrw sur oedd fel petai'n treiddio i bob cwr o'r gegin, yn troi ar ei stumog.

'Mae'n ddrwg gen i nad o'n i yno i roi croeso i chi neithiwr, ond fiw i mi droi 'nghefn. Mi fydda'r hen hogia 'na 'di cymyd mantais ar Ben mewn dau funud.'

'Mi fuo'n ffeind iawn wrtha i, chwara teg iddo fo.'

'Rhy ffeind ydi o, 'te. Dowch, bytwch fel 'tasa chi adra.'

'Fedra i ddim, mae arna i ofn.'

'Mae'n bechod gwastraffu bwyd da.'

24

'Mi dala i amdano fo.'

'Y tâl gora fydd i chi 'i fyta fo.'

Sodrodd ei hun ar gadair gyferbyn a'i annog i gymryd ei amser.

'Ydach chi'n nabod rhywun yn y Blaena 'ma?' holodd.

'Dim ond Daniel a Laura Ellis.'

'Y Parchedig Daniel Ellis?'

'Ia. Roedd Daniel a Tom 'y mrawd yn bartneriaid yn y chwarel.'

'Ac mi fuo fo'n gweithio'n y chwaral, do? Pwy fasa'n meddwl.'

Teimlodd Ifan wynt oer yn sgriffio'i war wrth i'r drws cefn gael ei wthio'n agored.

Anadlodd yr awyr iach yn ddiolchgar a chael llond ysgyfaint o fwg yr un pryd.

'Bora da, Mr Ifans. Mae Annie 'ma 'di gneud yn siŵr eich bod chi'n ca'l llond bol o frecwast, 'lly?'

Llygadodd Ben y plataid nad oedd Ifan ond prin wedi ei gyffwrdd.

'Ydi, ond fedra i ddim gneud cyfiawndar â fo, gwaetha'r modd.'

Estynnodd Annie Pritchard am y plât ac meddai'n surbwch,

'Hidiwch befo. A pheidiwch â gadal i ni'ch cadw chi rhag mynd i weld eich ffrind.'

'Pwy ydi hwnnw felly, Mr Ifans?'

'Gweinidog Capal Mawr, Ben.'

'Cydnabod, nid ffrind. Ond roedd o a Tom 'y mrawd a Laura – Mrs Ellis – yn ffrindia pan oeddan nhw'n blant.'

'Dynas glên ydi Mrs Ellis, 'te, Annie?'

'Ia, yr un glenia'n fyw. Oni bai amdani hi . . .'

'Mi ddowch chi o hyd i'r Capal Mawr ar y sgwâr, Mr Ifans. I'r dde a thros y bont rêl.'

'Rydw i'n ddiolchgar iawn i chi'ch dau. Mi'ch gwela i chi nes ymlaen.'

Wrth iddo adael y gegin, clywodd Annie Pritchard yn sibrwd wrth Ben, 'Taswn i'n gwbod 'i fod o'n ffrind i hwnna . . .' ac yntau'n torri ar ei thraws i ddweud, 'Cydnabod ddeudodd o, Annie, nid ffrind.'

\* \* \*

Rhuthrodd Magi i mewn i'r siop fel petai cŵn y fall ar ei sodlau. Sodrodd y fwced ar y llawr nes bod y dŵr yn tasgu ohoni.

'Bobol annwyl, be sy'n bod, Magi?'

'Mae o ar 'i ffordd yma.'

'Pwy, felly?'

'Y dyn gweld bai 'na. Dŵad yma i ddeud y drefn wrtha i am beidio mynd i'r seiat mae o, siŵr i chi . . . bygwth y tân mawr arna i.'

'Falla y bydda'n well i chi fynd i neud chydig o waith yn y gegin.'

'Na, dydi o ddim yn deg i mi ddisgwl i chi atab drosta i, Grace Ellis. Mi fedra i neud hynny fy hun.'

'Byddwch yn ofalus, Magi. Mae gan John Williams feddwl y byd o'i grefydd a'i gapal.'

''Na i ddim ond deud y gwir.'

Cyn i Grace allu ei rhybuddio ymhellach, roedd y pen-blaenor wedi cyrraedd. Ni fu iddo sylwi ar y gwlybaniaeth ar lawr na chlywed Magi'n clecian ei thafod wrth iddi ei wylio'n cerdded drwyddo gan adael stremp o ôl gwadnau ar y llechi.

'A be alla i neud i chi, John Williams?' holodd Grace.

'Am gael gair efo'ch tad yr ydw i.'

Gollyngodd Magi ochenaid fach. Roedd hi wedi cael ei harbed, am y tro o leia. Ond cymylodd ei hwyneb pan ddaeth Edward Ellis drwodd o'r tŷ. Byddai hwnnw'n siŵr o atgoffa John Williams o'i diffygion. Er ei gorchest gynnau, roedd meddwl am wynebu'r ddau ohonyn nhw'n ormod hyd yn oed iddi hi. Ceisiodd ei gwneud ei hun mor fychan ag oedd bosibl y tu ôl i'r cownter, ond roedd hynny'n amhosibl i un oedd yn fol ac yn ben-ôl i gyd.

Ni chymerodd Edward Ellis unrhyw sylw ohoni, fodd bynnag.

'Does gen i ddim amsar i sgwrsio bora 'ma, John Williams. Ar gychwyn i Fraichmelyn yr ydw i.'

'Yn rhy hwyr, mae arna i ofn. Mae Owen Rees wedi'n gadael ni.'

'Pryd digwyddodd hynny?'

'Yn oria mân y bora.'

Oedodd Edward Ellis yn ei unfan, ei ysgwyddau'n crymu a'i wyneb yn ddychryn o welw, ac meddai a chryndod yn ei lais,

'Un o fechgyn gora'r ardal 'ma, a finna heb gael cyfla i ffarwelio â fo.'

'Mi ddeudis i eich bod chi'n holi amdano fo, Edward.'

'Fy nyletswydd i oedd bod yno.'

Teimlodd Grace ias o euogrwydd. Byddai ei thad wedi cael ei arbed rhag ei feio ei hun oni bai am ei hymyrraeth hi.

'Ewch â John Williams i'r parlwr, Tada. Mi ddo i â phanad i chi.'

'Ond mae'n rhaid i mi fynd i gydymdeimlo â'r teulu.'

'Does dim angan i chi fynd rŵan.'

'O, oes.'

Gadawodd y siop heb air ymhellach. Syllodd Grace yn bryderus ar ei ôl.

'Dydi o ddim hannar da, John Williams, nac mewn cyflwr i gerddad cyn bellad.'

'Nag ydi. Mi ddylwn i fod wedi sylweddoli hynny neithiwr. Mae'n ddrwg gen i, Grace.'

Ni allai Grace gredu ei chlustiau. Ni chlywsai John Williams yn syrthio ar ei fai erioed. Syllai Magi'n geg-agored arno. Yn ôl ei mam, un o'r pethau anodda'n y byd oedd deud 'mae'n ddrwg gen i'. Ac eto, roedd y blaenor bach gweld bai ar bawb a phob dim yn ddigon o ddyn i hynny.

'Ydach chi am i mi fynd i neud panad i chi'ch dau, Grace Ellis?' holodd.

'Na, mi a' i, Magi. Edrychwch chi ar ôl y siop.'

'A be am y ffenestri? Dydw i ddim 'di gorffan 'u glanhau nhw.'

'Fe gaiff rheiny aros. Ond os byddwch chi cystal â sychu'r llawr.'

'Mi wna i hynny'r munud 'ma.'

Wrthi'n gwasgu'r cadach yr oedd hi pan glywodd

John Williams yn dweud, wrth i Grace ei arwain am y gegin,

'Mae hi'n enath fach barod iawn, dydi?'

*   *   *

Yn hytrach na throi i'r dde, dilynodd Ifan y stryd fawr gan loetran bob hyn a hyn i syllu i ffenestri'r siopau – y Boot Stores, oedd yn annog cwsmeriaid i brynu 'The Gipsy Queen. The finest shoe in the kingdom', Shop y Gloch, Prop. Capt. Lewis Davies, Printer and Publisher, wedi'i phapuro â phosteri a thocynnau, a'r Greengrocery, oedd yn cynnig 'Afalau, oranges, a'r rhai hynny yn hollol ffresh'. Oedodd beth yn hwy wrth ffenestr 'Cookes, the Up-to-Date Tailors' a'i dewis helaeth o siwtiau am brisiau rhesymol. Cafodd gip arno'i hun yn y gwydr. Roedd ei siwt frethyn, yr unig un a feddai, yn hongian yn llac amdano ac ôl traul arni.

Be oedd ar ei ben yn meddwl y byddai Daniel Ellis yn barod i'w groesawu â brechiau agored? Pan oedd o'n hogyn yn Llwybrmain, byddai'n gas ganddo'i weld yn galw heibio, er na fyddai fiw iddo fod wedi cyfaddef hynny wrth ei fam a hithau'n credu na allai'r un pregethwr wneud dim o'i le. Efallai ei fod wedi cynhesu rywfaint tuag ato pan roddodd fenthyg y pres rhent i Tom, ond ni allodd faddau iddo am fod mor gas a di-ddeall pan fu i hwnnw dorri'r streic. Ond doedd yntau ddim yn deall chwaith, o ran hynny. Iddo fo, roedd ei fradwr o frawd wedi gorfodi ei fam ac yntau i droi eu cefnau

29

ar eu pobol eu hunain. Ni fu i Tom nac yntau grybwyll hynny byth wedyn, ar yr aelwyd nac yn ystod y blynyddoedd o gydgerdded am Fraich y Cafn, ond roedd o yno'n wastad, yn taflu'i gysgod rhyngddynt.

Daeth sŵn canu o'r pellter a chlywodd un o'r gwragedd ifanc oedd newydd adael y siop yn gofyn i'r llall,

'Fuost ti'n gwrando ar y Salfêsh nos Sul? Roeddan nhw'n werth 'u clywad, a'r Barics yn llawn dop.'

'Fydda fiw i mi fynd yno.'

'Dyma dy gyfla di rŵan, 'lly. Yn stesion Diffwys maen nhw.'

Er ei fod yn gwybod yn ei galon mai gadael ar y trên nesaf fyddai'r peth doethaf, ni allodd Ifan osgoi'r demtasiwn o fynd i'w dilyn. Pan ddaeth i olwg y dyrfa, cydiodd yr hen ofn ynddo a bu'n rhaid iddo ymladd am ei anadl. Ond fel y chwyddai'r canu, teimlodd ei hun yn ymlacio'n raddol. Roedd o'n ôl yn ffair Pesda yn gwrando ar y Salfêsh yn bloeddio, 'What a friend we have in Jesus,' ac yn meddwl mor bles fyddai Mam pan roddai'r hances boced a brynodd efo pishyn tair gwyn y plwm pwdin yn bresant iddi. Ac wrth i bawb ymuno'n y canu, clywodd eto'r llais a glywsai sawl nos Sadwrn, yn treiddio drwy'r holl leisiau.

Y munud nesaf roedd o'n gwthio'i ffordd drwy'r dyrfa gan dynnu gwg ambell un.

'Laura.'

Roedd hi wedi ymollwng i'r gân, ei gwallt golau yn dianc yn gudynnau o dan gantel ei het, a'i

30

llygaid ar gau. Arhosodd Ifan yn ddiamynedd nes i'r canu dawelu.

'Laura . . . Laura Penbryn.'

Agorodd ei llygaid yn araf a syllu'n ddryslyd arno.

'Ifan bach Llwybrmain? Chdi w't ti 'te?'

'Ia, fi ydw i.'

\* \* \*

Pan ddychwelodd Grace i'r siop, roedd Jane Lloyd ar ei ffordd allan.

'Cofiwch chi be ddeudis i,' galwodd Magi ar ei hôl.

'A be oedd hynny tybad?' holodd Grace.

''I bod hi'n bryd iddi droi tu min ar yr hen gythral brwnt 'na. Fyddwn i fawr o dro'n 'i setlo fo!'

'Dydi o'n ddim o'n busnas ni, Magi.'

'Ond mi 'dan ni fod i helpu'n gilydd, dydan?'

'Hi ddaru fynnu priodi Dafydd Lloyd, yn groes i ddymuniad y teulu.'

'Dydw i'm am briodi neb, byth.'

'Mae hi braidd yn gynnar i chi benderfynu hynny.'

'Gwrthod y titsiar 'na ddaru chi, ia? Roedd Catrin Morris yn deud . . .'

'Dydw i ddim isio gwybod be ddeudodd hi, Magi. Ac mi fydda'n well i chi fynd ati i orffan glanhau'r ffenestri 'na.'

Gwyddai Magi ei bod wedi mentro'n rhy bell. Beth os oedd Grace Ellis yn difaru'i henaid na fu iddi dderbyn y cynnig? Neu efallai fod Catrin Morris wedi taro ar y gwir am unwaith ac mai'r titsiar 'na oedd wedi gwneud y gwrthod.

31

Aeth â'r fwced drwodd i'r gegin a rhoi'r tecell i ferwi. Eisteddodd wrth y bwrdd a phigo'r briwsion bara brith oddi ar un o'r platiau â'i bys a'i bawd. Efallai y dylai feddwl rhagor am y busnas priodi 'ma. Roedd ei mam a'i thad mor hapus ag oedd bosib iddyn nhw fod. Ac fe fyddai'n braf cael ei babi bach ei hun i'w fwytho. Ond doedd hi ddim yn bwriadu rhoi'r cert o flaen y ceffyl. Modrwy ar ei bys gynta; babi wedyn. Ac fe wnâi'n siŵr ei bod hi'n rhoi ei throed i lawr o'r dechra, a bod pwy bynnag fydda fo yn sylweddoli pa mor lwcus oedd o'i chael hi.

Roedd Grace yn sefyll a'i chefn ati, yn twtio'r silffoedd.

'Grace Ellis?'

'Ia?'

'Dim ond isio deud y bydda Mam o'i cho 'tasa hi'n gwbod 'mod i 'di bod mor bowld efo chi.'

'Soniwn ni ddim rhagor am y peth.'

'Be oedd y dyn bach 'na'n 'i feddwl o 'mara brith i?'

'Roedd o'n canmol yn arw.'

'Oedd o, wir? Dydi o ddim mor ddrwg ag o'n i'n meddwl.'

'Mae John Williams yn ddyn da, Magi, ac yn un i'w barchu.'

'Mi dw inna'n trio bod yn dda hefyd, er nad ydw i'n mynd i'r capal. Glywsoch chi o'n deud 'mod i'n hogan fach barod iawn?'

Gwyliodd Grace yn tynnu cadach dros silff ac yn ailosod y tuniau.

'Nid fel'na maen nhw i fod. Ydach chi am i mi 'u rhoi nhw'n iawn?'

'Nag ydw. Ewch i orffan glanhau'r ffenestri 'na, da chi.'

Roedd hi wedi troi i'w hwynebu a'i llygaid tywyll yn fflachio. Syllodd Magi yn edmygus arni. Roedd Grace Ellis yn dipyn o ddynas, meddyliodd, ac yn haeddu gwell na bod yn gaeth yn y fan yma, ddiwrnod ar ôl diwrnod.

Croesodd lawr y siop yn ara bach rhag colli 'run dafn o'r dŵr a gwneud rhagor o waith iddi ei hun. Rhoddodd y fwced i lawr yn ofalus cyn agor y drws.

'Grace Ellis.'

'Be rŵan?'

''Di bod yn meddwl dw i. Falla do i efo chi i'r seiat 'na ryw noson, i ga'l gweld sut beth ydi o.'

Cyn i Grace allu mynegi'i syndod, roedd Magi ar ei ffordd allan ac yn cyfarch un o'r cwsmeriaid. Clywodd honno'n gofyn,

'Oes gen ti ryw stori i mi heddiw, Magi?'

'Nagoes, dim byd, Kate Huws. Mi dw i'n rhy brysur.'

Funudau'n ddiweddarach, a Grace wedi ei gorfodi i roi clust i un nad oedd byth yn brin o storïau, gwelodd Magi'n gwneud ystumiau arni drwy'r gwydr.

'Deud o'n i 'i fod o'n gwilydd iddyn nhw.'

'Pwy, felly?'

'Y petha ifanc 'na, yn canu ac yn dawnsio yn Neuadd Ogwan tan berfeddion. Mae'r byd 'ma 'di mynd rhwng y cŵn a'r brain.'

Gadawodd Grace iddi barablu ymlaen. Mor falch fyddai Tada o glywed fod yr hogan o forwyn yn bwriadu dod i'r seiat. Lledodd gwên dros ei hwyneb wrth iddi geisio dychmygu ymateb yr aelodau petai galw ar Magi i ddweud gair o brofiad.

Sylwodd Kate Huws ar y wên ac meddai'n bigog, 'Ydi hynny ddim yn boen i chi, Grace Ellis?'

'Ydi, debyg.'

'Mi ddyla fod.'

Byddai wedi rhoi'r byd y munud hwnnw am dafod parod fel un Magi, a chael dweud fel yr oedd hi'n cenfigennu wrth y criw ifanc oedd yn mynnu rhyddid i chwerthin a chanu a dawnsio. Pan oedd hi yr un oed â nhw roedd baich o ofalon ar ei hysgwyddau, a'i breuddwyd o gael bod yn athrawes yn deilchion. Ond llyncu'i geiriau wnaeth hi, fel arfer, a blasu chwerwder y cyfog yn ei llwnc.

Ceisio rheoli hwnnw yr oedd hi pan ddychwelodd Magi.

'Be sy, Grace Ellis?' holodd. 'Y Kate Huws 'na ddaru'ch ypsetio chi, ia?'

'Mi liciwn i 'taswn i'n debycach i chi, Magi, yn ddigon dewr i allu deud yr hyn sy'n fy meddwl i.'

'Rydach chi'n ormod o ledi i hynny, ond diolch i chi am fod mor glên.'

Roedd hwn wedi bod yn ddiwrnod i'w gofio, meddyliodd Magi. Y dyn bach gweld bai 'na yn ei chanmol, a Grace Ellis yn pitïo na fyddai'n debycach iddi.

'Be fydd angan i mi neud yn y seiat 'na, 'lly?' holodd.

'Dim ond ista a gwrando.'

'Am awr gyfa? Heb ga'l deud gair?'

'Ia.'

Ond ni fu hynny, hyd yn oed, yn ddigon i daflu dŵr oer ar y diwrnod i'w gofio.

*　*　*

'Roeddat ti'n bwriadu galw i'n gweld ni?' holodd Laura'n bryderus wrth iddi arwain Ifan drwy blethiad o strydoedd.

'Wrth gwrs 'y mod i. Ca'l fy nenu gan y Salfêsh 'nes i.'

'Falla y bydda'n well i ti beidio sôn lle gwelist ti fi. Dydi Dan yn meddwl fawr ohonyn nhw.'

'Sut mae o?'

'Wedi bod braidd yn isal yn ddiweddar. Ond mi fydd dy weld di'n siŵr o godi'i galon o.'

Doedd hi rioed yn credu hynny? Ond falla ei bod hi, o ran hynny. Laura Penbryn oedd hi, wedi'r cwbwl.

Roedden nhw'n camu o un o'r strydoedd croesion i sgwâr agored wedi'i hemio â thai helaeth, a chapel urddasol, ffroenuchel yr olwg, yn ei lordio hi uwchben y cyfan.

'A hwn ydi'r Capal Mawr, ia? Mae Daniel wedi gwireddu'i freuddwyd, felly.'

'Drwy'i ymdrach 'i hun, Ifan.'

'A dy help ditha.'

'Mi dw i'n gneud be fedra i.'

Roedd i'r tŷ a hawliai ei le wrth ystlys y capel yr un urddas oer. Cododd Laura'r glicied a galw,

'Dan! Chredi di byth pwy sydd 'ma.'

Wrth i'r sŵn traed nesáu, teimlodd Ifan y cryndod yn ei fygwth unwaith eto. Fel pe bai o bellter, clywodd Laura'n dweud, 'Ifan ydi o, Dan', ac yntau'n ateb, yn y llais gwastad hwnnw a gofiai mor dda,

'Mi wn i'n iawn pwy ydi o. A be sydd wedi dod â chi i'r Blaenau, Ifan?'

'Wedi dŵad i'n gweld ni mae o.'

Daeth Ifan o hyd i'w lais.

'Dim ond picio heibio.'

'Diolch i chi am alw. Mae'n rhaid i mi'ch gadael chi, yn anffodus. Newydd gael negas i ddweud fod un o'r aelodau wedi mynd i helynt neithiwr.'

'Pwy rŵan, Dan?'

'Thomas Mary Hughes . . . wedi bod yn ymladd y tu allan i'r Queens.'

'Mary druan.'

'Meddwyn anghyfrifol ydi o, Laura, yn tynnu gwarth ar y capal, ac mae'n bryd iddi sylweddoli hynny.'

'Dim ond aelod arall ydi o i ni, 'te, ond mae o'n fab iddi hi.'

'Fydd o ddim yn aelod lawar rhagor.'

Safodd Ifan yno'n fudan tra oedd Laura yn helpu Daniel i wisgo'i gôt ac yn cau'r botymau fesul un, fel petai'n blentyn. Estynnodd sgarff wlân o un o'r pocedi a gwyrodd yntau er mwyn iddi allu'i chlymu am ei wddw. Er mai dim ond cip a gafodd Ifan ar yr wyneb y bu iddo allu osgoi edrych arno hyd yma, teimlodd y cryndod yn cilio. Dyn i'w bitïo yn hytrach na'i ofni oedd y Daniel Ellis hwn, ei fochau'n bantiog a'r llygaid tywyll fel pe baen nhw wedi suddo i'w ben.

Aeth Laura i'w ddanfon at y drws.

'Paid â loetran gormod, Dan. Mae'r gwynt yn fain heddiw.'

'Ydi o? Da bo'ch chi, Ifan.'

'Da bo'ch chi, Daniel.'

Oedodd Laura yno am rai eiliadau cyn cau'r drws. Trodd at Ifan ac meddai,

'"Cofia mai gwynt yw fy hoedl" . . . dyna oedd testun 'i bregath o'r Sul dwytha.'

'Geiria'r hen gysurwr Job, 'te?'

'Pregath ddigalon iawn oedd hi. Ond mi ddaw eto haul ar fryn, fel bydda Edward Ellis yn arfar 'i ddeud.'

Brathodd Ifan ei dafod rhag gofyn, 'W't ti'n credu hynny?' a gorfodi ateb Laura Penbryn ar Laura Ellis, gwraig gweinidog y Capal Mawr.

*　*　*

Roedd y darn torth wedi diflannu erbyn amser cinio, er na chawsai Elen ond un frechdan ohoni.

'Ydach chi'n mynd i'r pentra pnawn 'ma, Maud?' holodd yn betrus.

'Nag'dw. Newydd fod ddoe dw i, 'te.'

Gwyddai Elen o brofiad bellach na fyddai fiw iddi ei hatgoffa fel y bu iddi ddychwelyd heb ddim yn ei basged ond y pâr esgidiau yr oedd wedi bod â'i llygad arnyn nhw ers rhai wythnosau.

'Mi fydd raid i mi fynd, felly.'

'Falla y bydda'n well i chi gychwyn rŵan fel eich bod chi yma pan ddaw Tom adra.'

'Lle byddwch chi?'

'Mi dw i wedi addo galw i weld Mam. Mae hi'n 'y ngholli i'n arw.'

Mygodd Elen yr awydd i ddweud wrthi fod croeso iddi aros yn nhŷ ei mam, o'i rhan hi. Estynnodd ei phwrs o'r drôr, a'i agor.

'Mi fedrwn i daeru fod gen i ragor o newid mân.'

'Mi gymris i fenthyg ryw chydig ddoe. Doedd gen i'm digon i dalu am y sgidia.'

'A pryd ydach chi'n bwriadu'u rhoi nhw'n ôl?'

'Pan fedra i, 'te.'

'Ond mi dw i 'u hangan nhw heddiw, i brynu negas.'

'Mae Grace Ellis, Bristol House, yn siŵr o adal i chi 'u ca'l nhw ar lab, a Tom a hitha'n arfar bod yn gymint o ffrindia.'

Anwybyddu'r sylw awgrymog a wnaeth Elen.

'Mi a' i 'ta.'

'Ia, 'na chi.'

Safodd Maud yn y ffenestr yn ei gwylio'n mynd yn fân ac yn fuan i lawr Llwybrmain. Roedd hi'n heini iawn o'i hoed, yn rhy heini o beth coblyn. Yn ôl pob golwg, byddai'n rhaid iddi ei diodda am flynyddoedd lawar eto.

Fyddan nhw ddim wedi dod yma o gwbwl oni bai am Tom. Doedd ryfadd fod ei weld yn stelcian o gwmpas y lle fel ci lladd defaid wedi bod yn ormod i'w mam, a hithau'n swp sâl o hiraeth am Georgie bach. Sylweddoli hynny a diolch ei fod o'n fyw, dyna ddyla fo fod wedi'i neud, yn lle troi ar ei mam a gofyn oedd hi'n disgwyl iddo fo ymddiheuro am gael ei arbad. 'Mi elli fentro gneud,' meddai hithau. 'Roedd Georgie'n werth deg ohonat ti.' Dim ond rhythu arnyn nhw wnaeth o a'i geg yn agorad fel petai ar fin dweud rwbath, cyn penderfynu nad oedd beth bynnag oedd o'n werth ei ddweud a mynd drwodd i'r siambar i hel ei dipyn petha at ei gilydd.

'A be dw i fod i neud?' holodd hi.

'Mynd efo dy ŵr, debyg. Fedra i ddim fforddio dy gadw di.'

Ni wyddai Elen Evans ddim am y ffrae, ac roedd hi wedi llyncu'r celwydd mai wedi dod yma i fod yn gwmni iddi yr oedden nhw. Cofiai feddwl un mor glên oedd hi, ac mor hawdd fyddai iddi ei throi o gwmpas ei bys bach. Ond roedd hi mor wydyn â lledar ac yn strytian o gwmpas fel 'tasa hi pia'r lle 'ma. Ond doedd bia hi 'run fodfadd ohono fo. A pha hawl oedd ganddi i ddal ei phen yn uchal, mewn difri? Fe ddylai fod ganddi gwilydd – ei gŵr wedi gneud amdano'i hun a'i mab wedi troi'n llwfrgi ac yn fradwr.

Penderfynodd Maud gael un sbec arall ar yr esgidiau cid newydd cyn gadael. Aeth i'r llofft a'u hestyn o'r bocs. Roedd hi wedi eu dangos i Tom neithiwr, ond prin yr edrychodd o arnyn nhw. Wrth iddi eu mwytho â'i bysedd, meddyliodd peth mor braf fyddai cael rhywun i ddotio atyn nhw efo hi.

Lapiodd y papur sidan amdanynt a'u rhoi'n ôl yn y bocs. Cafodd ei themtio am eiliad i fynd â nhw efo hi i dŷ ei mam, ond ni fyddai gan honno unrhyw ddiddordeb ynddynt, mwy nag ynddi hi.

# 3

Rhoddodd Laura broc i'r tân a pheri i Ifan glosio ato.

'Fyddi di fawr gwell, mae arna i ofn,' meddai. 'Ond fiw i mi roi rhagor o lo arno fo a hwnnw mor brin.'

'Mae petha'n sobor o ddrwg yn y Sowth, dydyn?'

'Ac yn mynd yn waeth bob dydd. Roedd Huw 'y mrawd yn deud yn 'i lythyr dwytha fod 'na ddega o filoedd allan o waith.'

'Yno mae o, felly?'

'Ia. Mi adawodd Pesda pan fuo 'nhad farw. Aiff o byth yn ôl yno, Ifan.'

'Mwy na finna.'

'Biti.'

'Mi w't ti'n gweld bai arna i?'

'Meddwl am dy fam o'n i.'

Gan geisio rheoli'i dymer, meddai Ifan a brath yn ei lais,

'Go brin y bydda hi'n barod i arddel llwfrgi o fab.'

Syllodd Laura arno a'i llygaid ffeind yn llawn tosturi.

'Dw't ti ddim yn llwfrgi, mi wn i hynny gymaint â hynny.'

'Dyna ydw i i'r rhan fwya.'

'Waeth gen i amdanyn nhw. Ti'n cofio fel byddan ni'n arfar cwarfod yn Bristol House bob nos Sadwrn? Roeddat ti o dy go efo fi'r adag honno hefyd, doeddat?'

'Methu dallt sut roeddat ti'n gallu meddwl mor dda o bawb o'n i.'

'Mae'n braf ca'l cofio weithia, dydi? A gallu'i rannu o'n brafiach fyth.'

'Fyddi di a Dan ddim yn gneud hynny?'

'Does 'na ddim diban sôn am betha sydd wedi bod, medda fo.'

'Isio'u anghofio nhw mae ynta?'

'Am heddiw mae'i ofal o, 'te.'

'Ac mae'r gofal hwnnw'n pwyso'n drwm arno fo?'

'Dydi o'n byta fawr, nac yn cysgu nesa peth i ddim. Do'n i ddim yn credu'r hyn ddeudis i gynna am haul ar fryn, 'sti.'

Gwyrodd ymlaen a gafael yn ei law. Gallai deimlo'r chwys oer yn brathu i'w gnawd fel llosg eira.

'Mi fydda'n dda gen i 'tasat ti'n gallu aros am chydig, Ifan.'

'Ddylwn i ddim fod wedi dŵad yma. Does gen i ddim byd i'w roi i neb, Laura.'

'A does gen inna ddim hawl gofyn. Mi dw i ar fai.'

Ond ei fai ef oedd hyn, a neb arall. Gadael i'r unigrwydd ei drechu a pheri iddo hiraethu am gael gweld wynebau cyfarwydd oedd yn perthyn i'r byd y bu yntau'n rhan ohono unwaith; byd yr oedd wedi llwyddo i droi ei gefn arno. Wedi dod yma i gael briwsion cysur yr oedd o, nid i roi. Roedd popeth a feddai wedi eu cymryd oddi arno y diwrnod hwnnw y clywodd ddrws cell y carchar yn clepian ar ei sodlau. Yr unig bethau o unrhyw werth oedd ganddo'n weddill pan gafodd ei ryddid oedd ei enw a'i ddillad. A rŵan roedd hyd yn oed y rhyddid hwnnw mewn perygl. Ond sut y gallai wrthod Laura, nad oedd erioed wedi gofyn yr un dim ganddo?

'Mi arhosa i am heno.'

'Diolch i ti, Ifan. Mi gei di gyfla i weld Anna a Ruth, felly.'

'Rhyw chwech oed oedd Anna pan welis i hi ddwytha. Ro'n i'n digwydd bod yn Bristol House pan alwodd Daniel. Mi dw i'n cofio meddwl 'i bod hi'r un ffunud â chdi.'

'Tebyg i Dan ydi Ruth.'

Mygodd Ifan yr ysfa i ddweud, 'Ond nid o ran natur, gobeithio'.

Rhoddodd Laura glapyn o'r glo prin ar y tân.

'Mi a' i i neud tamad o ginio i ni.'

'Na, gad o am chydig. W't ti'n cofio fel bydda Grace yn deud y drefn wrtha i am dynnu arnat ti? Ro'n i'n rêl pen bach, do'n, yn meddwl 'mod i'n gwbod y cwbwl, heb wbod dim?'

'A finna'n rêl pen swedsan . . . dallt dim. Dau dda efo'i gilydd.'

Ac yno yr arhosodd y ddau – Ifan Evans, di-gyfeiriad, a Laura Ellis, gwraig gweinidog y Capal Mawr – a gwres y tân a'r doe a rannwyd yn lleddfu ofnau'r naill a'r llall, dros dro.

\* \* \*

Ni chawsai Grace fawr o gyfle i sgwrsio efo Elen Evans gan fod yno gymaint o fynd a dod, a hithau ei hun y tu ôl i'r cownter. Gallai fod wedi galw ar Magi i roi help llaw iddi. Ni fyddai honno ond yn rhy barod i roi'r gorau i lanhau'r llofftydd. Ond roedd hi'n falch nad oedd Magi o gwmpas a'i bod wedi

42

llwyddo i gael gwared â'r cwsmeriaid eraill pan ofynnodd Elen a gâi dalu'r wythnos nesaf.

Hyd yn oed pe baen nhw wedi cael hoe i ddal pen rheswm cyn i gwsmer arall gyrraedd, ni allai'r naill na'r llall fod wedi rhoi tafod i'r hyn yr oedden nhw eisiau'i ddweud. Ni chafodd Elen wahoddiad i fynd drwodd i'r gegin na Grace ei chymell i alw yn Llwybrmain ond, i Grace, roedd i'r diolch a'r 'fedrwn i ddim fod wedi gofyn i neb arall' adlais o'r cyfeillgarwch a fu.

Rŵan fod pethau wedi tawelu, efallai y câi roi ei thraed i fyny am sbel. Fe ddylai Magi fod wedi gorffen ei gwaith bellach. Aeth at waelod y grisiau, a chlustfeinio, ond nid oedd smic i'w glywed. Wedi iddo ddychwelyd o Fraichmelyn, aethai ei thad ar ei union i'r parlwr, a chau'r drws arno'i hun. Er iddi alw arno i ddweud fod ei ginio ar y bwrdd, roedd hwnnw'n dal heb ei gyffwrdd.

Canodd cloch y drws, a dychwelodd Grace at ei chownter i wneud yr hyn oedd raid.

Roedd Magi hithau wedi gwneud yr hyn oedd raid, ac yn eistedd ar erchwyn gwely Grace Ellis yn meddwl pa mor lwcus oedd hi o'i gael i gyd iddi'i hun. Doedd yr un adra ddim hannar ei faint, a phedwar ohonyn nhw'n ei rannu. Roedd ganddi ei gwely ei hun bellach i fyny yn yr atig, un cul fel cefn milgi, ond ni allai yn ei byw ddygymod â fo. Roedd hi'n dal i ddeffro'n y bora yn disgwyl gweld dau bâr o lygaid gleision yn serennu arni o droed y gwely.

43

Ond hi oedd yr un lwcus, erbyn meddwl. Ni wyddai Grace Ellis am y teimlad braf o syrthio i gysgu a'i bochau'n wlyb o gusanau. A sut y gallai neb fagu gwres mewn hen hongliad mawr fel hwn? Am be oedd hi'n meddwl, tybad, yma ar ei phen ei hun bach, noson ar ôl noson, heb neb i lapio breichiau amdani a'i gwasgu'n glòs?

O leia, byddai ganddi hi hynny i'w gofio petai'n penderfynu aros yn hen ferch. Wedi methu cael dyn i'w chymryd hi oedd Grace Ellis, yn ôl Catrin Morris. Efallai mai dyna fyddai'n digwydd iddi hithau ac na fyddai ar neb ei heisiau. Bod yn hen ferch o orfod, nid o ddewis, a gorfod diodda gwely oer am byth.

Clywodd Grace Ellis yn galw arni. Cododd yn gyndyn, ac ymlwybro am y drws. Cafodd gip arni ei hun yn nrych y bwrdd gwisgo wrth fynd heibio. 'Mae 'na afa'l da ynat ti, Magi' – dyna ddeudodd y peth gwallt coch 'na ddaru drio dwyn cusan ganddi tu ôl i Neuadd Ogwan un nos Sadwrn. Ond pen-glin rhwng ei goesau gafodd o, nid cusan. Ac fe wnâi hi'n siŵr na châi neb afael arni heb ganiatâd, gwely oer neu beidio.

\* \* \*

Roedd yn brynhawn cynnar ar John Williams yn cyrraedd adref, a Hannah wedi mesur hyd rhes Cae'r-berllan sawl gwaith.

'Lle buoch chi mor hir, John?' holodd.

'Yn cerddad, ac yn myfyrio.'

'Fydda ddim gwell i chi fod wedi gneud hynny wrth y tân yn fan'ma? Mae golwg wedi fferru arnoch chi.'

Gwyddai Hannah y munud y cerddodd i'r tŷ fod rhywbeth wedi ei ddarfu, ond roedd hi'n ei adnabod yn ddigon da i roi iddo'r dewis o ddweud neu beidio.

'Ydach chi'n meddwl 'mod i'n ddyn pengalad, Hannah?'

'Yn gallu bod, weithia . . . am resyma da, mae'n siŵr.'

'Ond ddim mor bengalad â rhai y gwn i amdanyn nhw.'

'Fel pwy, felly?'

'Edward Ellis . . . yn mynnu mynd draw i Fraichmelyn ac ynta ddim hannar da.'

Er ei bod wedi awgrymu'r bore hwnnw mai gadael i Edward Ellis dderbyn y newydd am Owen Rees yn ei amser ei hun oedd y peth doethaf, ni fyddai Hannah wedi mentro'i atgoffa o hynny.

'Falla na ddylwn i ddim fod wedi mynd draw yno, ond dim ond gneud fy nyletswydd yr o'n i. Ac o leia roedd gen i'r gras i syrthio ar fy mai ac ymddiheuro i Grace. Un amharod iawn i neud hynny ydi Edward, mae arna i ofn.'

'Ddaru chi ymddiheuro iddo fo?'

'Che's i ddim cyfla. A wela i ddim pam dylwn i chwaith. 'I ddewis o oedd mynd.'

'Am neud 'i ddyletswydd oedd ynta, debyg.'

'Yn rhy hwyr, fel arfar. Gobeithio na fydd o ddim gwaeth, yntê?'

45

'Ylwch, mae'n rhaid i mi fynd draw i'r pentra pnawn 'ma i neud chydig o siopa. Mi alwa i heibio Bristol House.'

'Does dim rhaid i chi, o'm rhan i.'

Penderfynodd Hannah adael am y pentref gynted ag yr oedden nhw wedi cael tamaid o ginio, er bod yr hen wynegon oedd wedi bod yn ei phoeni drwy'r gaeaf yn gwneud taith a fu unwaith yn bleser yn un araf a llafurus. Gallai'r siopa aros tan fory, ond gwyddai'n dda fod y daith honno'n angenrhaid os oedd ei gŵr i gael munud o dawelwch meddwl.

\* \* \*

'Dyna fi wedi dy ddal di, y lleidar glo cythral!'

Rhewodd Ifan yn ei unfan. Y munud nesaf, cafodd hergwd o'r tu ôl a'i hyrddiodd wysg ei ben i gwt glo tafarn y Commercial. Caeodd y tywyllwch amdano wrth i'r drws gael ei gau a'i folltio. Clywodd eto'r sgrechfeydd erchyll a fyddai'n atsain drwy'r carchar ganol nos, a'r Sam y bu'n rhannu cell â fo am rai misoedd yn gweiddi'n orffwyll am ei fam. Yntau'n dyrnu'r drws nes bod ei figyrnau'n gwaedu, ac yn erfyn ar y gwarchodwr am gyffur i leddfu poen ei ffrind. Ond dim ond chwerthin yn ei wyneb wnaeth hwnnw.

A'r chwerthin maleisus hwnnw'n llenwi'i glustiau, ni chlywodd sŵn y bollt yn cael ei ryddhau a Ben Owens yn dweud,

'Paid â bod yn rhy galad arno fo, Annie.'

Camodd Ben o'r neilltu a gadael i Annie gymryd

46

drosodd. Biti garw na fyddai wedi gadael i'r creadur fynd yn rhydd heb ddim ond siars. Efallai mai gweld ei blant bach yn rhynnu o oerfel oedd wedi'i orfodi i droi'n lleidr. Rhoddodd ei law yn ei boced i estyn ei baced Wdbeins, a'i thynnu'n ôl wedyn. Peth creulon fyddai ychwanegu at ofid un na allai fforddio'r fath gysur.

'Benjamin!'

Roedd Annie'n brasgamu tuag ato a'r Mr Ifans o Fethesda yn ei dilyn o hirbell. O ble roedd hwnnw wedi ymddangos mor sydyn, tybad?

'Mi w't ti 'di gneud llanast o betha eto, yn do?'

'Be felly?'

'Cloi Mr Ifans yn y cwt 'na.'

'Ond ro'n i'n meddwl . . .'

'Thâl meddwl ddim, Benjamin.'

Trodd ei chefn arno a galw ar Ifan,

'Dowch i'r tŷ, Mr Ifans bach. Panad boeth a llwyad o frandi ynddo fo, dyna ydach chi angan rŵan.'

'Mi fedrwn inna neud efo un, Annie.'

'Cadw dy belltar ydi'r peth gora i chdi.'

'Ond mi ddylwn i egluro i Mr Ifans.'

'Mi gei di neud hynny wedi iddo fo ddod ato'i hun.'

Penderfynodd Ben aros lle'r oedd nes y deuai Annie, hithau, ati'i hun. Cododd ei law ar Ifan gan wenu'n lletchwith, ond ni chymerodd hwnnw sylw ohono. Damio unwaith, be oedd o'n ei wneud yn stelcian yn y cefn yn lle defnyddio'r drws ffrynt fel pawb call? Ofn na fyddai croeso iddo gan Annie, falla. Petai hi heb fod mor siort efo'r creadur, ni fydda dim o hyn wedi digwydd. A dyma hi rŵan yn ei ddandwn efo'i 'Mr Ifans bach' a'i the a'i brandi. Estynnodd Ben am un o'i Wdbeins, a'i thanio. Siawns nad oedd yntau'n haeddu rhyw gysur bach.

\* \* \*

Pan glywodd y saethu o Bonc Ffridd, rhuthrodd Tom i swatio yng nghysgod craig a'i ddwylo dros ei glustiau. Yno y daeth Bob, y rhybelwr bach, o hyd iddo ddeng munud yn ddiweddarach.

'Mi fedrwch ddŵad allan rŵan,' gwaeddodd. 'Mae'r cwbwl drosodd.'

Cododd Tom ei ben yn araf a rhythu arno. Bu'r olwg wyllt yn ei lygaid yn ddigon i beri i Bob gamu'n ôl. Arglwydd mawr, meddyliodd, dydy'r Tom Ifans 'ma ddim chwartar call. Tynnu ar ôl ei dad, mae'n siŵr – y cythral gwirion hwnnw ddaru foddi'i hun yn Llyn Allt Rocar.

'Fydd o byth drosodd.'

Roedd o'n dechrau moedro eto. Ond doedd Bob ddim am aros yno i wrando arno a mentro cael tafod am osgoi ei waith, reit siŵr.

Wedi i Bob ei adael, eisteddodd Tom a'i gefn yn erbyn y graig nes dod yn ymwybodol unwaith eto o'r synau cyfarwydd nad oedd dim i'w ofni ynddynt. Gwyddai mai troi am adref fyddai'r peth callaf iddo. Ni fyddai unrhyw drefn ar ei waith heddiw. Ond lle i'w osgoi oedd y cartref hwnnw bellach, ac nid oedd ganddo neb i'w feio am hynny ond ef ei hun. Oni bai am yr un noson honno, pan adawodd i'r eisiau a'r hiraeth ei drechu, ni fyddai wedi cael ei dwyllo i briodi Maud. Ef oedd wedi gorfodi'i fam i rannu'i haelwyd. Nid oedd dim yn aros o'r wenynen fach o wraig y gallai ei chofio'n dweud unwaith, 'Newidiwn i ddim lle efo'r Lord, beth bynnag. Ond siawns nad oes ganddo fo'r hawl ar 'i eiddo'i hun, fel sydd ganddon ninna ar y clwt bach yma.' Yntau'n holi, yn llanc i gyd, 'Pa hawlia?', ac yn haeru mai eiddo'r Lord oedd y tŷ a'r tir, a'u bywydau hwythau hefyd.

Sawl tro yr oedd o wedi llwyddo i'w berswadio ei hun ei fod yn gwneud y peth iawn? Torri'r streic, a dychwelyd yma i Fraich y Cafn am na allai oddef gweld ei fam ac Ifan yn dioddef. Ei atal ei hun rhag cyfaddef y gwir wrth Grace, priodi un na allodd erioed ei charu er mwyn rhoi enw i blentyn nad oedd yn bod, a mynd o'i wirfodd i ymladd ar ran gwlad a brenin nad oedden nhw'n golygu dim iddo. Ond onid er ei fwyn ei hun y gwnaethai'r cyfan, oherwydd ei ofn o fethu dal, o gael ei wrthod, ei bardduo a'i ddilorni?

Dychwelodd Tom am y wal a'r geiriau y bu'n eu canu lawer gwaith rhwng muriau capel Hermon yn ei watwar bob cam o'r ffordd:

> Tyred, Iesu, i'r anialwch,
>   At bechadur gwael ei lun,
> Ganwaith ddrysodd mewn rhyw rwydau –
>   Rhwydau weithiodd ef ei hun.

\* \* \*

Erbyn iddo fagu digon o blwc i fentro i'r gegin, roedd Ben ddwy sigarét yn dlotach a heb gael fawr o gysur ohonynt.

'Wel, w't ti 'di madda i mi, Annie?' holodd gan lygadu'r tebot a cheisio gwrthsefyll y demtasiwn o estyn amdano.

'Mr Ifans sydd i neud y madda, nid y fi.'

'Dydw i ddim dicach, Mr Owens. Dim ond gneud eich gwaith oeddach chi, 'te . . . gwarchod y lle 'ma.'

''Dach chi'n iawn. Chaiff neb gymryd mantais ar Annie tra bydda i o gwmpas. Oes 'na obaith am de?'

'Yn y tebot.'

'A be am rwbath bach yn 'i lygad o, i ddŵad dros y sioc?'

'Achosi'r sioc 'nest ti, Ben.'

O leia roedd o'n Ben unwaith eto meddyliodd, wrth iddo ei helpu'i hun i ddwy lwyaid helaeth o siwgwr. Gwgodd Annie arno a dweud yn frathog,

'Mi fedri ddiolch nad ydi hwnna'n dal ar *ration*.'

Roedd hi'n troi oddi wrtho ac yn gwenu'n glên ar y Mr Ifans oedd wedi achosi hyn i gyd.

'Wedi galw i nôl eich petha yr ydach chi?' holodd.

'Ia. Ro'n i wedi bwriadu gadael, ond mae Mrs Ellis wedi cael perswâd arna i i aros yno.'

'Ydi hi, wir?'

Ac yntau'n credu ei fod wedi'i chythruddo unwaith eto, brysiodd Ifan i ychwanegu,

'Ond ddim ond am heno, Mrs Pritchard.'

'Mi fydd hi'n falch o'ch cwmni chi. A 'tasa chi'n digwydd aros rhagor yn y Blaena, mi fydda'n dda

50

gen i 'tasach chi'n 'y ngalw i'n Annie. Fedra i ddim diodda ca'l fy atgoffa o'r sgerbwd 'na briodis i.'

''Taswn i'm ond wedi ca'l gafal arnat ti gynta 'te, Annie?'

'Mi dw i gen ti rŵan, dydw? A chditha gen inna.'

I Ben, roedd clywed hynny'n ddigon i ddileu effaith y sioc a'r cerydd ac meddai,

'Mi fedrwch anghofio'r Mr Owens hefyd, Ifan, os byddwch chi'n dal yma, a gobeithio y byddwch chi. Dydach chi ddim wedi cwarfod y genod bach eto, debyg? Annie ddaru helpu i ddŵad â'r ddwy i'r byd. On'd ydi'r Blaena 'ma'n heidio o'i phlant hi.'

Cymylodd wyneb Annie ac meddai'n dawel,

'Yn fam i ddega, ac eto'n fam i neb.'

'Hyd yn hyn, yntê, Annie?'

'On'd ydw i'n ddeugian 'leni!'

Rhoddodd Ben winc ar Ifan ac meddai, a'i lygaid yn pefrio o ddireidi,

'Mi fydd raid i ni neud yn fawr o'r amsar sy'n weddill felly, yn bydd?'

Teimlai Ifan beth yn ysgafnach ei galon wrth iddo groesi'r bont rheilffordd i gyfeiriad y Sgwâr. Mor braf fyddai cael cyfle i ddod i adnabod Annie a Ben a threulio amser yn y gegin lle'r oedd wedi teimlo'n gartrefol am y tro cyntaf ers blynyddoedd. Ond er gwaethaf eu croeso ac angen Laura, ni fwriadai aros yn hwy nag oedd raid ar aelwyd Daniel Ellis.

\* \* \*

Ar ei liniau wrth erchwyn ei wely yng Nghae'r-berllan, diolchodd John Williams i'w Dduw am ei ofal ohono, a hynny er ei gwymp oddi wrth ffydd y prynhawn hwnnw. Tra bu Hannah yn y pentref roedd wedi bod ar bigau'r drain, yn ofni'r gwaethaf ac yn methu gobeithio'r gorau. Er na welsai Hannah mo Edward Ellis, cafodd wybod gan Grace nad oedd fawr gwaeth wedi'r siwrnai i Fryn Melyn. Yn y parlwr yr oedd o, mae'n siŵr, wedi cau'r drws ar y byd o'r tu allan a chladdu'i ben yn y tywod fel arfer. A Grace, bendith arni, yn cadw pethau i fynd, heb air o werthfawrogiad.

Teimlodd law gynnes yn cyffwrdd â'i ysgwydd.

'Dowch i'ch gwely, John bach. Mae Duw, hefyd, angan gorffwys weithia.'

'"Ni huna ac ni chwsg ceidwad Israel".'

'Druan ohono fo, yn gorfod gwrando cwynion pawb.'

Wedi iddo adrodd ei bader arferol ar ddiwedd ei weddi a'i chloi â'r 'Amen', dringodd John Williams i'r gwely a swatio yn y nyth clyd yr oedd Hannah wedi'i baratoi iddo.

'Nos da, John.'

'Nos da, Hannah . . . a diolch i chi.'

Yn siambar Llwybrmain, gofynnodd Elen i Dduw a fyddai cystal â chadw llygad ar Ifan, ble bynnag yr oedd o, a gofalu fod Tom yn cael noson o gwsg. Er bod y ddau wedi eu cymryd oddi arni, ei bechgyn hi oedden nhw, a dyna fydden nhw am byth. Dim ond iddi gau ei llygaid yn dynn, gallai eu gweld yn deulu oddeutu'r bwrdd a Robat yn adrodd un o'i straeon chwarel. Honno am Twm bach yn rhegi'r stiward gosod oedd y ffefryn. Ifan a Robat yn dynwared Twm a'r stiward, a'r pedwar ohonyn nhw yn eu dyblau'n chwerthin er eu bod nhw wedi clywed y stori ganwaith. Tan y noson honno pan fynnodd Ifan ei chlywed un waith eto, a Tom yn ei annog, er ei bod hi wedi eu siarsio i beidio sôn gair am y chwarel. Cofiodd fel y bu iddi adael y gegin i sŵn chwerthin y bechgyn a'i meddwl yn nyth cacwn o siom a dicter. Ond roedd hi wedi gobeithio, hyd yn oed bryd hynny, mai dim ond rhywbeth dros dro oedd y streic.

Ceisiodd ddal ei gafael ar y darlun o'r pedwar cytûn, ond roedd hwnnw'n breuo yn y tywyllwch y tu ôl i'w llygaid, a'r gobaith a fu'n ei chynnal yn diffodd wrth iddi glywed Robat yn dweud, 'Allan y byddwn ni, felly'.'

Agorodd Elen ei llygaid. Roedd cymylau wedi boddi'r lleuad, ac nid oedd dim i'w weld drwy'r ffenestr fach ond ehangder o ddüwch.

Nid oedd gan Ifan bellach yr un Duw i ddiolch iddo na gofyn dim ganddo. Yn yr ystafell wely fenthyg yn y Blaenau, ysai am y trannoeth a'r rhyddid i symud ymlaen, heb fod yn atebol i neb. Ni chawsai ond cip ar Daniel pan ddychwelodd yn gynnar fin nos. Aeth ar duth i'w stydi gan ddweud, 'Mi gawn ni air yn y bora, Ifan'. Roedd y ddwy eneth yr un mor dawedog, yn eu plyg uwchben eu tasgau, a Laura'n cerdded o gwmpas ar flaenau'i thraed ac yn siarad mewn sibrydion. A'r tawelwch yn pwyso arno, mentrodd estyn un o'r llyfrau o'i fag. Cododd Ruth, yr ieuengaf, ei phen a syllu ar y clawr.

'William Wordsworth sgwennodd hwnna, yntê?' holodd yn swil. 'Mae Miss Watkins, yr athrawas Saesnag, wedi darllan rhai o'i benillion o i ni.'

Gwelodd Ifan yr hynaf yn estyn cic i'w chwaer o dan y bwrdd. Parodd y wich o boen i Laura syllu'n bryderus i gyfeiriad y stydi cyn taflu golwg rhybuddiol ar y ddwy eneth. Wedi iddynt orffen eu tasgau, aeth Anna â swper drwodd i'w thad gan ddweud – pan haerodd Ruth mai ei thro hi oedd mynd – 'Fi mae o isio, nid chdi.'

Roedd y geiriau rheiny'n dal i'w blagio, ac ynddynt adlais o rywbeth a glywsai flynyddoedd yn ôl. Ond ni allai'n ei fyw gofio beth. A pha ots bellach? Erbyn nos yfory ni fyddai'r cyfan ond atgof.

# 4

Ddeuddydd yn ddiweddarach, eisteddai Ifan yng nghegin y Commercial a'r teimlad braf hwnnw y bu'n ei rannu ers talwm ar aelwyd Llwybrmain yn ei gynhesu drwyddo. Cewciodd Ben arno drwy gwmwl o fwg.

'A mi dach chi 'di penderfynu aros am sbel, 'lly? Ga i fod mor hy â gofyn pam?'

'Dydi hynny'n ddim o'n busnas ni, Ben.'

'Teimlo rydw i falla y galla i fod o rywfaint o help iddyn nhw gan nad ydi Daniel Ellis ddim yn rhy dda.'

Y noson gyntaf honno yn nhŷ'r gweinidog bu'n troi ac yn trosi am oriau cyn syrthio i gwsg anesmwyth. Cawsai ei ddeffro gan sŵn gweiddi a llestri'n torri'n deilchion. Gwisgodd amdano'n wyllt a rhuthro i lawr y grisiau. Pan oedd ar fin cyrraedd y cyntedd, gwelodd Daniel yn diflannu i'r stydi. Roedd llawr y gegin yn un llanastr o ddarnau llestri a gweddillion brecwast a Laura'n eistedd wrth y bwrdd a golwg syfrdan arni.

Roedd Laura wedi ymddiheuro am y llanast ac wedi haeru mai damwain oedd hi. Er ei fod yn gyndyn o gredu hynny, byddai wedi derbyn ei heglurhad oni bai iddo sylwi, wrth glosio ati, fod ei boch yn llidiog. Gwadu mai Daniel oedd yn gyfrifol wnaeth Laura, wrth gwrs, a mynnu mai wedi taro'i boch yn erbyn cornel y cwpwrdd llestri yr oedd hi. Ond bu'n rhaid iddi gyfaddef, pan soniodd ef am y gweiddi a glywsai o'r llofft, fod Dan yn dueddol o golli'i dymer weithiau. Diffyg bwyd a chwsg oedd i gyfri am hynny meddai. Ac fe ddylai hithau fod wedi gwybod yn well nag awgrymu ei fod yn rhoi un cyfle arall i Twm, petai ond er mwyn ei fam. Pa hawl oedd ganddi i ymyrryd yng ngwaith Dan? Ei dyletswydd hi oedd bod yn gefn iddo.

Cawsai Ifan hi'n anodd ffrwyno'i dymer yntau. Ni allai oddef gwrando ar Laura yn ei dibrisio'i hun ac yn amddiffyn un nad oedd yn haeddu hynny. Cofiodd dôn ddirmygus Annie Pritchard wrth iddi gyfeirio at weinidog y Capel Mawr a'r edmygedd yn yr 'oni bai amdani hi'.

'Be sy'n bod arno fo, felly?'

Roedd o'n ôl yng nghegin y Commercial a'r Annie honno yn gorfod ailadrodd y cwestiwn.

'Pwysa gwaith, debyg. Mae o'n un cydwybodol iawn . . . wedi bod erioed.'

'Mae 'na ddigon yn y Capal Mawr fydda'n barod i rannu'r baich 'tasa fo'n cytuno i hynny.'

'Oes, mae'n siŵr. Ond Daniel ydi'r gweinidog, yntê?'

'Dydw i'm yn gweld bai arnoch chi am gadw arno fo, ond waeth i chi ga'l gwbod rŵan ddim na dda gen i mo'r dyn.'

'Mi fuo'n gas iawn efo Annie. 'I thorri hi allan o'r seiat a hitha 'di bod mor ffyddlon i'r capal er pan oedd hi'n ddim o beth.'

'Fi a sawl un arall, 'te, Ben?'

'Ro'n i'n clywad mai Twm bach sydd am ga'l y fwyall tro yma. Os dalith o mlaen fel hyn, fydd 'na ddim ond llond dwrn o aeloda ar ôl. Ydach chi'n ddyn capal, Ifan?'

'Nag ydw, ddim ers rhai blynyddodd bellach.'

'Na finna, drwy drugaradd. Chaiff yr un parchedig y plesar o'n taflu ni'n dau allan.'

'Dydi crefydd ddim yn beth i wamalu'n 'i gylch, Benjamin.'

Sawl tro y clywsai ei fam yn dweud hynny? Teimlodd Ifan ias o'r hen gywilydd pan glywodd Annie'n clecian ei thafod, yn union fel y gwnâi Elen Evans pan fyddai ei dau hogyn anystyriol yn mentro gam yn rhy bell.

'Dydach chi ddim yn ddig wrtha i am ddeud, Ifan?'

'Ddim o gwbwl.'

'Gnewch chi be fedrwch chi i'r Laura fach 'na. Mi fuo hi'n help mawr i ni'n dau, ar adag anodd. A dowch yma aton ni pryd mynnoch chi, os nad oes ots ganddoch chi gymysgu efo rhai sy'n byw mewn pechod, 'te.'

'Os mai dyna ydi o, mae o'n fyw braf iawn.'

Pwysodd Ifan yn ôl yn ei gadair, yn gyndyn o ddychwelyd i dŷ oedd mor brin o'r byw hwnnw; tŷ lle'r oedd dyn – oedd mor barod i roi ei lach ar yr hyn a ystyriai ef yn bechodau – yn rheoli'i aelwyd, fel ei gapel, â dwrn dur.

* * *

Roedd Magi'n anesmwytho ers meitin ac yn gwingo yn ei sêt fel petai wedi eistedd ar nyth morgrug. Sylwodd Grace ei bod wedi tynnu'r esgidiau y rhoesai hi eu benthyg iddi ac yn astudio'r bawd troed oedd wedi gwthio'i ffordd allan drwy'r twll yn ei hosan.

Llwyddodd y gweinidog i lywio'r drafodaeth ar y testun, 'Ar y graig hon yr adeiladaf fy eglwys', yn ei ddull hamddenol ei hun, a phawb yn cytuno ac yn amenio'i gilydd.

Gan fod Harri Lloyd, yn ôl Magi, wedi bygwth cweir i Jane petai'n meiddio rhoi ei throed dros drothwy'r capel eto, gobaith Grace oedd y byddai pethau'n dirwyn i ben yn gynt nag arfer. Fel yr oedden nhw'n gadael y tŷ, roedd ei thad wedi ei galw o'r neilltu a'i rhybuddio i wneud yn siŵr fod yr 'hogan o forwyn 'na' yn ymddwyn yn weddus. Cawsai drafferth i'w berswadio mai peth annoeth fyddai iddo fentro allan. Er na fu iddi gyfaddef hynny wrth Hannah, roedd colli'r cyfle i ffarwelio ag Owen Rees wedi dweud yn arw arno.

Teimlodd ryddhad pan glywodd y gweinidog yn dweud, 'Gyfeillion, gawn ni derfynu'r seiat â gweddi, drwy gyd-adrodd geiriau'r emyn,

> Arglwydd Iesu, arwain f'enaid
> At y graig sydd uwch na mi . . .

Ond cyn i'r aelodau ostwng eu pennau a chau eu llygaid, roedd Magi ar ei thraed.

'Ga i ddeud rwbath?'

'Wrth gwrs, y . . .'

'Margaret Roberts, Mr Jones.'

'Diolch i chi, John Williams. A be sy'n eich poeni chi, Margaret Roberts?'

'Dim byd, am wn i. Ond methu dallt dw i pam dach chi'n canmol y dyn 'na ddeudodd nad oedd o'n nabod Iesu Grist.'

'Pedr.'

'Ia, hwnnw. Rêl hen gachgi oedd o 'te.'

'Cofiwch lle'r ydach chi, Magi,' sibrydodd Grace.

'Sori, Grace Ellis. Ond mi ddyla fod ganddo fo gwilydd, yn gweiddi a rhegi a phalu clwydda.'

'Ac roedd o'n difaru'i enaid am hynny. "A Pedr a aeth allan, ac a wylodd yn chwerw dost".'

'Cau drws y stabal ar ôl i'r ceffyl ddengid ydi peth fel'na. Roedd Iesu Grist yn un o fil yn madda iddo fo.'

'A dydach chi ddim yn credu mewn maddeuant, felly?'

'Ydw, o fewn rheswm. Ond wedi'i yrru o'n ôl i sgota faswn i.'

Arhosodd y gweinidog nes bod Magi wedi setlo'n ei sêt cyn dweud,

'Diolch i'r chwaer ifanc am ddweud ei barn mor onest, yntê. Oes gan rywun sylw pellach i'w wneud?'

Ond roedd aelodau'r seiat wedi eu taro'n fud.

Gan na wyddai Magi eiriau'r emyn, bu'n rhaid iddi hithau aros yn fud nes ymuno yn yr 'Amen' olaf. Roedd hi'n dal i eistedd yno pan ddwedodd Grace,

'Mi gawn ni fynd adra rŵan, Magi.'

Erbyn iddi fustachu i geisio cael yr esgidiau am ei thraed, roedd pawb wedi diflannu. Dychwelodd y ddwy am Bristol House, a Magi'n canolbwyntio ar osgoi'r pyllau a'r baw ceffyl rhag ofn iddi faeddu'r esgidiau benthyg. Yn sydyn, stopiodd yn stond ar ganol y ffordd a gofyn,

'Ddeudis i ormod, Grace Ellis?'

'Fe ddeudoch betha plaen iawn.'

'Fi oedd y chwaer ifanc 'na ddaru'r gweinidog ddiolch iddi, ia?'

'Ia, chi oedd hi, Magi.'

'Un clên ydi o, 'te, yn gadal i mi siarad a finna'n ddiarth yno. Wyddwn i'm mai peth fel'na oedd seiat.'

'Dipyn yn wahanol ydi petha fel arfar, ond roedd heno'n noson i'w chofio.'

'A mi ga i ddŵad yno eto?'

'Mi gewch ddŵad bob wythnos o'm rhan i.'

'Wn i'm be am hynny. Mi fyddan yn 'y nisgwyl i adra. Dydw i'm isio'u siomi nhw.'

'Mi gewch fynd i'w gweld nhw ryw noson arall.'

'Iawn, 'lly. 'Newch chi ddim sôn wrth Edward Ellis 'mod i 'di deud y drefn am y Pedr 'na?'

'Ddeuda i 'run gair, ond fedra i ddim atab dros neb arall.'

''Nes i ddim ond deud y gwir.' Cerddodd Magi yn ei blaen yn ddiofal a chamu'n syth i bwll. 'Daria unwaith,' gwaeddodd. 'Dyna fi wedi gneud stomp o'ch sgidia chi.'

'Fyddan nhw fawr gwaeth. Ac mi gewch 'u cadw nhw os mynnwch chi.'

'Diolch i chi 'run fath, ond mae'n well gen i'n sgidia'n hun.'

Roedd hi eisoes wrth ddrws Bristol House ac yn ei wthio'n agored.

'Cerwch chi i newid, a mi 'na inna banad i ni.'

'Os dach chi'n deud, Magi.'

Ni fu i Margaret Roberts, darpar aelod o seiat Jerusalem, sylwi ar y tinc o chwerthin yn llais Grace na'r wên ar ei hwyneb. Aeth ar ei hunion i'r gegin a chicio'r esgidiau oddi ar ei thraed. Clywodd Grace eu sŵn yn taro'r llawr llechi, yn cael ei ddilyn gan ochenaid o ryddhad. Dringodd y grisiau i'w llofft. Magi fyddai Magi am byth, meddyliodd, pa esgidiau bynnag a wisgai.

\* \* \*

I Elen Evans, munudau i'w trysori oedd y rhai a rannai Tom a hithau wrth y bwrdd brecwast. Ar adegau, gallai anghofio am y gwcw yn y nyth a'i pherswadio ei hun fod ei byd bach yn ddiogel wedi'r cyfan. Ond nid oedd anghofio i fod y bore Gwener hwnnw.

Er ei bod yn gyfarwydd erbyn hyn â'r udo a'r sgrechian berfedd nos, roedd yn gymaint o arswyd iddi ag erioed. Ond gwaeth na hynny oedd y gwewyr o fod yn ddiymadferth. Onid oedd Maud wedi ei rhybuddio, o'r dechrau, i gadw'i phellter gan ddweud, 'Mi edrycha i ar ôl Tom, Elen Evans.'

Mynnai Maud nad oedd o'n cofio dim am yr hunllef drannoeth, ond gwyddai Elen yn amgenach. On'd oedd o wedi byw drwy'r hunllef hwnnw yn ffosydd Ffrainc, ac yn ei ail-fyw dro ar ôl tro? Ni fu iddo ef erioed grybwyll y cyfnod hwnnw, ond clywsai Elen eraill yn sôn am ffrindiau a gafodd eu chwythu'n gyrbibion o flaen eu llygaid, am y mwd oedd yn gymaint o fygythiad â'r bwledi, y llygod mawr rheibus, a'r nwy gwenwynig oedd yn boddi'r ysgyfaint.

Oherwydd y straen o orfod mesur ei geiriau a cheisio cymryd arni nad oedd hwn ond fel pob bore arall, roedd Elen yn falch o weld Tom yn paratoi i gychwyn. Wrth iddi ei wylio'n gwyro i wisgo'i esgidiau hoelion, ysai am gael rhoi ei breichiau amdano a'i wasgu ati fel y gwnâi pan oedd o'n hogyn bach, ac wedi cael dolur. Nid oedd y rhyfel wedi gadael dim o'i ôl ar y corff cadarn. Gwaedu o'r tu mewn yr oedd Tom, ac ni allai hi wneud dim i wella'r doluriau rheiny.

'Mi w't ti'n mynd yn debycach i Robat bob dydd,'
meddai.

'Mi liciwn i 'taswn i'n ddigon dewr i ddilyn 'i
siampl o.'

Gyrrodd y geiriau ias oer drwyddi. Sylwodd Tom
fod ei dwylo'n crynu wrth iddi estyn y tun bwyd
iddo, ac meddai,

'Does dim rhaid i chi boeni, Mam. Dydw i ddim, a
fydda i byth.'

Ceisio magu gwres a nerth yr oedd hi pan ddaeth
Maud i lawr y grisiau a'i sodro'i hun rhyngddi a'r tân.

'Che's i fawr o gwsg neithiwr,' cwynodd gan
ddylyfu gên. 'Glywsoch chi'r sgrechian?'

'Do, mi glywis.'

'A phawb arall yn Llwybrmain, debyg. Pawb ond
Tom. Dydi o'n cofio dim.'

'Tybad?'

'Os na fuoch chi'n ddigon gwirion i ddeud wrtho
fo.'

'Mi wn i pryd i ddal fy nhafod, Maud.'

'Roedd o'n ddigon i ddychryn Mam allan o'i
chroen, a hitha mewn gwendid ar ôl colli Georgie
bach. Wn i'm sut medrodd hi ddal mor hir.'

'Dyna pam ddaru hi'ch troi chi allan, felly?'

Ond roedd Maud yn ddigon effro'i meddwl.

''Nâi hi byth mo hynny. Meddwl amdanoch chi
roedd Tom a finna. Ond gobeithio na fydd raid i ni
ddiodda hyn yn hir eto, 'te?'

'Tom sy'n diodda fwya.'

'Mi dw i'n gneud bob dim fedra i iddo fo. 'Taswn i
rywfaint elwach.'

Neithiwr, pan geisiodd hi gynnig cysur iddo, roedd o wedi rhoi hergwd iddi o'r neilltu. A'r bore 'ma roedd hi wedi deffro heb gerpyn drosti a Tom wedi'i lapio'i hun yn y dillad gwely ac yn chwyrnu'n braf.

Be oedd hi'n ei wneud yma, mewn difri, efo dau nad oedden nhw mo'i heisiau hi? Petai'n hel ei phac ac yn gadael, ni fyddai'r naill na'r llall yn gweld ei cholli. Ond doedd ar neb arall ei heisiau chwaith. Roedd ei mam wedi gosod y llofft i ryw ddyn diarth o'r Sowth ac yn rhy brysur yn tendio ar hwnnw i gymryd sylw ohoni. Efallai y gallai gael lle fel morwyn, yn ddigon pell o Lwybrmain; cogio bod yn wraig weddw a'i gŵr wedi'i ladd yn y rhyfel. A dyna oedd hi, i bob pwrpas. Fe âi ar sgawt i Fangor a chael golwg o gwmpas. Byddai'n gyfle iddi wisgo'r esgidiau newydd a'r siôl sidan nad oedd wedi gweld golau dydd ers ei phriodas.

Closiodd at y tân a chodi ymylon ei sgert.

'Llosg eira gewch chi, Maud.'

'Dydi o'm ots gen i.'

'Mi fydd ots ganddoch chi. Mae o'n beth poenus iawn, meddan nhw.'

Ond ei hanwybyddu wnaeth Maud, a symud ei chadair yn nes fyth at y fflamau.

\*　　\*　　\*

Erbyn iddo gyrraedd y pentref, roedd John Williams wedi penderfynu gwneud heb ei faco Amlwch am unwaith. Cawsai ar ddeall gan Grace fod Edward

Ellis yn dechrau dod ato'i hun ac y byddai'n ôl yn y seiat yr wythnos nesaf. Er ei fod yn falch fod ei gyd-flaenor ar wella, byddai iddo alw yn Bristol House heddiw yn debygol o beri i Edward Ellis dybio mai euogrwydd oedd wrth wraidd hynny. Llwyddodd i'w berswadio'i hun mai mynd o'r tu arall heibio, fel y Pharisead hwnnw ar y ffordd i Jericho, oedd y peth doethaf dan yr amgylchiadau. Ond, ac yntau'n credu ei fod wedi dianc a'i groen yn iach, gwelodd Grace yn cerdded i'w gyfarfod.

'Gawsoch chi sgwrs efo Tada?' holodd yn bryderus.

'Naddo.'

'Ro'n i wedi siarsio Magi i ddeud 'i fod o am eich gweld chi.'

Eglurodd yntau nad oedd wedi galw heibio heddiw. Ond cyn iddo gael cyfle i'w esgusodi'i hun, roedd Grace yn croesi am y siop ac nid oedd ganddo yntau ddewis ond mynd i'w dilyn. Syrthiodd gwep Magi pan welodd y pen-blaenor. Cawsai gip arno'n mynd heibio gynnau, ac roedd hi wedi gobeithio y byddai ar ei ffordd adref erbyn hyn.

'Yn y parlwr mae Tada. Ewch drwodd.'

Ia, lle arall ond ei siambar sori, meddyliodd John Williams. A pwy oedd wedi sathru ar ei gyrn tendar o y tro yma, tybed? Roedd y drws yn gilagored a chlywodd Edward Ellis yn galw,

'Dowch i mewn, John Williams. Rydach chi'n hwyr iawn heddiw.'

'Pobol i'w gweld a phetha i'w gwneud, Edward. A sut ydach chi erbyn hyn?'

'Yn well o ran fy iechyd, ond yn boenus iawn fy meddwl.'

'Tewch â deud. Ynglŷn â be, felly?'

'Rydw i'n deall fod yr enath 'ma y cytunais i i'w chyflogi, a hynny'n groes i f'ewyllys, wedi gwneud sôn mawr amdani'i hun.'

'Cyfeirio at y seiat yr ydach chi?'

'Ia, wrth gwrs. A 'taswn i yno, mi fyddwn wedi rhoi taw arni. Genath anwybodus ydi hi, heb owns o grefydd yn perthyn iddi. Pa hawl oedd ganddi hi i bardduo cymeriad un o ddisgyblion Crist a'i alw fo yn . . . yn . . .'

'Cachgi, Edward.'

'Ond cabledd ydi peth fel'na! Rydw i am ichi wybod y bydda i'n gofyn i'r gweinidog ei ddisgyblu hi.'

'A mi dw inna am gynnig yn y cyfarfod blaenoriaid nos Sul ein bod ni'n derbyn Margaret Roberts yn aelod cyflawn o'r seiat.'

Rhythodd Edward Ellis arno.

'Ydach, mae'n siŵr. Fe fyddach chi'n barod i daeru fod du yn wyn er mwyn mynd yn groes i mi.'

' "Rhydd i bawb ei farn ac i bob barn ei llafar", Edward. A rŵan ein bod ni wedi cytuno i anghytuno, yn ôl yr arfar, rydw i'n credu 'i bod hi'n bryd i mi gychwyn am adra.'

Roedd Edward Ellis wedi troi ei gefn arno ac yn sefyll wrth y ffenestr. Nid oedd modd gweld i mewn nac allan drwy'r cyrten les trwchus.

'Os byddwch chi cystal â chau'r drws ar eich ôl,' galwodd.

Nid oedd ond Grace yn y siop. Estynnodd ei faco iddo ac meddai,

'Magi sydd wedi pechu, ia?'

'Dydw i ddim yn credu ei bod hi'n gwybod ystyr y gair, Grace. Bendith arni, yntê?'

Dychwelodd John Williams am Gae'r-berllan, yn ffyddiog y câi Margaret Roberts ei chroesawu i'r seiat ar waethaf gwrthwynebiad ambell un cibddall, ac ar dân am gael dweud wrth Hannah nad oedd gwendid corff wedi lleddfu dim ar ystyfnigrwydd Edward Ellis.

\* \* \*

Pan gyrhaeddodd Ifan y festri, roedd y cyfarfod plant ar fin dechrau. Gwelodd Laura'n amneidio arno i ymuno â hi. Ysgydwodd ei ben, ac anelu am un o'r meinciau cefn. Roedd y ffaith ei fod wedi cytuno i ddod yma'n ddigon. Ni fyddai wedi mentro'n agos i'r lle oni bai iddo glywed Anna'n sibrwd, 'Dangos dy hun eto', pan ofynnodd Ruth, 'Ydach chi am ddŵad i wrando arna i'n adrodd heno?' Gwyddai y byddai iddo wrthod cais Ruth yn fêl ar fysedd ei chwaer.

Nid oedd trefn pethau wedi newid fawr mewn ugain mlynedd. Wedi gweddi faith yn llawn ystrydebau aeth Daniel Ellis ati i holi'r plant, a hynny fel petai mewn llys barn. Er na allai weld eu hwynebau, gwyddai Ifan oddi wrth dôn eu lleisiau eu bod yn arswydo rhag rhoi'r ateb anghywir. Pan glywodd Daniel yn gofyn, 'Beth yw Duw?', ac un eneth fach yn ateb yn grynedig, 'Cariad yw Duw', teimlai'r dicter yn berwi o'i fewn wrth feddwl am y llanastr ar lawr y gegin a boch lidiog Laura.

Roedd aelodau'r gynulleidfa fel pe baen nhw'n rhannu'i ryddhad pan ildiodd y gweinidog ei le i un o'r blaenoriaid. Galwodd yntau'r plant ymlaen. Sylwodd Ifan ei fod wedi eu gosod i sefyll a'u cefnau at y gweinidog. Braidd yn betrus oedden nhw ar y dechrau, ond nid oedd arlliw o'r ofn yn eu lleisiau wrth iddynt floeddio canu'r ail bennill:

> Os gofynnwch pam 'r wy'n hapus –
>   Iesu sy'n ein caru ni,
> Ac yn galw'n dirion arnom,
>   'Dowch blant bychain ataf Fi'.

Clywodd Ifan lais o'r gorffennol yn atsain yn ei gof, yn ei siarsio i beidio gweiddi cymaint wrth ganu. Ac yntau'n honni, yn orchest i gyd, 'Teimlo'n hapus ydw i o gael deud 'mod i'n un o blant bach Iesu Grist, Isaac Parry.' Hwnnw oedd y diwrnod y byddai wedi darn-ladd Joni Mos oni bai am hen glochydd St Ann. Be oedd hanes Joni bellach, tybed? Dal i ymlafnio ym Mraich y Cafn yr oedd o, mae'n siŵr, a'r llwch wedi caledu rhwng ei glustiau.

Roedd y canu wedi hen ddistewi, a mwy nag un o'r plant wedi cymryd rhan pan ddychwelodd Ifan o'r gorffennol i weld Ruth yn camu i'r llwyfan. Safodd yno tra oedd y blaenor yn cyhoeddi ei bod am adrodd penillion a gyhoeddwyd yn *Y Gloch* yn ddiweddar – 'Does gennyf 'run fam'.

Ailadroddodd Ruth y teitl a'r tosturi yn ei llais yn ddigon i yrru ias drwy'r gynulleidfa:

> Cardotes fach ydwyf
>  Estronol a thlawd,
> Heb dad ar y ddaear,
>  Heb chwaer ac heb frawd.
> 'R wy'n wylo mewn eisiau,
>  A dyma paham –
> Mae bedd yn y fynwent –
>  Yn hwnnw mae Mam – mae Mam.

Gwelodd Ifan rai o'r merched yn estyn am eu hancesi poced. Nid oedd y gerdd na gwell na gwaeth na degau o rai tebyg a gâi eu cyhoeddi'n gyson mewn papurau a chylchgronau. Yr un geiriau gordeimladwy, wedi'u bwriadu i dynnu dagrau. Ond roedd Ruth yn dod â'r geiriau'n fyw, ac yn eu gorfodi hwythau i rannu ing y gardotes fach. Teimlodd Ifan ei lwnc yn cau, ac ni allai oddef aros yno eiliad yn hwy. Fel yr oedd y plant yn paratoi i ganu, manteisiodd ar y cyfle i sleifio allan.

Bu'n crwydro o gwmpas y dref am sbel. Safai tyrrau o ddynion yma ac acw, heb ddim i'w wneud ond cicio'u sodlau. Wedi dychwelyd adref o'r De dros amser yr anghydfod yr oedd amryw ohonyn nhw, gan roi baich ychwanegol ar y Swyddfa Lafur leol.

Ugain mlynedd yn ôl, pan oedd pethau'n ddrwg yn y chwarel, gwelsai hogiau Pesda'r man gwyn fan draw yn nüwch y cymoedd glo. Roedd y diwrnod hwnnw yr aeth i'r stesion efo Joni i ffarwelio â'r rhai oedd yn cychwyn am y Sowth yn fyw yn ei gof. Robat Jôs Gwich yn eu dwrdio am droi eu cefnau ar y Lord, ac yntau'n methu deall sut y gallen nhw forio canu 'O fryniau Caersalem' a hwythau'n cefnu ar eu cartrefi a'u cynefin.

Pan ddychwelodd i dŷ'r gweinidog, nid oedd ond Laura ac Anna yn y gegin.

'A lle mae'r gardotes fach?' holodd.

Anna atebodd, a hynny a gwên ar ei hwyneb.

'Wedi ca'l 'i gyrru i'w gwely. Roedd Dad o'i go efo hi.'

'Arna i roedd y bai, Ifan. Ddylwn i ddim fod wedi gadal iddi adrodd y penillion 'na.'

'Pam, mewn difri?'

Gosododd Laura swper Daniel ar hambwrdd, y brechdanau wedi'u tafellu'n denau a'r cig wedi'i dorri'n fân. Estynnodd yr hambwrdd i Anna gan ddweud,

'Tria ga'l dy dad i fyta ryw gymaint.'

'Mae o'n siŵr o neud i 'mhlesio i.'

Arhosodd Ifan nes bod Anna wedi gadael cyn gofyn,

'Wel, w't ti am ddeud wrtha i?'

'Does 'na ddim byd i'w ddeud.'

'Ond canmol Ruth am neud gwaith mor dda ddyla fo, nid 'i chosbi hi. Mae'r peth yn gwbwl afresymol.'

'Gobeithio y medar Anna gael perswâd ar Dan, yntê?'

Ar y funud, ni fyddai ots gan Ifan petai Daniel

Ellis yn ei lwgu ei hun i farwolaeth. Roedd yn amlwg fod Laura'n celu rhywbeth, ond gwyddai na fyddai ronyn elwach o holi rhagor. Nid oedd ganddo ddewis, felly, ond mentro wynebu Daniel a chael y gwir o lygad y ffynnon.

# 5

Wrth iddo oedi y tu allan i stydi Daniel fore trannoeth, teimlai Ifan mor nerfus â phlentyn ysgol. Bu ond y dim iddo â throi ar ei sawdl, ond gwyddai na allai fyw yn ei groen heb rhyw fath o eglurhad. Curodd yn betrus ar y drws, a daeth Daniel i'w agor.

'O, chi sydd 'na, Ifan. Dowch i mewn.'

'Mae'n ddrwg gen i darfu arnoch chi.'

'Fi ddyla ymddiheuro am fod mor ddigroeso. Pwysau gwaith sydd i gyfri am hynny. "Bagad gofalon bugail", fel dwedodd Goronwy Owen.'

Roedd y ddesg a safai ar ganol y llawr dan ei sang o lyfrau, esboniadau gan mwyaf, ac ôl traul arnynt.

'Wrthi'n paratoi pregeth at Sul y Pasg yr ydw i, Ifan – "Am hynny, cadwn ŵyl, nid â hen lefain, nac â lefain malais a drygioni; ond â bara croyw purdeb a gwirionedd". Biti na fyddai rhagor yn barod i lynu wrth ddysgeidiaeth yr Apostol Paul, yntê? Ei eiria fo oedd testun fy mhregeth gynta i, wyddoch chi: "Ffydd, gobaith, cariad".'

'A'r mwyaf o'r rhai hyn yw cariad.'

'Yn hollol. Roedd yn dda gen i'ch gweld chi'n y cyfarfod neithiwr.'

'Fe wnaeth Ruth waith ardderchog.'

'Do, fel bob amsar.'

'Ond ro'n i'n deall eich bod chi'n ddig efo hi.'

'Anghytuno â'r dewis yr o'n i, dyna'r cwbwl.'

'Roedd hi wedi cymryd ati'n arw.'

'Oedd hi? Mi fydd yn gwybod yn well y tro nesa.'

'Ac rydach chi wedi egluro iddi pam fod y penillion yn anaddas, yn eich barn chi?'

'Does dim angan hynny. Dyletswydd plentyn ydi derbyn ac ufuddhau.'

A phob gair a ddeuai o enau Daniel yn mynd dan ei groen, fe'i câi Ifan hi'n anodd ffrwyno'i dymer. Byddai ei fam yn gwaredu pe gwyddai ei fod mor haerllug â barnu un o weision yr Arglwydd ac yntau'n ddim ond ymwelydd ar ei aelwyd. 'I bawb ei fyw ei hun', dyna oedd ei chredo hi. Ond ac yntau wedi mentro cyn belled, nid oedd ganddo ddim i'w golli. Clywsai Ruth yn sobian crio wrth iddo fynd heibio i ystafell wely'r merched neithiwr. Nid oedd dim y gallai ef ei wneud i'w chysuro hi a Laura, ond petai Daniel yn dewis ei droi allan nid oedd am adael heb gael rhoi tafod i'r hyn a fu'n ei blagio yn ystod y tridiau diwethaf. A'r cwrteisi cynhenid a blannodd Elen Evans ynddo pan oedd o'n ddim o beth yn peri iddo ddewis ei eiriau'n ofalus, meddai,

'Mi wn i nad oes a wnelo hyn ddim â fi, Daniel, ond fedra i ddim peidio sylwi . . .'

'Ar be, felly?'

'Eich bod chi'n dueddol o ffafrio Anna.'

Daliodd ei anadl. Roedd o wedi'i gwneud hi rŵan.

Ond ni wnaeth Daniel ond nodio a dweud, yn yr un llais gwastad,

'Mae'n debyg fy mod i. Mae hynny'n ddigon naturiol, gan fod Anna a finna o'r un natur. Ond does dim disgwyl i chi, nad oes ganddoch chi brofiad o fagu plant, allu deall hynny.'

Roedd y sylw hwnnw fel clo ar ddrws. Gwastraff amser fu'r cyfan, meddyliodd Ifan. Nid oedd ganddo unrhyw obaith o gyrraedd llygad y ffynnon hon. Prin y gallai gredu ei glustiau pan glywodd Daniel yn dweud,

'Rydw i'n falch eich bod chi wedi penderfynu aros yma, Ifan.'

'Doedd o ddim yn fwriad gen i fanteisio arnoch chi a'r teulu.'

'Ni sydd ar ein mantais. Mi fydda i'n dawelach fy meddwl o wybod fod gan Laura a'r merched gwmni petai . . .'

Ond gadawodd y frawddeg heb ei gorffen a chroesi at y ddesg. Agorodd un o'r esboniadau trwchus a chwalu drwy'r tudalennau gan fwmian wrtho'i hun. Gadawodd Ifan yr ystafell. A'r frawddeg anorffen yn gyrru ias o ofn drwyddo, teimlai mor ddiymadferth â phry wedi'i ddal mewn gwe.

\* \* \*

Roedd Grace yn gyfarwydd iawn â'r gŵr ifanc oedd wedi bod yn loetran y tu allan i'r siop am o leiaf ddeng munud. Gallai ei gofio'n fachgen bach, yn adrodd ei adnodau ar fore Sul. Tada'n holi, 'A be ydach chi am fod ar ôl tyfu'n ddyn, Deio?' ac yntau'n ateb, 'Pregethwr, Edward Ellis.' Er mai mynd yn glerc i Swyddfa'r Cyngor wnaeth o, ni fyddai byth yn colli nac oedfa na seiat.

Fe'i gwelodd yn sbecian i mewn drwy'r ffenestr a chododd ei llaw arno. Petrusodd yntau am rai eiliadau cyn agor y drws. Safodd yno, a golwg ryfeddol o swil arno.

'Be alla i neud i chi, Deio?'

'Wedi gobeithio ca'l gair efo . . . efo Miss Roberts o'n i.'

'Mae hi wedi picio allan ar negas. Mi ddyla fod yn ôl unrhyw funud. Croeso i chi aros amdani.'

'Na, mae'n rhaid i mi fynd. Diolch i chi, Miss Ellis.'

Diflannodd nerth ei draed gan adael tawelwch llethol o'i ôl. Teimlodd Grace y gwacter yn gwasgu amdani. Syllodd o'i chwmpas ar y deyrnas fach y byddai sawl un yn hoffi bod yn berchen arni. Gwelai'r blynyddoedd yn ymestyn o'i blaen a'r llif llwyd yn ei chario rhwng Bristol House a chapel Jerusalem, dau begwn ei bywyd. Ond nid oedd yn haeddu gwell. Onid hi oedd wedi troi ei chefn ar y cariad a allai fod wedi gweddnewid ei bywyd, a cholli'r cyfle am byth?

Nid oedd fawr o hwyl arni pan ddychwelodd Magi, yn ffrwcs i gyd. Pobol wedi'i chadw'n siarad, meddai hi.

'A chitha'n gneud dim ond gwrando arnyn nhw, mae'n debyg?' holodd Grace yn bigog.

Edrychodd Magi'n dosturiol arni.

'Mae 'na rywun 'di'ch cynhyrfu chi eto, does?'

'Wedi blino yr ydw i.'

'Mi ddylach chi ofyn am donic gen Lloyd Drygist.'

'Fyddwn i ddim gwell ar hwnnw.'

'Ond mi dw i'n poeni amdanoch chi.'

'Dydi hynny o ddim help i mi. Mi fydda'n well 'tasa chi wedi dod yn ôl ar eich union.'

Bu'r cerydd hwnnw'n ddigon i roi taw ar Magi. A hithau'n sylweddoli mai ymweliad Deio oedd wedi ysgogi'r atgofion y bu'n ymdrechu i'w cadw o dan glo, oedodd Grace cyn dweud ei fod wedi galw heibio.

'Pwy 'di hwnnw?' holodd Magi'n ffwr-bwt.

'Y bachgan sy'n gweithio yn Swyddfa'r Cyngor.'

'Be oedd o isio efo fi?'

'Es i ddim i ofyn iddo fo, Magi.'

'Wn i'm byd amdano fo. Nac ynta amdana i.'

Gafaelodd Magi yn y brws ac aeth ati i sgubo'r llawr gan gymryd arni nad oedd y newydd o ddim diddordeb iddi. Yna, wedi brwsiad neu ddau, meddai,

'Yr un del efo gwallt tywyll, ia?'

'Mi dach chi wedi sylwi arno fo, felly?'

''I weld o'n pasio, 'te.'

Dyna oedd i'w gael am loetran i wrando ar bobol yn malu awyr, meddyliodd Magi. Go brin y byddai'n galw eto. Nid oedd wedi cael fawr o groeso gan Grace Ellis, mae'n amlwg.

'Be'n union ddeudodd o?'

'Ei fod o am ga'l gair efo Miss Roberts, 'na'r cwbwl.'

'Biti na faswn i yma.'

'Ia, biti garw.' Yna, wrth weld yr olwg siomedig ar

74

wyneb Magi, meddai, 'Wedi cymryd ffansi atoch chi mae o, falla.'

'Be 'nath i chi feddwl hynny?'

'Dydw i ddim mor hen nad ydw i'n nabod yr arwyddion.'

Gallai gofio bachgen arall, yr un mor swil, yn ciledrych arni wrth iddi drin ei glwyfau. A hithau'n gwybod, pan adawodd, fod ei geiriau hi, 'I be mae ffrindiau'n da, 'te?', wedi achosi llawer mwy o loes iddo na'r briw ar ei dalcen.

Sylweddolodd fod Magi'n syllu'n galed arni, yn ysu am gael clywed rhagor. Ond roedd hi eisoes wedi dweud gormod.

'Nid peth i bwyso arno fo ydi brws, Magi.'

Heb air ymhellach, aeth drwodd i'r tŷ. Dyna lle byddai hi am sbel rŵan, yn eistedd yn y gegin, yno a ddim yno, a'r meddyliau yr oedd hi'n mynnu eu hel yn ei gadael mor llipa â chadach llawr. Os mai dyna oedd rhywun yn gorfod ei ddioddef am fod yn glefar, teimlai Magi fod ganddi hi le i ddiolch. Biti ar y naw na fyddai'r Deio 'na wedi aros amdani y tu allan. A be oedd ganddo fo i'w ddeud wrthi, tybad? Efallai na châi byth wybod.

Gollyngodd y brws a rhoi cic iddo i gornel.

'A be mae hwnna 'di neud i ti, Magi fach?'

Daethai Jane Lloyd i mewn heb iddi sylwi.

'Colli 'nhymar 'nes i.'

'A chditha'n hogan seiat! Ro'n i'n clywad canmol garw i ti. Biti na faswn i 'di gallu bod yno, 'te?'

Rhoddodd Magi ei gofid ei hun o'r neilltu, dros dro. Aeth ati i estyn y nwyddau a chynnig hynny o gysur a allai i Jane Lloyd a'r wên arferol ar ei hwyneb, er bod ei thu mewn yn brifo.

\* \* \*

Ni soniodd Ifan air wrth Laura am ei ymweliad â'r stydi ac nid oedd Daniel, yn ôl pob golwg, wedi crybwyll y peth. Prin iawn fu'r sgwrs rhyngddynt wrth y bwrdd cinio, ac nid oedd gan y naill na'r llall fawr o archwaeth. Gwthiodd Laura ei phlât o'r neilltu ac meddai,

'Mae'n ddrwg gen i, Ifan.'

'Paid â dechra ymddiheuro eto, bendith tad i ti.'

'Fe ofynnist ti gwestiwn i mi neithiwr.'

'Ac fe ddaru titha wrthod 'i atab o.'

'Mi fydda'n dda gen i 'tasa gen i'r hawl i atab.'

'Doedd gen inna ddim hawl gofyn. A wna i ddim eto.'

'Fedra i mo dy feio di am fod isio gadal y lle 'ma.'

'Does 'na ddim brys arna i.'

Goleuodd wyneb Laura.

'Ac mi w't ti am aros?'

'Ydw, ar un amod. Fy mod i'n ca'l talu am fy lle.'

Estynnodd Ifan yr ychydig arian oedd ganddo'n weddill o'i boced.

'Does dim angan.'

'O, oes. Dyna'r amod, Laura. Dim ond cymun ydi o, nes y galla i ennill rhagor.'

'Does 'na fawr o obaith gwaith yn y Blaena 'ma, 'sti.'

'Wn i, ond mi ddo i o hyd i rwbath – hyd yn oed 'tasa'n rhaid i mi gerddad y strydoedd 'ma drwy'r dydd, bob dydd. Ac mi dw i am ddechra'r munud 'ma.'

Roedd o eisoes ar ei draed pan barodd Laura iddo eistedd a gorffen ei ginio.

Gwenodd yntau arni a dweud yn chwareus,

'Mi wna i os gnei di. Yr ola i orffan sy'n gorfod golchi'r llestri.'

Wrth iddo adael y stydi, clywodd Daniel sŵn chwerthin braf yn dod o'r gegin a theimlodd ias o genfigen. Ni chofiai ef allu chwerthin fel yna erioed. Hyd yn oed pan oedd y pedwar ohonyn nhw'n chwarae wrth Bont y Tŵr, roedd ei uchelgais o fod yn bregethwr yn faich o gyfrifoldeb ar ei ysgwyddau. Cofiai sefyll ar graig yn yr afon a dechrau mynd i hwyl wrth bregethu. Ond buan iawn y byddai Tom yn rhoi taw ar hynny â'i 'Amen'. Tom, nad oedd o'n malio am ddim ond cael mynd i weithio i'r chwarel; yr un a fu'n ffrind ac yn bartner iddo unwaith ac un y llwyddodd i'w anghofio, gan amlaf, nes i Ifan, y brawd bach, lanio yma'n ddirybudd. Yr Ifan ystyfnig a wrthododd fynd ymlaen â'i addysg a dewis treulio misoedd mewn carchar yn hytrach na dilyn ei ddyletswydd. Un oedd bellach yn rhydd i fynd lle y mynnai, pryd y mynnai, heb orfod cario baich gofalon, yn gallu chwerthin a goglais eraill i chwerthin. Ac mor bowld â gweld bai arno ef a chwestiynu ei hawliau fel gŵr a thad. Ni fyddai wedi caniatáu iddo aros yma eiliad yn hwy oni bai am Laura a'r merched. A'i gyfrifoldebau fel gweinidog a phenteulu'n pwyso'n drwm arno, gadawodd Daniel y tŷ a sŵn y chwerthin yn cyfarth wrth ei sodlau.

*   *   *

Er bod Grace yn ymwybodol mai peth annheg oedd bwrw'i llid ar Magi, ni allai ymostwng i ymddiheuro iddi. Dim ond morwyn oedd Magi, wedi'r cyfan, ac roedd yn rhaid iddi hithau gadw'i hurddas. Teimlai'n fwy euog fyth pan ddwedodd ei thad pan oedden nhw ar gychwyn am y capel nos Sul ei fod am wrthwynebu cynnig John Williams eu bod yn derbyn Margaret Roberts yn aelod o'r seiat. Gwyddai y dylai amddiffyn Magi, ond nid oedd ganddi na'r nerth na'r amynedd i wneud hynny. Ni holodd chwaith beth oedd penderfyniad y gweinidog a'r blaenoriaid, er bod yr olwg guchiog oedd ar ei thad pan ddychwelodd o'r cyfarfod blaenoriaid wedi ei harwain i feddwl mai John Williams oedd wedi cael y llaw uchaf.

Cafodd gadarnhad o hynny pan alwodd y pen-blaenor fore Llun. Ofnai Grace fod diffyg ymateb Magi i'r newydd wedi'i darfu. Aeth i'w ddanfon at y drws ac meddai,

'Dydi Magi ddim yn teimlo'n rhy dda heddiw, John Williams, ond mi dw i'n siŵr ei bod hi'n ddiolchgar iawn i chi am ei chefnogi hi.'

'Roedd hynny'n blesar o'r mwya, Grace Ellis. A sut mae'ch tad heddiw?'

'Does 'na fawr o hwyl arno fo.'

'Nagoes, debyg. Gobeithio y bydd yr enath fach 'na wedi dod ati'i hun erbyn nos Fercher, yntê?'

Ond nid oedd golwg dod ati'i hun ar Magi, er i Grace wneud ymdrech i fod mor glên ag oedd modd, heb syrthio ar ei bai. Wedi rhai oriau o fudandod, meddai,

'Mi dach chi'n ddistaw iawn, Magi.'

'Does gen i'm byd i'w ddeud.'

Dyna sut bu pethau gydol y Llun a'r Mawrth, a Magi'n ysgytio bob tro y byddai cloch y drws yn tincian. Rhyddhad i Grace oedd ei chlywed yn dweud wrth iddi dynnu'r bleind,

'Mi dw i am bicio adra . . . os ca i.'

'Wrth gwrs y cewch chi. A chofiwch ddeud y newydd da wrthyn nhw.'

'Pa newydd, 'lly?'

'Am y seiat, 'te.'

'O, hwnnw.'

Ond y seiat oedd y peth olaf ar feddwl Magi wrth iddi duchan ei ffordd i fyny'r rhiwiau. Aeth heibio i griw o fechgyn. Camodd un ohonynt i'w llwybr a dweud yn dalog,

''Sgen ti gusan i mi heno, Magi?'

'Oes, tad . . . cusan glec.'

Cododd ei llaw a'i daro ar draws ei foch, er mawr ddifyrrwch i'r bechgyn eraill. Gwnaeth hynny iddi deimlo beth yn well, ond erbyn iddi gyrraedd Pen Bryn roedd straen y dringo a phwysau'r siom yn dal ar ei hanadl.

'Bobol annwyl, mi w't ti'n chwythu fel hen gant,' sylwodd ei mam.

'Sâl dw i. Beil.'

Aeth ei thad drwodd i'r pantri i nôl y ddiod ddail a allai wella pob anhwylder. Safodd y rhai bach o hirbell yn ei gwylio'n ei yfed.

'Ti'n well rŵan, Mag?' holodd un ohonynt yn bryderus.

'Nag'dw. A fedra i'm diodda'r Bristol House 'na ddim rhagor.'

Syllodd ei mam yn syn arni.

'Ond mi w't ti 'di deud lawar gwaith na chafodd neb well mistras na Grace Ellis.'

'Hen ferch sur 'di methu ca'l cariad . . . dyna ydi hi.'

'Magi! Rhag dy gwilydd di'n siarad fel'na.'

'Dydw i'm am fynd yn ôl yno chwaith.'

'Chlywis i rioed ffasiwn lol. Mae'r beil 'na 'di codi i dy ben di.'

Roedden nhw i gyd yn rhythu arni. Teimlodd Magi'r cywilydd yn chwalu'n wrid i'w gruddiau. Doedd hi ddim gwell na Catrin Morris – gwaeth, o ran hynny – yn lladd ar un oedd wedi bod mor ffeind wrthi, ac yn ei beio hi am nad oedd y Deio 'na wedi dod ar gyfyl y siop wedyn.

Closiodd un o'i chwiorydd ati a sibrwd,

'Oes gen ti gariad, Mag?'

'Nag oes, a fydd gen i byth. Fedra i ddim diodda hogia.'

'Ond mi w't ti'n licio Ems a Bobi a Tom ni, dwyt?'

'Ydw, siŵr. Yn meddwl y byd ohonoch chi i gyd.'

Ems bach oedd y cyntaf i'w chyrraedd. Lapiodd ei breichiau amdano a gwenu ar bawb heibio i'r pen golau.

'Diolch byth fod y pwl yna drosodd,' meddai ei mam. A'i thad, oedd mor falch o gael eu Magi nhw'n ôl, yn wên i gyd wrth ddweud,

'Does 'na ddim byd i guro'r ddiod ddail 'ma.'

* * *

Tridiau siomedig iawn a gawsai Ifan hefyd. Er iddo dreulio oriau'n cerdded strydoedd y Blaenau, nid oedd fymryn elwach. Credai'n siŵr ei fod wedi taro'n lwcus yn un o'r siopau, ond newidiodd agwedd y perchennog yn llwyr pan ddeallodd iddo fod yn wrthwynebydd cydwybodol. A hithau'n sylweddoli fod yr ymateb sarhaus wedi'i frifo i'r byw, awgrymodd Laura efallai y byddai'n ddoethach iddo gelu'r ffaith honno. Cyn iddo gael cyfle i'w amddiffyn ei hun a mynnu na allai byth fyw celwydd, clywodd Ruth yn gofyn â her yn ei llais,

'Pam dyla fo?'

Y noson honno, a'i fethiant yn pwyso'n drwm arno, gadawodd Ifan y tŷ a cherdded dow-dow am y Commercial. Safai Ben y tu allan a'r Wdbein arferol yn glynu wrth ei wefus.

'Dim lwc, Ifan?' holodd.

'Na, dim.'

'Diod bach i foddi gofidia, ia?'

Synhwyrodd Ben nad oedd Ifan yn yr hwyl i wynebu cwmni a'i wahodd i fynd drwodd i'r gegin. Eisteddodd yntau wrth y bwrdd, ei feddwl a'i draed mor boenus â'i gilydd. Dychwelodd Ben, yn cario dau dancard yn llawn i'r ymylon.

'Chewch chi ddim gwell cwrw na hwn yn nunlla,' haerodd. 'Mae'i ogla fo'n ddigon i godi calon, heb sôn am 'i flas o. Dwrnod digon siomedig fuo heddiw, 'lly?'

'Falla 'mod i'n disgwyl gormod a finna'n ddim ond dyn dŵad.'

'Chawsoch chi fawr o groeso gen Davies Grosar, yn naddo? Ro'n i'n digwydd pasio ar y pryd ac mi clywis i o'n rhefru. Roedd o'n un o ddynion yr hen John Williams Brynsiecyn, fel sawl un arall o'r Blaena . . . yn annog hogia i fynd i gwffio.'

'Mae gan bawb hawl i'w farn.'

'Wedi dallt eich bod chi'n un o'r conshis oedd o?'

'Dydw i ddim am gelu hynny, Ben.'

Tawodd Ben yn sydyn a chanolbwyntio ar danio'i sigarét. Teimlai Ifan yn ddig wrtho'i hun. Er bod y ddau ohonynt wedi treulio rhai oriau yma yn trin a thrafod, dyma'r tro cyntaf iddo grybwyll ei safiad a'i benderfyniad o lynu wrtho. Efallai nad oedd gan Ben, mwy na'r rhelyw o bobl, gydymdeimlad â'r rhai a wrthododd fynd i ymladd.

'Ydach chi'n credu y bydda'n ddoethach i mi beidio sôn am hynny?' holodd yn betrus.

'Mi dw i'n meddwl eich bod chi'n ddewr iawn yn mentro deud. Fu ddim rhaid i mi neud y penderfyniad hwnnw, diolch i'r goes 'ma. Ond wedi'u dilyn nhw fel dafad y byddwn i. Fedrwn i byth fod wedi gneud yr hyn 'naethoch chi, mwya'r cwilydd i mi.'

'Tybad?'

'Un llwfr ydw i, Ifan. Mi ddylwn i fod wedi setlo'r sgerbwd gŵr 'na oedd gen Annie, a finna'n gwbod 'i fod o'n 'i cham-drin hi. A be wnes i? Gadal iddi ddiodda. Ond chaiff neb 'i brifo hi eto, mae hynny'n siŵr.'

'Mae hi'n lwcus ohonoch chi, Ben.'

'Fi ydi'r un lwcus. Mi faswn i'n 'i phriodi hi fory nesa 'tasa hynny'n bosib.'

'Ydi'r Pritchard 'na'n dal o gwmpas?'

'Ŵyr neb lle mae o. Dowch, yfwch. Sut mae'r galon erbyn hyn?'

'Yn dechra c'nesu.'

'Rhowch glec i hwnna reit sydyn, i ni ga'l un arall.'

'Wn i ddim be fydda Daniel yn 'i ddeud 'tasa fo'n 'y ngweld i'n slotian fel'ma.'

'Mi 'nâi joch o hwn les i'w galon ynta . . . os oes ganddo fo un, 'te.'

\*   \*   \*

Er i Magi fynd ar ei gliniau wrth ei gwely i ofyn maddeuant, ni lwyddodd hynny i dawelu'i chydwybod. Bu'n troi ac yn trosi yn ystod y nos a deffro'n chwys oer drosti. I feddwl fod y blaenor bach 'na wedi'i chanmol a deud hogan mor dda oedd hi. Fydda fo mo'i heisiau hi'n agos i'w seiat petai o'n gwbod ei bod hi'n gymaint o gnawas.

Ceisiodd roi ei meddwl ar ei gwaith, ond roedd hi'n fodiau i gyd. Wrth iddi dywallt y te oddi ar y glorian i'r bagiau papur, tasgodd hwnnw dros y cownter. Ni wnaeth Grace Ellis ond gollwng ochenaid fach. Gwyddai Magi y dylai ymddiheuro am achosi'r fath wastraff, ond roedd ei thafod fel petai wedi rhewi'n gorn. Aeth ati i glirio'r llanast gan deimlo'r llygaid tywyll yn llosgi'i gwar.

Hunanfalchder yn unig a barodd i Grace ddal ei thafod hi. Efallai iddi fod yn annheg, ond doedd dim angen i'r eneth bwdu fel hyn. Tybed nad oedd Tada'n iawn wedi'r cyfan a'i bod wedi gadael i Magi gael ei ffordd ei hun yn rhy hir? Ond roedd y drwg wedi'i wneud.

Bu'r ddwy'n osgoi ei gilydd orau y gallent am weddill y bore. Rhag i'w thymer gael y gorau arni a pheri iddi golli hynny o urddas oedd ganddi'n weddill, penderfynodd Grace y byddai'n cau'r siop, fel y gwnâi sawl un o siopwyr y pentref ar brynhawn Mercher, ac yn mynd am dro i Fangor.

Gwep sur oedd gan ei thad pan aeth i'r stydi i ddweud wrtho.

'Ond mi 'dan ni'n arfar bod yn agorad drwy'r dydd,' cwynodd.

Fo a'i 'ni', ac yntau heb fod yn agos i'r siop ers wythnosau!

'Mi fedra i neud efo toriad bach, Tada.'

'Chdi ŵyr. Ond fedrwn ni ddim fforddio colli busnas.'

Dewisodd Grace anwybyddu hynny ac meddai,

'Canwch y gloch os byddwch chi angan rwbath.'

'Waeth i mi heb. Mae'r enath 'na sydd gen ti mor fyddar â phostyn.'

'Rydw i'n meddwl fod arni dipyn o'ch ofn chi.'

'Biti garw na fydda hi wedi dangos ryw gymaint o barchedig ofn gerbron Duw.'

Bu'n rhaid i Grace ei gorfodi ei hun i ymolchi a newid. Ar waethaf popeth, roedd hi wedi edrych ymlaen at gael ei thraed yn rhydd. Gallai'r prynhawn fod yn bleser petai Tada ond wedi dweud ei bod hi'n haeddu hoe fach am unwaith. Ond roedd hynny'n ormod i'w ddisgwyl.

Pan ddychwelodd i'r siop, roedd Magi'n pwyso'n erbyn y cownter a golwg druenus arni. Ceisiodd Grace ffrwyno'i diffyg amynedd. Croesodd at y drws, ac meddai'n sychlyd,

'Os gnewch chi gloi ar f'ôl i.'

Gwnaeth Magi ymdrech i ryddhau'r tafod a arferai fod mor barod.

'Grace Ellis.'

'Ia, be rŵan?'

'Mae gen i rwbath i'w ddeud wrthach chi.'

'Mi fydd raid i beth bynnag ydi o aros nes do i adra, mae arna i ofn.'

Yn ei brys i ddal y bws, ni sylwodd ar y bachgen a safai yn nrws siop Huws Drepar a'i lygaid wedi'u hoelio ar Bristol House.

Roedd y bws wedi gadael Bethesda a Magi'n dal yn ei hunfan pan glywodd dincian y gloch a llais yn dweud,

'Miss Roberts, alla i gael gair bach efo chi?'

# 6

Wedi diwrnod ofer arall, bu'n rhaid i Ifan wynebu'r ffaith nad oedd ganddo fawr o obaith gwireddu'r amod. Ond pan ddychwelodd fin nos, roedd Laura yn aros amdano wrth y giât, ac ar bigau'r drain.

'Mae David Francis am i ti alw i'w weld o,' meddai. 'Y siop ddillad ym mhen pella'r stryd fawr, gyferbyn â'r Emporium.'

'Mi a' i draw yno bora fory.'

'Ond mi 'nes i addo iddo fo y byddat ti'n galw heno. Mae'n rhaid i mi fynd, Ifan.'

Cyn iddo allu holi ymhellach, roedd hi'n brasgamu i gyfeiriad y capel. Safodd Ifan yno mewn cyfyng-gyngor am rai munudau. Tybed a wyddai'r Mr Francis yma am ei safiad? Go brin fod Laura wedi sôn. Oni fyddai'n well iddo aros tan y bore; adennill ei nerth fel y gallai ddygymod â siom arall? Ond pa ddiben gohirio? Roedd Laura wedi addo ar ei ran ac nid oedd ganddo ddewis ond glynu at yr addewid hwnnw.

Roedd yr ystafell uwchben y siop yn glyd ac yn gynnes, ond er ei fod yn ysu am allu derbyn y gwahoddiad i eistedd gwrthododd Ifan y cynnig gan ddweud,

'A' i ddim i wastraffu'ch amsar chi, Mr Francis.'

'Rydach chi wedi llwyddo i gael gwaith, felly?'

'Naddo, nac yn debygol o lwyddo. Dydi'r ffaith i mi fod yn wrthwynebydd cydwybodol ddim o 'mhlaid i.'

'Felly ro'n i'n deall. Mynd i ymladd wnaeth Peter, y mab . . . cael 'i glwyfo, a cholli'i olwg.'

Camodd Ifan yn ôl, fel petai wedi cael ei daro.

'Mae'n ddrwg gen i. Wyddwn i ddim am hynny. Ddylwn i ddim fod wedi dod yma.'

'Ond fi ofynnodd i chi ddod, yntê? Rydw i'n greadur styfnig, Mr Evans, yn gyndyn o fynd ar ofyn neb. Ond mae'n rhaid i mi gyfadda fod gofalu am y siop a'r mab yn ormod i mi.'

Syllodd Ifan yn syn arno.

'Ond . . . dydw i ddim yn deall. Pam cynnig y swydd i mi, o bawb?'

'Rydach chi angan gwaith, a finna angan help. Mae hynny gystal rheswm â'r un, greda i. Ydach chi'n rhydd i ddechra bora fory?'

Petrusodd Ifan rhag rhoi ateb. Sut y gallai Laura fod wedi ei annog i ddod yma a hithau'n gyfarwydd â'r amgylchiadau?

Torrwyd ar y tawelwch gan sŵn curo ffyrnig ar y pared.

'Os gnewch chi f'esgusodi i am funud, Mr Evans. Dydi Peter ddim wedi cael diwrnod rhy dda heddiw.'

Gadawodd y siopwr yr ystafell. Arhosodd Ifan yn ei unfan, yn rhy anesmwyth ei feddwl i allu ymlacio. Roedd dwy gannwyll yn olau ar y silff ben tân, a rhyngddynt ar y wal ddarlun olew o wraig urddasol yr olwg. Wrth iddo glosio ato, daeth yn ymwybodol o'r llygaid treiddgar oedd fel pe baen nhw'n gwylio pob symudiad. Roedd o'n dal i sefyll yno heb dynnu'i lygaid oddi ar y darlun pan ddychwelodd David Francis.

'Llun o Eleanor y wraig, Mr Evans. Dyma'r un ola i Peter 'i beintio. Roedd o wedi cael 'i dderbyn i'r coleg arlunio yn Llundain. Y fath wastraff ar dalent, yntê?'

'Mae o'n siŵr o fod yn teimlo'n chwerw.'

'Ydi, yn chwerw iawn.'

'Ond mi fydda i mi dderbyn eich cynnig chi yn gneud y sefyllfa'n waeth.'

'Fedar petha ddim bod lawar gwaeth nag ydyn nhw. Be 'tasan ni'n rhoi cynnig arni am chydig ddyddia?'

Cytuno i hynny a wnaeth Ifan, er ei fod yn difaru yr eiliad y gadawodd y siop. Un penderfynol hyd at styfnigrwydd oedd o wedi bod erioed, yn mynnu dilyn ei lwybr ei hun ac yn glustfyddar i bob perswâd. Ond yn ystod y dyddiau diwethaf roedd yr Ifan Evans a wynebodd garchar yn hytrach na bradychu'i egwyddorion, wedi ildio, dro ar ôl tro. Tybed nad ei erlidwyr oedd yn iawn wedi'r cyfan, ac mai ofn a llwfrdra a barodd iddo dystio o flaen y tribiwnlys i argyhoeddiadau moesol a chrefyddol? Oedd o'n credu, mewn difri, fod ei fywyd yn fwy gwerthfawr na bywydau'r miloedd a gafodd eu lladd, neu'r rhai a arbedwyd, fel Peter Francis, yr arlunydd addawol y cipiwyd ei ddyfodol oddi arno? A'i feddwl yn wewyr o amheuon, dychwelodd i dŷ'r gweinidog a theimlo, wrth gau'r drws o'i ôl, edeuon y we yn gwasgu'n dynnach amdano.

\* \* \*

88

Pan ddaeth Grace drwodd i'r gegin i estyn ei llyfr emynau o'r drôr, roedd Magi wrthi'n fodiau i gyd yn ceisio clymu rhuban ei boned yn gwlwm dolen o dan ei gên.

'Ar gychwyn am adra yr ydach chi, Magi?' holodd.

'Naci, i'r seiat. A mi dw i am ddeud wrthyn nhw hefyd.'

'Deud be y tro yma?'

'Gymint o hen gnawas ydw i. A chitha 'di bod mor ffeind wrtha i. Ydach chi'n fodlon madda i mi am fod mor anghynnas?'

'Dydw inna ddim wedi bod mewn hwylia rhy dda.'

'Doedd 'na'm bai arnoch chi. Wn i'm be fydd y dyn bach 'na'n 'i feddwl ohona i.'

'Faswn i ddim yn sôn am hynny'n y seiat 'taswn i chi. Rhwbath rhyngon ni'n dwy ydi o, yntê?'

Siriolodd Magi drwyddi. Mor braf oedd clywed Grace Ellis yn dweud 'ni'n dwy' fel'na, fel 'tasan nhw'n ffrindia ac yn deall ei gilydd i'r dim. Rhoddodd gynnig arall ar y rhuban a llwyddo i wneud cwlwm dolen bach perffaith.

'Fydd Edward Ellis yno heno?' holodd.

'Bydd.'

'Ddeuda i ddim byd, 'lly.'


Bu Magi'n driw i'w haddewid. Er i John Williams ofyn unwaith, gan giledrych ar Edward Ellis, 'Oes ganddoch chi ryw sylw i'w wneud, Margaret Roberts?', ni wnaeth ond ysgwyd ei phen a gwenu'n ddoeth. Ond, a hithau'n rhy brysur yn ailflasu'r sgwrs a gawsai Deio a hithau yn Bristol House, ni allai fod wedi cynnig dim, hyd yn oed petai'n dymuno hynny. Nid diffyg croeso gan Grace Ellis oedd wedi peri iddo adael mor sydyn a chadw draw gyhyd, ond ofn cael ei wrthod. Doedd ganddo mo'r syniad lleia pa mor ddel a phropor oedd o, ac mor wahanol i'r hen hogia powld yr oedd hi'n eu nabod. Fe fyddai unrhyw un o ferchad Pesda wedi rhoi'r byd am ei glywad yn gofyn, 'Ddowch chi am dro efo fi ar ôl y seiat heno?' Ond iddi hi, Margaret, y gofynnodd o.

Roedd Grace hefyd wedi colli pen llinyn ar y drafodaeth yn fuan iawn, ac wedi cyfnewid sedd y capel am fainc yng ngerddi'r Eglwys Gadeiriol. Yno, cawsai gip ar y gwanwyn nad oedd eto wedi mentro cyn belled â stryd fawr Bethesda. Daethai cwpwl heibio, y wraig ifanc feichiog yn pwyso'n drwm ar fraich ei gŵr. Unwaith, roedd Edgar Owen a hithau wedi cerdded fraich ym mraich heibio i'r un man ar eu ffordd o Hen Barc yr Esgob. Y diwrnod hwnnw, a'r geiriau a glywsai'n cael eu dyfynnu o lwyfan yr Eisteddfod wedi deffro gobaith newydd ynddi, gallod gredu ei bod wedi dod o hyd iddi ei hun.

> Yno, fro ddedwydd, mae hen freuddwydion
> A fu'n esmwytho ofn oesau meithion;
> Byw yno byth mae pob hen obeithion,
> Yno, mae cynnydd uchel amcanion . . .

Druan ohoni! Roedd ugain mlynedd ers hynny a hithau heb allu gwireddu'r un freuddwyd, a'i thalent, fel un y gwas diog, wedi'i adael i gancro'n y ddaear. Cofiai'r prifathro'n dweud wrthi, pan ddeallodd ei bod yn gorfod cefnu ar yr ysgol,

'Peidiwch â gadael i'ch gallu fynd yn wastraff, da chi, Grace.'

Ond beth allai hi fod wedi ei wneud, a hithau wedi'i chaethiwo rhwng muriau Bristol House? Ar un adeg, cawsai gysur o allu dianc i fyd llyfrau, ond aethai'r ymweliadau â'r ddarllenfa'n fwy a mwy anaml. Erbyn iddi gau'r siop fin nos, roedd hi'n rhy flinedig i allu canolbwyntio ar ddim. Yn rhy flinedig i allu cysgu hyd yn oed. Sawl nos hir oedd hi wedi'i threulio'n beio pawb ond hi ei hun? Gadael i'r chwerwder a'r eiddigedd ei chlymu wrth y doe a'i rhwystro rhag gallu amgyffred y dyfodol.

Yno, a'r haul yn mwytho'i gruddiau, roedd hi wedi teimlo rhywbeth yn ystwyrian o'i mewn, rhyw gyffro bach a barodd iddi ddal ei hanadl. Bu'n gyndyn o symud, rhag ofn iddo ddiflannu yr un mor sydyn. Ond roedd o wedi aros efo hi.

Dychwelodd Grace i'w sedd yn y capel a'r geiriau'n dal i ganu'n ei chof:

Ni ddaw fyth i ddeifio hon golli ffydd,
Na thrawd cywilydd, na thoriad calon.

A oedd yn rhy ddiweddar iddi allu dod o hyd iddi hi ei hun a chamu'n hyderus i'r yfory? A allai gael cip o leiaf ar y fro ddedwydd, fel y cawsai ar y gwanwyn y prynhawn hwnnw?

Glynodd John Williams at ei arferiad o gloi'r seiat ag emyn, yn wahanol i'w thad, a gredai mai gweddi oedd y clo priodol.

Mi af ymlaen yn nerth y nef
Tua'r paradwysaidd dir . . .

Ond, a'r cyffro'n chwyddo o'i mewn, nid am y 'paradwysaidd dir' y soniai Williams amdano y meddyliai Grace wrth iddi ymuno'n y canu.

Newydd adael cyntedd y capel yr oedden nhw pan ddwedodd Magi,

'Fedra i ddim dŵad adra efo chi heno, Grace Ellis.'

'Am bicio i weld y teulu yr ydach chi?'

'Na. Mae o 'di gofyn i mi fynd am dro efo fo.'

'Pwy, felly?'

'Deio, 'te. Faswn i'm yn mynd efo neb arall. Fyddwch chi'n iawn?'

'Mi dw i'n credu y medra i ffeindio fy ffordd.'

'Fydda i ddim yn hwyr.'

'Cymerwch chi faint fyw o amsar fynnwch chi.'

A gobeithio y gnewch chi'n fawr o bob munud, meddyliodd Grace, wrth iddi ei gwylio'n croesi at y giât, lle roedd Deio'n aros amdani. Ond doedd Magi ddim yn un i adael i hapusrwydd lithro drwy'i bysedd, a go brin y byddai gofyn iddi hi byth ddifaru peidio dweud. O heddiw ymlaen, nid oedd hithau am wastraffu rhagor o amser yn difaru ac yn edrych dros ei hysgwydd chwaith. Byddai'n camu ymlaen i'r yfory, nid mor hyderus a Magi efallai, ond â gobaith newydd yn ei chalon y gallai, drwy ei nerth ei hun, gyrraedd y fro ddedwydd.

\* \* \*

Yn ara bach, dechreuodd y gwanwyn gropian ei ffordd i fyny o Gwm Bowydd am Sgwâr y Parc, ond ni chymerodd Laura, a oedd bob amser mor falch o'i weld, fawr o sylw ohono. Roedd Daniel wedi mynnu diarddel Twm bach Mary Hughes, yn groes i ddymuniad y rhan fwyaf o'r blaenoriaid. Aethai pethau o ddrwg i waeth yn y seiat nos Fercher. Cyhuddwyd Daniel o fod yn unben ac awgrymodd un blaenor, heb flewyn ar dafod, y dylai ystyried ymddiswyddo er lles yr eglwys. Er bod ei chalon yn gwaedu drosto, bu clywed rhai o'r gwragedd yn dweud fod hyn wedi effeithio'n arw ar Mary Hughes yn ddigon i beri i Laura fynd draw yno i geisio cynnig rhyw fath o gysur iddi.

'Dydi hi mo'ch isio chi na'r un o'ch teulu yma,' meddai'r gymdoges a ddaethai at y drws. 'Ac mi gewch gadw'ch capal, ar hynny o werth ydi o.'

Roedd ganddi ofn yn ei chalon i Daniel ddod i wybod iddi fod yno. Dylai fod wedi sylweddoli na ddeuai unrhyw les o fynd yn wrthgefn iddo.

Fore Sadwrn, a hithau ar ei phen ei hun yn y tŷ, aeth ati yn ôl ei harfer i ysgrifennu at Grace. Er iddi ddewis ei geiriau'n ofalus, mynnai'r gofid frigo i'r wyneb, a gwyddai y byddai Grace yn gallu'i synhwyro ar unwaith. Rhwygodd y dudalen ac ailddechrau, gan geisio swnio mor galonnog ag oedd modd – 'Mae Ruth wrthi 'run mor brysur efo'i gwaith ysgol ac Ifan a hitha'n treulio oria fin nos yn darllan rhyw benillion Saesnag nad ydw i'n dallt dim arnyn nhw.' Na, doedd fiw iddi grybwyll hynny chwaith.

Clywodd y drws ffrynt yn clepian a sŵn traed yn agosáu. Y munud nesaf, roedd Dan yno'n y gegin ac yn dweud yn oeraidd fygythiol,

'Wel, w't ti ddim am ofyn lle rydw i wedi bod?'

Yna, pan na ddaeth ateb, meddai,

'Yn nhŷ Mary Hughes. Ond rydw i'n deall dy fod ti wedi cael y blaen arna i.'

'Piti drosti oedd gen i.'

'Ydi o ddim yn ddigon fod y blaenoriaid yn ama fy hawl i fel bugail heb dy fod ti'n eu cefnogi nhw?'

Roedd o'n camu tuag ati a'r olwg ar ei wyneb yn ei hatgoffa o'r noson honno yn stablau Castell Penrhyn pan fu'n rhaid iddi dalu'n hallt am feiddio herio'r un yr oedd wedi cytuno i'w chlymu ei hun wrtho am byth.

'Mae'n ddrwg gen i, Dan. Wna i byth eto.'

'Ac mi wyt ti'n disgwyl i mi gredu hynny? Sawl tro wyt ti wedi ymyrryd yn fy ngwaith i, tanselio f'awdurdod i?'

'Dim ond trio helpu o'n i.'

'Ond rwyt ti'n fwy o rwystr nag o help.'

'Ma'n hen bryd dysgu gwers i ti' – dyna ddwedodd y William hwnnw. Cofiodd fel y bu iddi erfyn arno beidio'i brifo, a chododd ei dwylo at ei hwyneb fel pe i geisio ei hamddiffyn ei hun. Gwelodd, drwy agennau'i bysedd, y drws cefn yn agor a Ruth yn sefyll yno a llond ei breichiau o glychau'r gog.

'Be sy, Mam? Ydi o wedi'ch brifo chi?'

Trodd ei thad ati a'i lygaid yn melltennu.

'Sut medri di awgrymu'r fath beth? Dos i dy lofft, y munud 'ma.'

Ni chafodd ei eiriau unrhyw effaith ar Ruth. Estynnodd jwg o'r cwpwrdd, ei lenwi a dŵr, a gosod y blodau ynddo. Teimlai Daniel fel petai ei ben ar ffrwydro. Croesodd ati a gafael yn egar yn ei braich, heb sylwi fod Anna'n hofran wrth y drws.

'Glywist ti be ddeudis i?'

'Mi 'dw i'n aros efo Mam.'

'Dy fam, ia? Mae'n hen bryd i ti gael gwybod y gwir.'

'Na, Dan!'

Ond anwybyddu'r erfyniad yn llais Laura a wnaeth Daniel, er iddo yntau ddewis celu peth o'r gwir hwnnw.

\* \* \*

Cyflymodd Tom ei gamau wrth iddo gymryd y tro am Lwybrmain. Gyda lwc, byddai Maud wedi hel ei thraed am y pentref a gallai ei fam ac yntau ymlacio am sbel. Yn ei awydd i gyrraedd, ni fu iddo sylwi ar y dyn a bwysai ar y wal gyferbyn â'r tŷ nes ei fod o fewn tafliad carreg iddo.

'Be w't ti'n 'i neud yn fan'ma?' holodd yn oeraidd.

'Galw i weld hen ffrind, 'te. Mi w't ti ar frys garw. Methu aros i ga'l mynd i'r afa'l â'r wraig fach 'na sydd gen ti, ia?'

Croesodd Tom at y giât, ond cyn iddo allu ei hagor teimlodd bwysau dwylo gwydn Now Morgan ar ei ysgwyddau, yn ei orfodi i'w wynebu.

'Tyd dy ddwylo odd'arna i neu . . .'

'Neu be, Tom bach? Fyddwn i'm yn 'y mygwth i

'taswn i chdi. Mae'r dyrna 'ma'n gletach nag y buon nhw rioed.'

'Dydw i'm isio dim i neud efo chdi. Dos yn ôl, i ble bynnag y doist ti ohono fo.'

'W't ti'n cofio deud rwbath tebyg wrtha i y tro dwytha i ni weld ein gilydd? Ar gychwyn am y Sowth yr o'n i 'te a titha am i mi 'i heglu hi odd'ma gyntad medrwn i a mynd â 'ngwenwyn i 'nghanlyn.'

'Ydw, yn cofio'r cwbwl.'

Y diwrnod hwnnw, roedd wedi sefyll yma'n gwylio Now Morgan yn cerdded i lawr y lôn a'i ofn o gael ei roi'n y carchar wedi ei amddifadu o'r hawl i ddal ei ben yn uchel.

'Roeddat ti'n meddwl dy fod ti wedi ca'l 'y ngwarad i, doeddat?'

Syllodd Now yn herfeiddiol arno a'r graith ar ei dalcen yn plycio'n ffyrnig.

'A sut mae'r hen bererin? Dal i raffu adnoda, ia? Deud wrthi y galwa i i'w gweld hi un o'r dyddia 'ma.'

'Cadwa di dy belltar.'

'"Mae'r ffordd yn rhydd i bawb", dydi? Ti'n cofio fel bydda'r hen blant yn canu hynny adag y streic?'

'Does 'na'm croeso i ti yma, Now.'

Ond roedd Now Morgan eisoes wedi troi ar ei sawdl ac yn brasgamu i lawr Llwybrmain mor benuchel ag erioed gan alw dros ei ysgwydd,

'Cofia fi at dy fam . . . ac at Maud. Mae hi'n siŵr o fod yn 'y nghofio *i*.'

* * *

96

Pan ddychwelodd Ifan o'r siop fin nos Sadwrn, roedd Daniel yn aros amdano yn nrws y stydi. Ni allai'n hawdd wrthod y cais am 'air bach, os ydi hynny'n gyfleus', er nad oedd arno'r awydd lleiaf i ddal pen rheswm â neb. Ysai am gael cilio i'w ystafell i geisio bwrw'i flinder. Amheuon, yn hytrach na'r gwaith ei hun, oedd i gyfri am y blinder hwnnw. Teimlai'n sicr erbyn hyn fod David Francis wedi ei gyflogi'n groes i ddymuniad ei fab ac roedd eto i gael ateb i'r pam y bu iddo wneud hynny.

Dilynodd Daniel i'r stydi. Roedd yr ystafell yn llawn cysgodion ac iddi ias oer. Ond nid oedd yr ias honno, hyd yn oed, i'w chymharu ag oerni deifiol y gawod genllysg o eiriau.

'Rydw i wedi torri addewid heddiw, Ifan, am y tro cynta erioed, addewid wnes i flynyddoedd yn ôl pan gytunais i i dderbyn Ruth yn un o'r teulu.'

''I derbyn hi?'

'A'i magu hi fel fy mhlentyn fy hun.'

Syllodd Ifan yn syfrdan arno.

'Cael fy ngorfodi i gytuno wnes i, ac rydw i wedi difaru ganwaith, credwch chi fi. Mae fy mod i wedi bod yn euog o dwyll yn boen arna i, ond rydw i'n credu i mi wneud iawn am y diffyg heddiw. Doedd o ddim ond yn deg i Ruth gael gwybod nad ni ydi ei rhieni hi.'

'Ac mae hi wedi derbyn hynny?'

'Mi fydd yn rhaid iddi ddysgu dygymod, fel pawb ohonon ni. Dydw i ddim yn barod i ddadlennu rhagor. Ro'n i am egluro'r sefyllfa i chi, dyna'r cwbwl. Mae arna i ofn fy mod i wedi tarfu Laura, ond fe ddaw hi i sylweddoli mai o reidrwydd y gwnes i hyn.'

'Ac rydach chi'n credu eich bod chi wedi gneud y peth iawn?'

'Ydw, ac wedi cael cadarnhad o hynny gan yr unig Un sydd â'r hawl i farnu. Rŵan, os gnewch chi f'esgusodi i . . . mae gofyn i mi baratoi ar gyfer fory.'

Nid oedd Ifan ond yn rhy falch o gael gadael. Roedd y cyw pregethwr y bu'n cuddio rhagddo ers talwm wedi llwyddo i gael y gorau arno unwaith eto. Ond pa obaith oedd ganddo ef, yn rhidyll o amheuon a'i ffydd wedi treulio'n ddim, o wrthsefyll un a allai gyfiawnhau pob gair a gweithred o'i eiddo?

Roedd meddwl am orfod wynebu Ruth a bod yn dyst o'i gofid yn peri i'w galon guro fel gordd wrth iddo nesu at y gegin. Er rhyddhad iddo, dim ond Laura oedd yno, yn syllu i'r gwagle a thudalen o lythyr ar ei hanner ar y bwrdd o'i blaen.

'Ceiniog amdanyn nhw.'

Cododd ei phen a gwelodd Ifan arlliw ofn yn ei llygaid.

'O, chdi sydd 'na, Ifan. Chlywis i mohonat ti'n dŵad i mewn.'

'Mi 'dw i'n ôl ers sbel. Daniel oedd am ga'l gair efo fi.'

Anwybyddu hynny wnaeth Laura a mynd ati i glirio'r bwrdd.

'Wedi bod yn sgwennu at Grace yr ydw i, ond dydw i'n ca'l fawr o hwyl arni. Mi w't ti'n siŵr o fod yn barod am dy swpar bellach.'

'Does 'na ddim brys. Lle mae'r genod?'

'Yn 'u gwlâu. 'Di ca'l dwrnod prysur. Be w't ti'n 'i feddwl o'r bloda 'ma? Ruth ddaru 'u hel nhw i mi.'

'Mae hi'n meddwl y byd ohonat ti, Laura. A dydi be ddigwyddodd heddiw ddim yn mynd i newid hynny.'

Roedd hi'n sefyll a'i chefn ato, yn gwyro uwchben y blodau.

'Mae Dan wedi deud wrthat ti, 'lly?'

'Ydi.'

'Fi ddyla fod wedi deud, ond fedrwn i ddim.'

'Ofn na fydda Duw mor barod i fadda i ti am dorri addewid, ia?'

'Na, fydda Ruth byth wedi ca'l gwbod, o'm rhan i. Mae hi'n gymaint o ferch i mi ag ydi Anna, er nad fi ydi'i mam hi.'

'A dyna fydd hi, am byth.'

'Ond rydw i wedi'i siomi hi, Ifan.'

Croesodd ati a rhoi ei law ar ei hysgwydd. Gallai deimlo'i chryndod ar flaenau'i fysedd.

'Dw't ti rioed wedi siomi neb.'

'Ddyla Dan ddim fod wedi 'mhriodi i. Dydw i'n ddim ond rhwystr iddo fo.'

'Paid byth â deud hynna eto.'

'Ond mae o'n wir.

'Byth eto, Laura. Addo i mi.'

'Rydw i mor falch dy fod ti yma efo fi, Ifan. A mi liciwn i ga'l deud hynny wrth Grace. Ga' i?'

'Deud ti be fynni di, 'mach i.'

Plethodd ei feichiau amdani a'i throi i'w wynebu.

'Mi ddown ni drwyddi 'sti, ar waetha pob dim.'

Wrth iddo deimlo gwres ei chorff yn ei erbyn,

gwyddai nad ystrydeb mo hynny ac nad oedd y gobaith a'r cariad wedi pylu'n llwyr. Sibrydodd y geiriau a roesai gysur a nerth iddo unwaith:

Ond daliaf i garu
A daliaf i gredu
Fod gobaith i'r ddaear a Duw yn ei nen;
Fe ddaw fy mreuddwydion rhyw ddiwrnod i ben.

Syllodd Laura i fyw ei lygaid.
'W't ti'n credu hynny, Ifan?'
'Dyna ydw i isio'i gredu, yn fwy na dim.'
'A finna. Ac mae breuddwydion yn medru dod yn wir weithia 'sti.'


# 7

Swatiodd Now Morgan yng nghysgod y wal nes bod Elen Evans wedi cyrraedd y tro wrth gapel Amana. Cododd o'i gwman ac ystwytho'i gymalau. Byddai Tom bach Llwybrmain yn difaru'i enaid iddo'i fygwth a'i rybuddio i gadw'i bellter. Ond fe gâi'r babi mam dalu am hynny.

Roedd drws rhif ugain yn gilagored. Rhoddodd Now bwt iddo â'i droed a galw,

'Elen Evans!'

Clywodd symudiad yn y llofft. Croesodd at droed y grisiau a galw eto.

'Mae hi 'di mynd i'r pentra. Pwy sydd 'na?'

'Tyd i lawr ac mi gei di weld.'

100

Roedd o'n un digywilydd ar y naw, pwy bynnag oedd o, meddyliodd Maud. A doedd ganddi hi mo'r amser i ddwndran neb a hithau eisiau dal y moto un i'r dre.

'Dowch yn ôl at ddiwadd y pnawn. Mi fydd hi adra erbyn hynny.'

Llithrodd yr esgidiau cid am ei thraed a chodi'i sgert yn uwch am ei gwasg. Ceisio penderfynu a oedd am wisgo'r siôl ai peidio yr oedd hi pan glywodd sŵn traed ar y grisiau. Taflodd y siôl ar y gwely ac agor drws y llofft.

'Lle dach chi'n meddwl dach chi'n mynd?'

'Fedrwn i'm aros rhagor i ga'l dy weld di. Mae ugian mlynadd yn amsar hir, Maud.'

Estynnodd ei law iddi a chamu wysg ei gefn i lawr y grisiau heb dynnu'i lygaid oddi arni.

'Uffarn gols, hogan, mi w't ti cyn ddelad ag erioed.'

'A dw't titha 'di newid dim, Now Morgan.'

'Dw't ti ddim 'di f'anghofio i, 'lly?'

'Nag'dw, gwaetha'r modd. Hen dro gwael oedd 'y ngadal i fel'na.'

'Mi faswn i 'di mynd a chdi efo fi 'tasa hynny'n bosib. Ond roedd y plismyn ar 'y ngwar i, doeddan?'

Eisteddodd Now yng nghadair Tom ac ymestyn ei goesau ar draws yr aelwyd.

'Cadar Tom ydi honna.'

'Ond fi sydd 'ma rŵan. Mi w't ti'n grand o dy go. Sgidia newydd, ia? Smart iawn.'

'Wedi bwriadu mynd i'r dre ar y moto un o'n i. Mi oeddat ti'n gwbod nad oedd Elen Evans yma, doeddat?'

'Mi welis i'r hen fursan yn gadal. Sut w't ti'n gallu 'i diodda hi, d'wad?'

'Dydw i ddim. Gas gen i'r lle 'ma.'

'A Tom? Be amdano fo?'

'Mae o'n ŵr i mi, dydi?'

Gallodd Now ei atal ei hun rhag holi rhagor. Roedd angen iddo chwarae'i gardiau'n ofalus os oedd ei gynllwyn i lwyddo.

'Be 'di hanas yr hogyn bach 'na fydda'n sbecian arnon ni'n caru ar ochor Foel?'

'Georgie. Mi gafodd 'i ladd yn y rhyfal.'

'Taw a deud. Roedd ganddo fo fyd garw efo chdi.'

'Fi ddaru'i fagu o. Hen fyd brwnt ydi hwn, 'te, Now?'

'Dibynnu be w't ti'n 'i neud ohono fo.'

'Ond be fedar rhywun 'i neud?'

Er bod yr ateb ganddo, ni allai fentro ei gynnig iddi. Byddai'r aros yn anodd i un mor fyrbwyll a diamynedd, ond gallai un gair anffodus, un symudiad trwsgwl, andwyo'r cyfan.

'Mi fydda'n well i ti gychwyn.'

'Does dim rhaid i mi fynd.'

Ac nid oedd ganddi ronyn o awydd mynd chwaith. Gymaint gwell fyddai cael aros yma efo'r Now oedd wedi dweud ei bod cyn ddeled ag erioed ac wedi edmygu'i sgidiau hi. Ond roedd o wedi codi ac yn croesi am y drws.

'Pob hwyl i ti'n y dre. Mi gwela i di o gwmpas y lle, debyg.'

Ugain mlynedd yn ôl, roedd hi wedi erfyn arno beidio'i gadael ac yntau wedi addo anfon amdani unwaith y byddai wedi setlo'n y Sowth. Ond Maud

Parry oedd hi bryd hynny, yn ddigon ifanc a gwirion i gredu y byddai'n cadw'i addewid. Nid oedd gan Maud Evans yr hawl i ofyn dim ganddo.

Teimlai Now'n bles iawn arno'i hun wrth iddo ddychwelyd i'w gartref yn Nhanybwlch. Roedd ei fam yn eistedd ar y rhiniog lle gadawodd o hi awr ynghynt, a golwg wedi fferru arni.

'Lle w't ti 'di bod, Dei?' holodd.

'Now ydw i, Mam.'

'Now?'

Craffodd yr hen wraig arno.

'Ond mi ddaru'r hen Jyrmans 'na 'i saethu o'n gelan.'

'Dei gafodd 'i ladd, Mam.'

'Paid â rwdlan.'

Estynnodd ei llaw iddo.

'Helpa fi i godi, Dei bach, mae 'nhin i 'di rhewi'n gorn.'

'Ddylach chi ddim ista yn fan'ma.'

'Aros amdanat ti o'n i, 'te. Lle buost ti'n hel dy draed a finna 'di dy siarsio di i ddŵad adra ar d'union?'

Sawl gwaith yn ystod y deuddydd diwethaf yr oedden nhw wedi cael yr un sgwrs? Am faint rhagor y gallai oddef gwrando arni'n moedro fel hyn, a chael ei atgoffa fel y bu iddo ef gael ei arbed ar draul ei frawd, a hynny dim ond drwy dynnu torch i benderfynu pa un ohonyn nhw oedd i gael aros yn y pwll glo? Ond roedd yn rhaid iddo geisio dygymod. Gynted y câi ei ddial ar Tom Llwybrmain, byddai'n troi ei gefn am byth ar Douglas Hill ac ar yr hen

wraig ddwl-lal oedd yn mynnu mai Dei oedd o am
mai dyna pwy oedd hi eisiau iddo fod.

*  *  *

'Ga i ddeud rwbath, Grace Ellis?'

'Os oes raid.'

'Dydw i'm isio'ch styrbio chi a chitha'n darllan.'

Roedd yn hen bryd iddi roi'r gorau iddi, p'un
bynnag. On'd oedd hi wedi bod â'i thrwyn yn yr
hen lyfr 'na o'r munud yr agorodd hi o? Cawsai
Magi gip ar y pris. Hannar coron! Sawl pâr o sanau
allai hi eu prynu am hynny, yn lle gorfod eu brodio
nhw fel'ma, drosodd a throsodd?

'Ydi'r llyfr 'na'n un da?'

'Arbennig o dda. Ydach chi wedi clywad am
Daniel Owen, Magi?'

'Nag'dw.'

'Fo sgwennodd hwn, a sawl un arall hefyd.'

'Am be mae o'n sôn, 'lly?'

'Pam na ddarllenwch chi o, i chi gael gweld
drosoch eich hun?'

'Yma byddwn i tan Sul pys.'

'Be oeddach chi eisio'i ddeud wrtha i, Magi?'

'Dim byd pwysig. Ydach chi'n meddwl fod Deio'n
gwbod am y Mr Daniel Owen 'ma?'

'Siŵr o fod.'

'Falla y gallwch chi ddeud chydig o'r hanas wrtha i.'

'Be 'taswn i'n darllan peth ohono fo i chi? Mi
gewch chitha fynd ymlaen â'ch brodio.'

104

Sodrodd Magi'r nodwydd yn y gwlân a thaflu'r hosan o'r neilltu.

'Fedra i'm gneud dau beth ar unwaith.'

Bodiodd Grace drwy'r tudalennau, gan chwilio am rywbeth a fyddai at ddant Magi.

'Fydda'm gwell i chi ddechra'n y dechra?'

'Bydda, mae'n siŵr. Ydach chi'n barod?'

'Ydw, ers meitin.'

'Pennod 1 – "Mab llwyn a pherth oedd Enoc Huws" . . .'

'Be mae hynny'n 'i feddwl?'

'Mai plentyn siawns oedd o.'

'Y cr'adur.'

Taith herciog iawn fu'r un drwy'r dudalen gyntaf, gyda Magi'n cwestiynu bob brawddeg, yn ebychu ac yn clecian ei thafod.

'Be sy'n mynd i ddigwydd i'r peth bach?' holodd.

'Chewch chi byth wybod os ydach chi'n mynnu torri ar 'y nhraws i fel hyn. Mi gewch ofyn cwestiyna ar y diwadd.'

'Mi fydda i wedi'u hanghofio nhw erbyn i chi orffan.'

'Hynny neu ddim.'

Gwasgodd Magi ei gwefusau'n dynn. Tua hanner y ffordd drwy'r bennod, collodd ben llinyn arni wrth iddi ddychmygu ymateb Deio pan ddwedai hi, 'Un da am ddeud stori ydi'r Mr Daniel Owen 'na, 'te?' A hithau'n torheulo yng ngwres ei wên, cafodd ysgytwad pan gaeodd Grace Ellis y llyfr yn glep gan ddweud,

'"Enoc Huws! Os nad wyt eisoes yn uffern, bydded i felltith Duw dy ddilyn bob cam o dy fywyd".'

Rhythodd Magi arni.

'Hen beth brwnt i'w ddeud oedd hynna, Grace Ellis.'

'Nid fi sy'n deud, Magi . . . y taid. Ac nid am y babi mae o'n sôn.'

'Pwy 'ta?'

'Tad y babi.'

'Pwy oedd hwnnw?'

'Mi fydd raid i chi aros tan ddiwadd y nofel i gael gwybod hynny. Does 'na ddim ond chydig dros dri chant o dudalenna i fynd!'

Ochneidiodd Magi. Os oedd y dyn 'ma'n un da am adrodd stori, roedd o'n un hirwyntog ar y naw.

'Mae o'n gadal i'r hogyn bach fyw, gobeithio?'

'Ydi, neu fydda 'na ddim stori, yn na fydda?'

'Diolch am hynny.'

Ailafaelodd Magi yn ei nodwydd.

'Be ddeudoch chi oedd 'i enw fo?'

'Enoc Huws.'

Enoc Huws . . . byddai'n rhaid iddi gofio hynny. Efallai y gallai lwyddo i gael cip ar ddiwedd y llyfr cyn ei bod yn cyfarfod Deio. Byddai yntau'n rhyfeddu, ac yn sylweddoli fod gan Margaret Roberts ben ar ei hysgwyddau yn ogystal â bôn braich.

\*   \*   \*

Cipiodd Ifan sbectol David Francis oddi ar y bwrdd bach gan osgoi edrych ar y darlun, ond gallai deimlo'r llygaid yn serio'i war. Yn ei frys i adael, baglodd dros goes y bwrdd ac estynnodd ei law allan i geisio'i arbed ei hun.

'Be 'di'r brys, Mr Evans?'

Deuai'r llais o'r gadair gefn uchel wrth y tân.

'Mi wyddoch pwy ydw i, wrth gwrs. Peter Francis, unig etifedd Mr David Francis, masnachwr, ac Eleanor Francis, y wraig yn y llun. Ydi hi'n ddigon golau yma i chi allu'i weld o?'

'Ydi.'

'Ond dydach chi ddim yn dewis gneud hynny. Does dim rhaid i chi ofni'r llygaid, wyddoch chi. Maen nhw mor farw â fy rhai i.'

'Mae'n ddrwg gen i.'

'Am be, felly? Eich bod chi wedi llwyddo i osgoi'ch dyletswydd a dianc â'ch croen yn iach?'

'Dydi dyletswydd ddim yn air y byddwn i'n 'i ddewis.'

'Nag ydi, wrth gwrs.'

Cododd Peter Francis o'i gadair.

'Oes ganddoch chi gywilydd o'ch safiad?'

'Nagoes . . . dim.'

'Ydach chi'n siŵr? Dowch yn nes.'

Camodd Ifan ymlaen, gan ei ffieiddio'i hun am ymateb mor barod i'r gorchymyn. Estynnodd Peter Francis ei law a thynnu'i fysedd dros ei drwyn, ei wefusau a'i ên.

'Rydw i'n credu'ch bod chi. Fel yr o'n inna pan ymunais i â'r fyddin, ar waetha holl ymbil Mam. Fe fu derbyn telegram yn dweud fy mod i ar goll yn ddigon iddi. Ond dydw i ddim yn bwriadu ymddiheuro i 'nhad am wneud yr hyn oedd raid. Fo roddodd bwysau arnoch chi i dderbyn y gwaith, yntê? Pam, meddach chi?

'Roedd o angan help yn y siop.'

'A dyna'r atab gora y gallwch chi 'i gynnig?'

'Dydi o mo fy lle i . . .'

'Ac rydach chi'n dewis osgoi hynny hefyd? Mae'n debyg na fedra i ddisgwyl dim gwell. Ond mi ro i'r atab i chi. 'I ffordd o o ddial arna i ydi hyn, Mr Evans.'

Gwasgodd Ifan ei ddyrnau. Roedd y llygaid dall, fel y rhai'n y llun, fel pe baen nhw'n treiddio i'w feddwl, yn ei herio i ymateb.

'Rydw i wedi'ch tarfu chi. Ond does dim rhaid i mi ofni. Go brin y bydda conshi fel chi'n meiddio codi dwrn at un roddodd 'i olwg dros 'i wlad.'

'Mi fydda'n well i mi fynd â'r sbectol 'ma i'ch tad.'

'Ia, ewch â hi iddo fo. Er, dydi honna fawr o werth i un mor gibddall.'

Pan ddychwelodd Ifan i'r siop, taflodd David Francis gip bryderus arno.

'Lle buoch chi mor hir?' holodd.

'Roedd eich mab yn aros amdana i. Ond dydw i ddim yn dewis cymryd rhan mewn rhyfal cartref, mwy nag unrhyw ryfal arall, Mr Francis. Eich brwydr chi a Peter ydi hon, a fydd yna ddim heddwch nes bod y naill neu'r llall yn ymddiheuro ac yn ceisio deall.'

'Pam y dylwn i ymddiheuro i un fu'n gyfrifol am ladd 'i fam?'

'Mi fydda'n dda gen pe baech chi wedi bod yn

ddigon gonast i ddeud hyn wrtha i cyn i mi dderbyn y cynnig.'

Aeth Ifan ati i chwilio am waith i ddwylo oedd yn ysu am gael gafael yng nghorn gwddw'r siopwr, a'i wasgu. Clywodd sŵn rhywbeth trwm yn taro'r llawr uwch ei ben. Unrhyw funud rŵan, byddai David Francis yn ei gwadnu hi i fyny'r grisiau. Ond pan drodd ei ben i edrych arno, sylwodd nad oedd wedi osio symud.

* * *

Yn nhywyllwch nos y Blaenau, gorweddai'r tad a'r mab am y pared â'i gilydd, y naill mor effro â'r llall, a'r ffrae a gawsant cyn noswylio'n atsain yn eu clustiau. Yng ngwacter ei wely, teimlai David Francis fwy o angen Eleanor nag erioed. Byddai yma efo fo rŵan petai'r plentyn y cawsai gymaint o drafferth i'w eni wedi colli'r dydd. Iddo ef, tresmaswr fu hwnnw o'r diwrnod cyntaf, yn hawlio'r tir a fu'n eiddo i Eleanor ac yntau. Fe'i cofiai'n dweud wrtho unwaith, a her yn ei llygaid treiddgar,

'Dydach chi rioed yn genfigennus o'ch mab eich hun, David?'

Oedd, roedd o'n berwi o genfigen, o bob sibrydiad, pob cyffyrddiad, pob gwên nad oedd iddo ef ran ynddyn nhw. Ond gwaeth na hynny oedd yr arswyd a deimlai, wrth ei gweld yn cilio'n raddol oddi wrtho, ei fod mewn perygl o'i cholli. Pan wrthododd Peter y cyfle o gael mynd i'r coleg yn Llundain, ni wnaeth unrhyw ymdrech i'w berswadio rhag ymuno â'r fyddin. Unwaith y byddai'n gadael, câi'r ddau ohonynt ail-gynnau tân y blynyddoedd cynnar heb neb i sefyll rhyngddynt a'r fflamau.

Ond roedd hi'n rhy hwyr erbyn hynny.

I Peter, roedd i nos a dydd yr un gwacter. Ceisiai ddwyn i gof y lliwiau a fyddai'n tanio'i ddychymyg ac yn peri iddo ysu am eu rhoi ar ganfas. Ond nid oedd i'r lluniau a welai y tu ôl i'r llygaid aflonydd ond düwch.

Neithiwr, roedd y casineb a fu'n mud-gorddi dros y blynyddoedd wedi brigo i'r wyneb. Oni bai am y conshi bach byddai pethau wedi rhugno ymlaen, a'i dad ac yntau'n gwneud ati i osgoi ei gilydd a chadw'u pellter. Petai ei olwg ganddo, byddai wedi darn-ladd y llwfrgi. Ond tybed pa mor barod fyddai hwnnw i droi'r foch arall? Onid oedd wedi cytuno i fod yn rhan o'r cynllwyn dial ac wrth ei fodd, mae'n siŵr, o gael y cyfle i brofi mai ei safiad ef oedd yr un iawn. Efallai iddo orfod dioddef oherwydd hynny, ond beth oedd carchar dros dro o'i gymharu â charchar am oes? Yr euog yn ennill ei ryddid a'r hawl i fyw, a'r dieuog yn colli'r hawl hwnnw, a heb unrhyw obaith dianc o'r tywyllwch. Wedi'i ddedfrydu am byth mwy i fod yn ddibynnol ar un na fu erioed yn dad iddo, yr un a ddwedodd neithiwr y byddai'n dda ganddo petai wedi ei eni'n farw. Ond roedd y ddau'n gytûn ar hynny, o leiaf.

\* \* \*

'Ylwch pwy sydd wedi dŵad i'ch gweld chi.'

Pan glywodd y llais, gwthiodd Grace lythyr Laura i boced ei ffedog, ond nid cyn i Magi sylwi.

'Pawb yn iawn tua'r Blaena 'na, Grace Ellis?' holodd.

'Ydyn. A dyma aelod newydd y teulu, ia?'

Roedd y babi bron o'r golwg ym mhlygion y siôl oedd wedi'i lapio am gorff helaeth Magi. Tynnodd hithau gwr y siôl yn ôl a serennu i lawr ar y bychan.

'Ia, dyma fo. Tomos Ogwen Roberts. Enw da, 'te? Synnwn i ddim na fydd hwn yn bregethwr ryw ddwrnod. 'Sgen ti wên i Miss Ellis, Tom bach?'

Teimlodd Grace ias oer yn rhedeg drwy'i chorff.

'Wel, be dach chi'n feddwl ohono fo?'

'Mae o'r un ffunud â chi, Magi.'

'On'd ydan ni i gyd fel pys mewn codan. Mae o 'di cymyd atoch chi, ylwch. Dydi o'm yn gwenu fel'ma ar bawb.'

'Ewch â fo drwodd i'r gegin. Mae hi'n g'nesach yn fan'no.'

Wedi i Magi ei gadael, aeth Grace ati i folltio drws y siop a thynnu'r bleind dros y gwydr. Be oedd ar ei phen yn ei phoenydio ei hun drwy annog Magi i ddod â'r babi yma? Roedd ganddi ddigon ar ei meddwl heb orfod ymdopi â hyn.

Estynnodd Magi am y fowlen siwgwr oddi ar y dresal. Eisteddodd wrth y bwrdd a dadblethu'r siôl. Gwlychodd flaen ei bys cyn ei rwbio'n y siwgwr a'i ddal wrth y gwefusau bach blysiog.

'Ge'st ti fawr o groeso, naddo?' sibrydodd yn ei glust. 'Ond mae Miss Ellis yn siŵr o fod yn dy licio di, 'sti. Pwy alla beidio, 'te?'

Y brawd 'na oedd wedi'i tharfu hi, mae'n siŵr, yn cwyno ar ei fyd fel arfar. Bob tro y deuai llythyr o'r Blaenau, byddai Edward Ellis yn rhefru 'mlaen am hydoedd am 'bechodau'r oes' nes gwneud iddi chwysu o gywilydd, er nad oedd ganddi ddim i gywilyddio'n ei gylch. Druan o'r Laura fach 'na, efo mam fel Catrin Morris a gŵr fel Daniel Ellis. A druan o Grace Ellis hefyd, yno'n y canol, yn gorfod diodda un gŵyn ar ôl y llall.

On'd oedd hi'n lwcus, mewn difri, efo rhieni oedd yn gweld da ym mhob dim, ar waetha'r caledi? A llond tŷ o frodyr a chwiorydd i ddotio arnyn nhw. A rŵan roedd Deio ganddi, yn gariad i gyd. Heno, câi gyfle i sôn wrtho am Mr Daniel Owen a'r hogyn bach o'r wyrcws gafodd fyw i fod yn ddyn pwysig iawn ac yn werth lot o bres, os oedd hi wedi deall pethau'n iawn. Byddai gofyn iddi gael un cip arall ar y llyfr i wneud yn siŵr.

Pan ddaeth Grace drwodd i'r gegin, roedd Magi a'r bychan â'u llygaid ar gau'n dynn.

'Ydach chi'n cysgu, Magi?'

'Nag'dw, tad. Meddwl o'n i, am betha braf.'

'Gnewch yn fawr ohonyn nhw.'

'O, mi wna i. Argian, mi dw i 'di cyffio'n lân. Fasa ots ganddoch chi gymyd Tom am chydig i mi ga'l 'stwytho?'

'Well i mi beidio, rhag ofn iddo fo ddeffro.'

Ond roedd y babi eisoes yn ei breichiau. Edrychodd Magi'n edmygus arni ac meddai,

'Mae golwg 'di hen arfar arnoch chi.'

112

# 8

Curodd Grace yn ysgafn ar ddrws y stydi cyn ei agor.

'Panad i chi, Tada.'

'Oes 'na lythyr oddi wrth Daniel?'

'Nagoes.'

'Dim gair ers dros wythnos.'

'Prysur ydi o, yn ôl Laura.'

'Gneud gormod, fel arfar, ac at alw pawb.'

Petrusodd Grace.

'Mae Ifan yn aros efo nhw.'

'Pwy?'

'Ifan Llwybrmain.'

'Ydi hynny'n beth doeth? Mi all wneud petha'n anodd iawn i Daniel.'

'Gall, debyg, ac ynta wedi bod yn annog bechgyn i fynd i ymladd.'

'I amddiffyn gwledydd bychain Ewrop, fel deudodd Lloyd George.'

'A rŵan fod y rhyfal hwnnw drosodd, mae o'n gyrru'n hogia ni i'r Iwerddon, un o'r gwledydd bach rheiny. Fel 'tasa 'na ddim digon o ladd wedi bod!'

'Be wyddost ti am hynny?'

Roedd o'n ei thrin fel petai hi'n rhyw bwt o eneth ddwl. Allan yn y byd mawr, roedd merched dros ddeg ar hugain oed wedi ennill yr hawl i bleidlais, yn lleisio barn ac yn mynnu gwrandawiad. Ond ym myd bach cyfyng ei thad nid oedd ganddynt y crebwyll i ddeall na barn i'w lleisio.

113

'Wn i ddim sut mae Dan yn gallu byw yn 'i groen a'r holl waed ar 'i ddwylo fo.'

Sylweddolodd Grace ei bod, drwy adael i'w thymer gael y gorau arni, wedi mentro'n rhy bell, ond roedd hi'n rhy hwyr i dynnu'r geiriau'n ôl.

'Oes gen ti ddim gwaith i neud?'

'O, oes, dydi hwnnw byth yn darfod.'

Ni chymerodd arno ei chlywed. Gadawodd hithau'r stydi a chyflymu'i chamau wrth fynd heibio i'r drws a arweiniai i'r siop. Ni allai feddwl am orfod wynebu Magi a chael ei holi'n dwll. Roedd tridiau bellach er pan dderbyniodd lythyr Laura. Byddai'n rhaid iddi ddod i ryw benderfyniad. Ond pam y dylai hi fod yr un i dorri'r newydd i Elen Evans? Onid dyletswydd Ifan oedd gwneud hynny? Sut y gallai fod wedi achosi'r fath boen meddwl i'w fam? A pham aros yng nghartref Daniel, o bawb, ac yntau'n gwybod o brofiad na allent oddef cwmni'i gilydd? Gallai o leiaf fod wedi ystyried sut y byddai hynny'n effeithio ar Laura a'r plant.

Pan ddychwelodd i'r siop, roedd hi'n dal mewn cyfyng-gyngor.

'Ydi Elen Evans wedi bod yma bora 'ma, Magi?'

'Y ddynas fach 'na o Douglas Hill, chwaer Jane Lloyd?'

'Ia. Wel . . . ydi hi?'

'Does 'na'm pum munud er pan adawodd hi. Y gryduras! Mae'n gwilydd o beth 'i bod hi'n gorfod dringo'r rhiwia 'na yn 'i hoed hi. Ydach chi am aros yn gorad pnawn 'ma?'

'Nag ydw.'

114

A lle roedd hi'n mynd ar gymaint o frys, tybad, meddyliodd Magi. Waeth heb â holi. Roedd hynny fel ceisio cael gwaed o garrag. Ac roedd hi'n fwy na pharod i ddeud celwydd hefyd, er ei bod hi'n gymaint o ddynas capal. Ni allai hi ddeud celwydd i achub ei bywyd. Penderfynodd na fyddai'n sôn gair wrth Deio am y Daniel Owen 'na. Roedd yn well bod yn onast o'r dechra. I be yr âi hi i gymryd arni? On'd oedd o'n ei licio hi fel roedd hi, a ph'un bynnag roedd ganddyn nhw bethau gwell i siarad amdanyn nhw.

Gwelodd Edward Ellis yn mynd heibio ar ei ffordd i'r gegin.

'Mae Miss Ellis wedi mynd allan,' galwodd.

'I lle, felly?'

'Fydda i ddim yn holi.'

Yn hytrach na dychwelyd i'r stydi, dringodd Edward Ellis i'w ystafell wely. Roedd Grace fel petai'n gwneud ati i'w gythruddo, a byth yn colli cyfle i feirniadu Daniel. Ei obaith ar un adeg oedd y byddai'n tyneru wrth fynd yn hŷn, ond roedd hi'n fwy parod nag erioed i weld bai. Mor falch fyddai Gwen o Daniel, ac mor bryderus yn ei gylch. Ni fyddai Grace wedi meiddio dweud y fath beth yn ei chlyw hi. Penliniodd wrth erchwyn y gwely a chau ei lygaid.

Clywodd Magi sŵn mwmian o'r llofft wrth iddi gloi drws y siop. Edward Ellis, yn siarad efo fo'i hun eto. Arwydd drwg, meddan nhw. Ond o leia roedd hynny'n golygu fod pawb arall yn cael llonydd. Be oedd wedi bod rhyngddo fo a Grace Ellis y bora 'ma, tybad? Roedd o'n amlwg o'i go am rwbath. A fedra hitha ddim aros i adael y tŷ.

Ta waeth, o ran hynny. Rhyngddyn nhw a'u petha. Roedd hi ar ei ffordd adra.

\* \* \*

Er bod Elen Evans wedi cael y blaen arni, llwyddodd Grace i ddal i fyny â hi cyn iddi gyrraedd y tro am Lwybrmain.

'A be dach chi'n 'i neud ffor'ma, Grace?' holodd yn oeraidd.

'Galw i'ch gweld chi.'

'Mi fedrach fod wedi arbad siwrna. Ro'n i yn y siop gynna.'

'Mae gen i newydd i chi.'

'Well i chi ddŵad i'r tŷ, felly.'

Bu ond y dim i Grace dorri'r newydd yn y fan a'r lle a'i gwadnu'n ôl am adref. Doedd dim angen i Elen Evans fod mor sobor o ddigroeso. Wrth iddynt nesáu at rif ugain, meddai,

'Rhoswch yma am funud.'

Arhosodd hithau, yn berwi o ddicter tuag at Laura ac Ifan am ei gorfodi i wynebu hyn. Ond roedd Elen yn galw arni i ddod i mewn.

Safodd y ddwy yn wynebu'i gilydd, yno lle bu cynhesrwydd braf unwaith.

'Wedi derbyn llythyr gan Laura yr ydw i.'

'Pawb yn iawn, gobeithio?'

'Deud oedd hi bod Ifan yn aros efo nhw, ac wedi ca'l gwaith mewn siop yn y Blaenau.'

Roedd Elen wedi eistedd yng nghadair Tom, ac yn syllu i'r llygedyn o dân oedd yn weddill.

'Dydi o ddim yn bwriadu dŵad adra, felly?'

'Soniodd Laura ddim am hynny.'

'Gora oll. Dydi hwn fawr o gartra rŵan.'

Sylweddolodd Grace pam yr oedd Elen mor gyndyn o'i gwahodd i'r tŷ. Yn ei chynnwrf, roedd hi wedi anghofio fod yna feistres arall ar yr aelwyd bellach a honno, mae'n siŵr, yn ysu am gael cymryd drosodd.

'Falla y bydda'n well i chi fynd. Mi all Maud fod yn ôl unrhyw funud.'

'Dydi hynny'n poeni dim arna i, Elen Evans.'

'Nid chi sy'n gorfod byw efo hi.'

'Ond mae Tom yn dal ganddoch chi.'

'Am nad oeddach chi 'i isio fo, yntê? Sut medrach chi fod mor greulon, Grace?'

'Roedd gen i fy rhesyma.'

'Digon i allu cyfiawnhau dinistrio'i fywyd o?'

Bythefnos yn ôl, pan ofynnodd Elen Evans iddi am nwyddau ar lab, roedd hi wedi tybio iddi glywed adlais o'r cyfeillgarwch a fu yn y diolch a'r 'fedrwn i ddim fod wedi gofyn i neb arall', ac wedi gobeithio bod modd ei adfer. A dyma oedd i'w gael am wneud cymwynas, ia? Cael ei sarhau a'i chamfarnu gan un nad oedd yn deall dim. Pwy fyddai'n credu y gallai'r wraig fach agos i'w lle fod mor fileinig ei thafod? Ac i feddwl ei bod hi wedi tosturio wrthi yn gorfod rhannu'i haelwyd â Maud.

'Mi a' i, 'ta.'

'Diolch i chi am ddŵad i ddeud wrtha i am Ifan.'

Gadawodd y giât yn agored a brysio i lawr y lôn a'i gwrid yn uchel. Ni sylwodd ar y ddau oedd yn sefyll yn y cysgodion gerllaw capel Amana.

'Wel, wel, yli pwy sydd 'ma, Maud.'

Adnabu'r llais ar unwaith. Ceisiodd gythru heibio iddynt, ond roedd Now Morgan wedi camu allan ac yn sefyll yn ei llwybr.

'Symudwch o fy ffordd i, Now Morgan.'

'Rŵan, rŵan, dydi tempar fel'na ddim yn gweddu i ledi fel chi. Wyddat ti 'i bod hi'n dal i snwffian o gwmpas dy ŵr di, Maud?'

'Waeth iddi heb. Dydi hwnnw'n da i ddim i neb.'

'Ond dydi hen ferch fel hon yn gwbod dim am ddynion. Rioed wedi ca'l un. A lle oedd Tom bach yn cuddio heddiw?'

'Yn 'i wely gadawis i o, yn chwyrnu cysgu, ar ôl difetha cwsg pawb arall.'

'Sgeifio eto.'

Trodd at Grace a holi'n awgrymog,

'Oedd yr hen gant yno?'

'Os mai cyfeirio at Elen Evans yr ydach chi . . . oedd.'

'Biti. Amseru gwael. Gwell lwc tro nesa, 'te, Maud?'

'Croeso iddi arno fo.'

Plethodd Maud ei breichiau am wddw Now. Crechwenodd yntau ac meddai,

'Dyma i chi un sy'n gwbod be ydi dyn go iawn, Miss Ellis.'

Manteisiodd Grace ar y cyfle a brasgamu i lawr yr allt. A dyna sut oedd pethau? Tybed oedd Tom yn gwybod fod y ddau yn gwneud ffŵl ohono? A be oedd Maud yn ei feddwl wrth ddweud ei fod o'n difetha cwsg bawb? Nid oedd Tom yn un i golli diwrnod o waith a mentro cael ei gardiau. Ond nid oedd a wnelo hynny ddim â hi. Byddai'n anfon gair at Laura rhag blaen, yn ei rhybuddio i beidio gofyn dim byd tebyg ganddi byth eto.

Erbyn canol y pryhawn, roedd y llythyr hwnnw wedi'i bostio, ond ni theimlai Grace fymryn gwell. Clywodd ei thad yn galw arni o'r llofft. Cyn iddo gael cyfle i ddod i lawr y grisiau, roedd hi ar ei ffordd i weld yr unig un y gallai agor ei chalon iddi.

\* \* \*

Roedd Hannah Williams yn eistedd ar wal fach yr ardd pan welodd Grace yn dod am y tŷ a golwg guchiog arni.

'Rydw i mor falch o'ch gweld chi, Grace fach.'

'Ddim cyn falchad ag ydw i o'ch gweld chi.'

'Helpwch fi i godi, 'newch chi, neu yma bydda i tan nos.'

'Dydi'r crydcymala ddim gwell?'

'Mi ddaw, rŵan fod y gaea drosodd. Mi fydda i'n neidio dros y cloddia 'ma cyn pen dim. Mewn â ni.'

Mor wahanol oedd y gegin hon i un Llwybrmain. Llond grât o dân, a neb i darfu ar fwynhad y ddau oedd yn rhannu'r aelwyd. Ond dim ond un ohonyn nhw oedd yma ar hyn o bryd, wrth lwc.

'Does 'na ddim llawar o hwyl arnoch chi, Grace.'

'Ydi o mor amlwg â hynny?'

'I mi ydi. Te gynta, ynta siarad?'

'Siarad. Mi ddaru Elen Evans fy nghyhuddo i heddiw o ddinistrio bywyd Tom.'

'Ro'n i'n meddwl mai i hynny y bydda hi'n dŵad yn hwyr neu'n hwyrach.'

'Ond pam deud rŵan, wedi'r holl flynyddoedd?'

'Dydi amsar yn lleddfu dim ar deimlada mam. Ac mae hi'n meddwl y byd o Tom.'

'Mi dw inna hefyd . . . mi o'n i. Ond doedd gen i ddim dewis, yn nag oedd?'

'Ŵyr hi mo hynny, Grace.'

'A chaiff hi ddim gwybod chwaith. A' i ddim yn agos i Lwybrmain byth eto.'

'Be wnaeth i chi fynd yno heddiw?'

'I ddeud wrthi fod 'i mab arall hi'n fyw ac yn iach.'

'Lle mae Ifan, felly?'

'Yn y Blaenau, yn aros yn nhŷ gweinidog y Capal Mawr yn hytrach na dŵad adra fel dyla fo. Er, dydi hwnnw'n fawr o gartra bellach, yn ôl Elen Evans.'

'Nag ydi, mae'n siŵr.'

'Mae Maud yn caru ar y slei efo'r Now Morgan 'na ddaru ddianc am y De adag y streic.'

'Yr hen gnawas iddi hi!'

'Mi ddeudodd yn fy wynab i nad ydi Tom yn da i ddim, iddi hi na neb arall. Be ddaeth dros 'i ben o'n phriodi hi, Hannah?'

''I dwyllo fo ddaru hi. Cymryd arni 'i bod hi'n disgwyl plentyn.'

'Sut gwyddoch chi hynny?'

'Clywad pobol yn siarad.'

'Pam na fyddach chi wedi deud wrtha i?'

'Pa well fyddach chi o wybod? Ydach chi'n barod am de rŵan?'

Wrth iddi fustachu o gwmpas yn estyn hyn a'r llall, am ddiwrnod arall y meddyliai Hannah – diwrnod pan ddaeth Grace ar ei gofyn, a phan allodd hithau gynnig ateb. Roedd hi wedi meddwl ganwaith wedyn tybed ai hwnnw oedd yr ateb iawn. Oni fyddai'n well iddi fod wedi peidio ymyrryd a gadael i bethau gymryd eu siawns? Ond sawl bywyd fyddai wedi cael ei ddinistrio o ganlyniad i hynny? Heddiw, nid oedd ganddi'r un ateb, na dim mwy i'w gynnig na chlust barod.

O'r cefn, clywodd Hannah sŵn drws yn agor ac estynnodd gwpan arall. Gosododd y cyfan ar hambwrdd, ond roedd pwysau hwnnw'n ormod iddi. Fe'i gadawodd lle yr oedd a mynd drwodd i'r gegin i ofyn am help John. Ond roedd y gegin yn wag ac awel oer yn chwythu i mewn drwy'r drws agored.

\* \* \*

Drwy'r ffenestr fechan ar lawr uchaf Bristol House, gwyliodd Magi'r awyr yn goleuo'n araf. Roedd diwrnod arall wedi cael ei eni, un newydd sbon, mor dlws a diniwad â babi. Byddai ei mam wastad yn dweud mor bwysig oedd gwneud yn fawr o bob diwrnod, gan mai dim ond un cyfla oedd rhywun yn ei gael. A dyna oedd hi'n mynd i'w wneud o bob munud o hwn.

Er bod y Sadwrn yn un o'r dyddiau prysuraf, roedd Grace Ellis wedi bod yn ddigon parod i

121

ganiatáu iddi gael prynhawn rhydd. Nid yn unig hynny, ond roedd hefyd wedi mynnu ei bod yn cymryd benthyg yr esgidiau seiat ac wedi rhoi swllt cyfan iddi. Ac am un o'r gloch heddiw byddai hi, Margaret Roberts, yn rhannu sêt ar Moto Grey efo Deio ac yn cael ei chario mewn steil yr holl ffordd i Fangor. Roedd fan'no dipyn mwy na Pesda, yn ôl Grace Ellis, ac yn lle hawdd mynd ar goll ynddo fo. 'Cadwch chi'n glòs at Deio, Magi,' meddai. Oedd hynny'n golygu y gallai blethu breichiau efo fo, heb ymddangos yn bowld? Ond gadael y dewis iddo fo fyddai'r peth gorau. Roedd pawb ym Mhen Bryn wrth eu boddau pan glywson nhw fod ganddi gariad. 'Ydi o'n un go ffeind, Magi?' holodd ei mam yn bryderus. Ond tawelwyd ei hofnau pan atebodd hi, 'Ydi, y ffeindia'n fyw, ac yn barchus iawn ohona i.'

Caeodd Magi ei llygaid a cheisio ei gwneud ei hun mor gyfforddus ag oedd modd yn y gwely cul. Rhyw ddiwrnod, byddai gan Deio a hithau eu gwely eu hunain a'r hawl i wneud mwy na phlethu breichiau. Ond roedd yr heddiw newydd a'r trysorau oedd gan hwnnw i'w gynnig yn ddigon am rŵan.

Yn rhif ugain Llwybrmain, gwelodd Elen Evans yr un wawr yn torri, ond nid oedd gan y diwrnod newydd ddim i'w gynnig iddi hi. Pam na fyddai Ifan wedi gadael iddi wybod lle'r oedd o yn hytrach na dibynnu ar Grace Ellis, o bawb? Yr un oedd wedi torri calon ei mab hi, a hynny heb allu cynnig unrhyw reswm. 'Dydw i ddim digon da iddi hi,' dyna ddwedodd Tom. Ddim digon da, wir! Châi hi neb gwell. Ond roedd ganddi dipyn o feddwl ohoni'i hun er pan oedd hi'n enath, o ran hynny. Gallai ei chofio'n dweud wrthi, 'Rydw i am fod yn ditsiar, Elen Evans.' A hithau'n cydymdeimlo â hi pan fu'n rhaid iddi adael yr ysgol, ac yn rhoi ei chas ar Edward Ellis. Ond merch ei thad oedd hi, yn sicr ddigon, yr un mor ystyfnig a ffroenuchel.

Roedd hi wedi gobeithio, fel yr âi amser heibio, y gallai faddau ac anghofio. On'd oedd Crist wedi gallu gwneud hynny, ac yntau wedi'i hoelio ar groes? 'O, Dad, maddau iddynt: canys ni wyddant beth y maent yn ei wneuthur'. Ond fe wyddai Grace Ellis be oedd hi'n ei wneud – o, gwyddai.

Roedd y cyfan wedi'i drefnu a Tom wedi cytuno i symud i Bristol House. Rhoesai hithau ei bendith ar hynny. Er mor siomedig oedd hi fod Ifan wedi mynnu gadael yr ysgol a mynd i'r chwarel, roedd ei gwmni'n gysur i un nad oedd erioed wedi arfer bod ar ei phen ei hun. Roedd hi wedi cyfri'i bendithion sawl gwaith yn ystod y cyfnod hwnnw, ac wedi teimlo llawenydd am y tro cyntaf ers iddi golli Robat.

Nid anghofiai fyth mo'r diwrnod y derbyniodd Tom y llythyr oddi wrth Grace. Gan ei fod wedi erfyn arni i beidio â chrybwyll hynny wrth Ifan, bu'n rhaid iddi wrando arno'n dilorni'i frawd heb allu achub ei gam. Y diwrnod hwnnw oedd dechrau'r diwedd iddyn nhw fel teulu. Roedd Grace Ellis nid yn unig wedi dinistrio bywyd Tom, ond ei bywyd hithau hefyd. Ni allai byth, Duw fo'n dyst, faddau iddi.

\*   \*   \*

Nid oedd unrhyw arwydd bod cinio'n barod pan ddychwelodd Ifan o'r siop. Eisteddai Laura wrth y bwrdd â'i phen yn ei dwylo, ond cododd yn frysiog pan ddaeth ef i'r gegin.

'Do'n i ddim 'di sylweddoli faint o'r gloch oedd hi.'

'David Francis adawodd i mi adal yn gynnar.'

'Chwara teg iddo fo.'

'Dda gen i mo'r dyn, Laura.'

'Mae o'n ca'l amsar calad efo Peter, 'sti.'

'A'r ddau'n casáu'i gilydd.'

Brathodd Ifan ei dafod rhag dweud rhagor. Roedd y gair 'casáu' ynddo'i hun wedi bod yn ddigon i darfu Laura. Pan gododd ei phen i edrych arno, sylwodd fod ei llygaid wedi cymylu â dagrau. Aeth ati a gafael yn ei llaw.

'Ddylwn i ddim fod wedi sôn am hynny.'

'Nid dyna sydd.'

Tynnodd ei llaw yn ôl gan daflu cip pryderus i gyfeiriad y drws.

'A be mae Daniel wedi'i neud y tro yma?'

'Wedi ca'l llythyr gan Grace yr ydw i. Wnes i ddim gofyn iddi ddeud wrth dy fam dy fod ti yma, yn naddo?'

'Ond roedd hi'n siŵr o neud. A be oedd gan yr hen wraig i'w ddeud, 'lly?'

'Mae beth bynnag ddeudodd hi wedi cynhyrfu Grace. Hen lythyr cas ydi o, Ifan.'

'Fi sydd wedi pechu, nid chdi. Mi sgwenna i ati hi, i egluro.'

A deud be? Y gwir, a dim ond y gwir. Ond be oedd hwnnw, mewn difri?

124

'Nei di anfon gair at dy fam hefyd?'

'Does 'na ddim pwrpas. Mi sgwennais i ati sawl tro pan o'n i'n y carchar, ond che's i 'run atab.'

'Ond dydw i ddim yn deall. Sut medra hi neud hynny a hitha'n fam i chdi?'

Damio unwaith, roedd o wedi'i tharfu hi eto. Dylai fod wedi dysgu erbyn hyn mai cau ceg oedd y peth calla. Be ddaeth dros ei ben yn peri mwy o ofid i un yr oedd ganddo gymaint o feddwl ohoni? Ac yntau'n ysu am gael rhoi ei freichiau amdani, gwyddai na allai fentro aros yno funud yn hwy.

'Mi dw i am fynd am dro bach, Laura.'

'Ond be am ginio?'

'Mi fydda i'n ôl toc.'

O, byddai. Nid oedd ganddo unrhyw ddewis ond dod yn ôl.

# 9

I'r rhai hŷn, rhyw lithro heibio heb eu cyffwrdd wnaeth y mis Mai hwnnw. Efallai i ambell un sylwi fod yr awel yn fwynach, ond nid oedd i nac awyr las na heulwen addewid o bethau gwell i drigolion Bethesda.

Gwnaeth y bechgyn ifanc yn fawr o'r cyfle i dreulio'r Suliau'n chwarae pêl-droed yn Nghoed y Gas. Codwyd y mater yng nghyfarfod y blaenoriaid, a theimlai John Williams reidrwydd i gytuno ag Edward Ellis y dylid dwyn hynny i sylw'r heddgeidwaid. Cafodd Edward ddeunydd pellach yn y truth digalon a gyrhaeddodd o'r Blaenau, a bu'n rhaid i Grace a Magi wrando ar ei berorasiwn arferol ar bechodau'r oes.

A hithau'n gwybod y byddai Deio yno, ni fu angen perswâd ar Magi i fynd i wrando ar Miss Grifffith, Llys Derwen, yn darlithio ar gymeriadau Daniel Owen. Gwnaeth ei gorau glas i roi sylw i'r ddarlith, ond aeth ei holl fwriadau da ar chwâl o'r eiliad y cyfarfu ei llygaid hi â rhai Deio. Y prynhawn Sadwrn hwnnw ym Mangor, roedd o nid yn unig wedi plethu'i fraich am ei braich hi, ond wedi'i chusanu hefyd. Sefyll ym mhen pella'r pier yr oedden nhw yn syllu ar y tir gwastad undonog gyferbyn, a hithau'n ysu am gael tynnu'r esgidiau oedd yn cau fel feis am ei bodiau, pan deimlodd hi wefusau meddal yn cyffwrdd â'i boch. Er nad oedd ond cyffyrddiad bach swil, bu'n ddigon i wneud iddi anghofio'i thraed dolurus am weddill y diwrnod.

Llwyddodd Grace i atal ei meddwl rhag crwydro nes i Miss Griffith ddechrau sôn am Mari Lewis, 'y decaf, yr hoffusaf, a'r orau o'r gwragedd' yn ôl Rhys, ei mab; un a allai ddweud, 'Mi a ymdrechais ymdrech deg, mi a orphenais fy ngyrfa, mi a gedwais y ffydd'. Roedd hi wedi meddwl, ar un adeg, mor debyg oedd Elen Evans i Mari Lewis, yn siampl i bawb ac yn amlygu'u gwendidau, fel haul yn dangos llwch.

Roedd y llythyr a dderbyniodd oddi wrth Ifan wedi'i chythruddo gymaint fel y bu iddi ei fwrw o'r neilltu. Pa hawl oedd ganddo i ddweud fod arno angen rhyddid i fod yn ef ei hun? Ond efallai iddi fod yn rhy barod i farnu. Er ei bod yn teimlo'r un mor ddig tuag ato, oni ddylai hi, fel un fyddai wedi rhoi'r byd am gael y rhyddid hwnnw, allu deall a chydymdeimlo? Sawl gwaith yr oedd Ifan a hithau wedi dadlau hyd at daro?

Cofiai ddweud wrtho unwaith ei fod mor ystyfnig â mul, ac yntau'n haeru ei bod hithau o'r un teulu. Ond gorfod gadael yr ysgol wnaeth hi. Anwybyddu erfyniadau Elen Evans a'i chyngor hithau wnaeth Ifan, a mynnu gadael. A phwy ond pen bach fel fo fyddai wedi herio Daniel fwy nag unwaith, a hynny yng nghlyw Tada?

Dychwelodd Grace i festri Jerusalem i glywed Miss Griffith yn dyfynnu geiriau Mari Lewis wrth Rhys: 'Mi fydd gynnat ti dri gelyn i ymladd â nhw: y byd, y diafol, a thi dy hun, a mi ffeindi mai ti dy hun fydd yr anhawddaf ei goncro'. Ond roedd hi'n rhy gythryblus ei meddwl ar y pryd i allu penderfynu pa un oedd y gelyn pennaf.

I fyny yn Llwybrmain, roedd Maud ar delerau da efo hi'i hun, ac nid oedd fymryn o ots ganddi am na byd na diafol. Gwyddai fod yna hen siarad amdani hi a Now, ond nid oedd hynny'n poeni dim arni. Ac roedd y diafol yn llawer cleniach na Duw Elen Evans, oedd â'i lach ar bawb a phob dim. Nid oedd gwg ei mam-yng-nghyfraith yn mennu dim arni chwaith, er ei bod fwy o dan draed nag erioed. Ni fu ar gyfyl y pentref ers pythefnos a bu'n rhaid iddi hi ymorol am fwyd. Ni chawsai air o ddiolch am ei thrafferth. Byddai wedi hel ei phac, fel roedd hi'n bwriadu, oni bai fod Now yno'n gefn iddi. Mor wahanol oedd o i'r gŵr di-ddim yr oedd hi wedi'i chlymu hun wrtho. Ond roedd y cwlwm hwnnw'n llacio bob dydd. Tybed oedd Tom wedi dod i wybod am Now a hithau? Go brin ei fod o, ac yntau'n cerdded o gwmpas y lle fel dyn mewn breuddwyd a'i glustiau'n llawn wadin.

Roedd Tom yn gwybod, diolch i Bob bach. Un prynhawn, ac yntau ar ffiws fer ar ôl cael ei alw i gyfri ar gam oherwydd Tom, roedd o wedi methu dal. Byddai ambell un wedi rhoi celpan iawn iddo am fentro dweud y fath beth, ond ni wnaeth Tom ond syllu'n llywaeth arno.

Ond er ei fod bellach yn hen law ar guddio'i boen, roedd y newydd wedi'i ysgwyd. Ei ofid mwyaf oedd y deuai ei fam i wybod. Byddai hynny'n ergyd arall iddi ac yn ei gwneud yn anoddach fyth iddi fyw dan yr un to â Maud. O'i ran ei hun, nid oedd ganddo ef hawl disgwyl dim gan Maud. Ond roedd hi'n chwarae â thân drwy ymddiried yn Now Morgan. Dim ond ei defnyddio yr oedd o, fel yr oedd wedi defnyddio pawb erioed, a hi fyddai'n gorfod dioddef.

A hwnnw'n faich ychwanegol i'w gario, nid oedd clytiau glas a haul mis Mai yn cynnig unrhyw gysur i Tom Evans, Llwybrmain, a oedd, fel y rhai hŷn, wedi hen roi'r gorau i obeithio.

\* \* \*

Er bod drws cefn y Commercial yn llydan agored, nid oedd Ifan yn ddigon siŵr o groeso i gamu i mewn.

'Mi dw i wedi dŵad â rhywun i'ch gweld chi, Annie,' galwodd.

Daeth Annie i'r gegin, yn ffrwcs i gyd, gan fwmian wrthi'i hun. Nid oedd ganddi na'r amser na'r amynedd i ddwndran Ifan, heb sôn am bobol ddiarth. Heb wneud unrhyw ymdrech i gelu hynny, meddai'n siarp,

'Dowch i mewn, da chi, yn lle stelcian yn fan'na.'

Safodd yn stond pan welodd pwy oedd yr ymwelydd, a lledodd cwmwl dros ei hwyneb.

'Mi dach chi'n mentro'n arw yn dŵad â Ruth i un o dai'r diafol, Ifan.'

Oedd, yn mentro'n arw. Ni fyddai ond helynt petai Daniel yn dod i wybod.

'Fi ddaru'i berswadio fo, Nyrs Pritchard. Hirath am eich gweld chi.'

Efallai mai'r demtasiwn o herio'r unben a barodd iddo ildio i'r perswâd. Roedd Annie, yn ôl Ruth, wedi bod yn ymwelydd cyson yn nhŷ'r gweinidog ar un adeg, ac yn athrawes Ysgol Sul ar Anna a hithau, nes i'r gweinidog benderfynu ei gwahardd o'i gapel a'i gartref a siarsio'r merched nad oedden nhw i wneud dim â hi.

Diflannodd y cwmwl o dan wên fawr lydan wrth i Annie groesi at Ruth a phlethu'i breichiau amdani.

'Chwara teg i ti, wir. Un o 'mhlant i ydi hon, Ifan. Y babi tlysa welsoch chi rioed. Ac mae hi 'run mor dlws heddiw.'

Sylwodd Ifan fod ei llais yn floesg a phrysurodd i droi'r stori.

'Sut ydach chi, Annie?'

Edrychodd dan ei chuwch arno.

'Rai wythnosa'n hŷn na pan welsoch chi fi ddwytha.'

'Mae'n ddrwg gen i fod mor ddiarth. Rydw i wedi ca'l gwaith, yn siop David Francis.'

'Do, mi wn.'

'Dydw i ddim wedi'ch gweld chi yno.'

'Welwch chi mohona i yno chwaith. Dowch at y bwrdd eich dau.'

'Does dim angan trafferthu.'

'Fi sydd i benderfynu hynny.'

Pan gyrhaeddodd Ben, roedd y te bach wedi'i fwyta. Heb dynnu'i gap hyd yn oed, aeth at Ruth a phlannu cusan ar dop ei phen.

'A lle w't ti di bod heb alw i'n gweld ni tan rŵan?' holodd.

Taflodd Annie olwg rhybuddiol arno.

'Tyn dy gap a helpa dy hun i de.'

Er ei bod yn ddistawach nag arfer, roedd yn amlwg i Ifan fod Ruth yn teimlo'r un mor gartrefol ag yntau. Nid oedd angen i neb ddweud dim, o ran hynny, ac Annie'n parablu pymtheg i'r dwsin. Roedd Ben wedi tewi ers meitin ac yn syllu arnynt drwy fwg ei Wdbein. Pan allodd gael gair i mewn, meddai,

'A be dach chi'n 'i feddwl o'r newydd da?'

'Pa newydd da?'

'Fod Annie 'ma dan 'i gofal, 'te. Mi dw i'n mynd i fod yn dad, Ifan.'

'Wel, wir. Llongyfarchiada i chi'ch dau.'

'Ddeudis i nad oedd hi ddim rhy hwyr, yn do?'

'Does dim isio sôn am betha fel'na rŵan, Benjamin.'

'Mae Ruth yn ddigon hen i ddallt, dwyt, hogan?'

'Ydw, siŵr. Ond falla bydd raid i chi aros tan flwyddyn nesa cyn gweld y babi, Mr Owens. Mi ddeudodd Anna wrtha i fod Mam wedi'i chario hi o gwmpas tu mewn iddi am naw mis. Ond rhyw ddynas arall ddaru 'nghario i.'

Cafodd Annie ei tharo'n fud, am unwaith. Cliriodd Ben ei wddw ac meddai,

'Panad arall i ddathlu, ia?'


Croesi'r bont am y Sgwâr yr oedden nhw pan ofynnodd Ruth,

'Glywsoch chi be ddeudodd Nyrs Pritchard?'

'Be, felly? On'd ydi hi'n deud cymaint.'

''Mod i'n un o'i phlant hi.'

'Mae'r Blaena 'ma'n llawn ohonyn nhw, yn ôl Ben.'

'Helpu'r mamau i ddŵad â nhw i'r byd oedd hi, 'te? Ac os oedd hi yno pan ge's i 'ngeni, mae hi'n gwbod pwy ydi fy mam i.'

Cerddodd ymlaen yn frysiog, gan adael Ifan yn difaru'i enaid iddo fynd â hi'n agos at Annie a allai, petai'n dewis, roi ateb i'r cwestiwn, 'Pwy ydw i?' A gwyddai na fyddai Ruth byth yn fodlon nes cael yr ateb hwnnw.

\* \* \*

Newydd afael yn ei llyfr yr oedd Grace, gan obeithio cael pum munud bach iddi'i hun, pan hwyliodd Magi i mewn i'r gegin fel llong o flaen corwynt.

'Mae 'na ddyn yn y siop, Grace Ellis.'

'Dydi hynny'n ddim byd newydd, Magi.'

'Isio'ch gweld chi mae o.'

Wrth i Grace gewcio arni heibio i'r llyfr, sylwodd Magi ar y chwydd o dan ei llygaid. Doedd craffu fel hyn ar ryw chwain o lythrennau'n gwneud dim lles i'w golwg hi.

'Be wna i? Dŵad â fo yma?'

Rhoddodd Grace y nofel o'r neilltu ac meddai, ag ochenaid fach,

'Ia, mae'n debyg.'

Diflannodd Magi â'r un gwynt yn ei hwyliau. Clywodd Grace hi'n dweud yn ffurfiol,

'Mae Miss Ellis yn barod amdanoch chi rŵan.'

Ond nid oedd y 'diolch' cwta yn ddigon iddi allu adnabod y llais.

'Braidd yn brysur ydi hi,' ychwanegodd, wrth iddi arwain y dyn diarth i'r gegin. Er ei fod o'n ymddangos yn ddigon diniwad, doedd hi ddim am adael Grace Ellis ar ei phen ei hun efo fo, reit siŵr.

'Chadwa i mohoni'n hir.'

Parodd clywed hynny i Grace ailafael yn y llyfr a chymryd arni ei bod wedi ymgolli ynddo.

'Mae'n ddrwg gen i darfu arnat ti, Grace.'

Agorodd Magi ei cheg yn llydan. Pwy oedd hwn, felly, ei fod o mor hy ar ei mistras? Yr hen gariad, falla, y titsiar oedd wedi'i gadael hi, a chael ei arbad, os oedd yr hen jadan Catrin Morris 'na i'w chredu.

Roedd ganddo fo wynab fel cas-stîl yn meddwl y bydda Grace Ellis yn barod i roi ail gyfla iddo fo, hyd oed os mai hi oedd wedi gneud y gwrthod.

'Mi fydda'n well i chi fynd yn ôl i'r siop, Magi.'

'Os dach chi'n siŵr. Mi fydda i o fewn clyw os byddwch chi f'angan i.'

Ciliodd Magi yn gyndyn, wysg ei chefn.

'Rho bwt i'r drws, Tom.'

Gwnaeth yntau hynny, er siom i Magi oedd yn hofran yn y cyntedd. Eisteddodd wrth y bwrdd heb ei gymell.

'Mae'r llyfr 'na a'i ben i lawr gen ti,' meddai a chysgod gwên ar ei wyneb.

Cesiodd Grace ei rheoli ei hun orau y medrai, er bod sŵn curiad ei chalon yn llenwi'i chlustiau. Gan osgoi edrych arno, meddai,

'A be sydd wedi dŵad â chdi yma, felly?'

'Isio ymddiheuro yr ydw i, ar ran Mam. Ddyla hi ddim fod wedi deud yr hyn wnaeth hi wrthat ti.'

'Sut gwyddost ti be ddeudodd hi?'

''I chlywad hi 'nes i, o'r llofft. Mi ddylwn fod wedi dŵad i lawr, ond mi wyddost ti'n well na neb gymaint o gachgi ydw i. Wyddat ti 'mod i yno?'

'Ddim nes i Maud ddeud wrtha i. Mi gwelis i hi wrth y capal.'

'Ac roedd Now Morgan efo hi, debyg? Does dim rhaid i ti fod ofn deud, 'sti. Dydi o'm tamad o ots gen i am hynny, ond mae gen i biti drosti.'

'Piti?'

'Fel bydda gen i o unrhyw un fydda'n mynd i

afael y Now Morgan 'na. Ac mi dw i'n gwaredu rhag i Mam ddod i wbod.'

Cododd Grace ei phen i edrych arno am y tro cyntaf, ac meddai'n wawdlyd,

'Mae'n rhaid 'i harbad hi, o bawb, wrth gwrs.'

'Mae hi wedi dy frifo di, dydi? Ond roedd yn haws troi arnat ti na gorfod cyfadda mai'i mab sydd wedi dinistrio'i fywyd 'i hun.'

Roedd hi'n ysu am allu cyrraedd ato. Gorffwysodd ei llaw ar y bwrdd, o fewn ychydig fodfeddi i'w law o.

'Grace . . . mae'n ddrwg gen i, am bob dim.'

'A finna.'

'Nid dŵad yma i ymddiheuro'n unig wnes i, 'sti. Isio deud yr ydw i . . .'

Eiliad yn rhagor, a byddai'r dwylo wedi cyffwrdd a'r hyn a fwriadwyd wedi'i ddweud. Ond agorodd drws y gegin a chollwyd y cyfle, fel sawl cyfle arall.

'O, chi sydd 'ma, Tom Evans. Ro'n i'n meddwl i mi glywad lleisia.'

'Ar fynd yr o'n i, Edward Ellis.'

'Ro'n i'n deall fod eich brawd yn lletya efo Daniel, y mab. Adra mae'i le fo, yntê?'

'Esgusodwch fi. Da bo'ch chi'ch dau.'

Brasgamodd Tom drwy'r siop, heb sylwi fel yr oedd Magi'n rhythu arno o'r tu ôl i'r cownter. Croesodd at y drws, a'i follltio. Wrth iddi frysio am y gegin, clywodd sŵn curo. Fe gâi pwy bynnag oedd yno aros. Roedd ar Grace Ellis fwy o'i hangan hi rŵan.

Ond ni chafodd Magi chwaith gyfle i ddweud ei dweud. A hithau ar gamu i'r gegin, daeth wyneb yn wyneb ag Edward Ellis, ar ei ffordd allan, a bu hynny'n ddigon i beri iddi sgrialu'n ôl am y siop nerth ei thraed.

*   *   *

Cynhesodd y tywydd at ddiwedd y mis ac nid oedd prinder glo'n gymaint o boen bellach ar aelwydydd y Blaenau. Ond bu'r haul yn gyndyn iawn o fentro drwy ffenestri'r tŷ wrth ystlys y Capel Mawr. Er na fu unrhyw helynt, roedd rhyw ias oer, fygythiol yn crogi fel tarth dros bopeth. Âi Daniel allan yn aml, liw nos gan amlaf, gan atgoffa Ifan o'r cyfnod erchyll hwnnw a arweiniodd at farwolaeth ei dad.

Roedd Laura'n ymwybodol fod Ifan yn gwneud ati i osgoi bod yn ei chwmni os nad oedd y merched yno, ac yn ei beio ei hun fel arfer. Oni bai am ei hymyrraeth hi yn mynnu mynd ar ofyn David Francis, byddai wedi dod o hyd i ryw waith arall yn hwyr neu'n hwyrach. Gwyddai nad oedd yn hapus yn y siop a bod y berthynas rhwng y tad a'r mab yn pwyso ar ei feddwl, er na fyddai byth yn crybwyll y peth, mwy na dim arall o ran hynny. Ni soniodd hithau air am y gofid a fu'n bygwth ei llethu ers y diwrnod hwnnw pan fynnodd Daniel ddatgelu'r gwir, dim ond bwrw i'w gwaith yr un mor ddiwyd ag arfer a cheisio ei pherswadio'i hun fod Ruth wedi derbyn ac yn gymaint o ferch iddi hi ag erioed.

Diolchodd Annie nad oedd Ben yno pan alwodd Ruth, gan na allai ymddiried ynddo i ddal ei dafod. Bu gorfod mesur ei geiriau'n dreth arni hithau. Er iddi geisio ffugio anwybodaeth i ddechrau, nid oedd modd twyllo Ruth. Y diwedd fu iddi gydnabod ei bod hi yn gwybod ond y byddai'n cael ei thaflu ar ei phen i'r tân mawr petai'n torri'r addewid a wnaethai. Roedd hi wedi gobeithio y byddai'r bygythiad hwnnw'n rhoi pen ar yr holi, ond pan drodd Ruth ati a'i llygaid yn llawn poen a dweud, 'Doedd hi mo f'isio i, yn nag oedd?' bu ond y dim iddi â thorri'r addewid a mentro fflamau uffern. Cafodd ras i ymatal rhag hynny.

'Bobol annwyl oedd, yn fwy na dim yn y byd.'

'Sut un oedd hi, Nyrs Pritchard?'

'Un dlws, fel chditha. Rŵan, dim rhagor o gwestiyna.'

Bu'n rhaid i Ruth fodloni ar hynny, am y tro. Ond rhyw ddiwrnod, fe gâi hi ateb i'r cwestiwn a dod i wybod pwy oedd y ddynes dlws oedd ei heisiau hi'n fwy na dim yn y byd.

\* \* \*

A'i chydwybod euog yn ei phigo, sylwodd Grace fod Hannah yn fwy di-ddweud nag arfer. Dim rhyfedd, o ran hynny, a hithau wedi diflannu fel y gwnaeth hi. Ond doedd hi ddim am syrthio ar ei bai yng nghlyw John Williams. Aros y byddai hi, yn ôl pob golwg. Roedd o fel petai wedi glynu wrth ei gadair, ac yn edrych yn bryderus i gyfeiriad ei wraig bob hyn a hyn. Mae'n rhaid fod Hannah wedi sôn wrtho fel y bu iddi hi adael heb air o eglurhad. Gallai ei ddychmygu'n crychu'i aeliau ac yn dweud, 'Fel y tad y bydd y ferch'.

A hithau wrthi'n ceisio meddwl am esgus i adael, meddai Hannah,

'Pam nad ewch chi i'r ardd am sbel, John, rŵan fod gen i gwmpeini?'

'Fyddwch chi'n iawn?'

'Bydda, siŵr.'

Cododd John Williams yn gyndyn.

'A gadwch y drws yn agorad, i ni ga'l rhywfaint o haul.'

'Mae'n well peidio. Mae'r awal yn fain heddiw.'

Caeodd y drws yn dynn o'i ôl gan ddiffodd golau'r haul.

'Mae o'n ffysian o 'nghwmpas i fel iâr glwc, Grace. Mi ge's i hen bwl digon cas ddoe.'

'Oes 'na rwbath alla i neud?'

'Nag oes, mwy na fedrwn i neud i chi y tro dwytha i chi alw.'

'Ro'n i'n gofyn gormod.'

'Ydach chi wedi gweld Elen Evans wedyn?'

'Naddo, ond fe ddaeth Tom draw acw, i ymddiheuro ar 'i rhan hi . . . deud mai fo sy'n gyfrifol am ddinistrio'i fywyd.'

''Ngwas gwyn i.'

'Roedd ganddo fo rwbath arall i'w ddeud wrtha i, medda fo. Ond mi ddaru Tada dorri ar ein traws ni. Fedra i ddim diodda'i weld o mor ddigalon, Hannah. Wn i ddim be i neud.'

'Y gora o'r gwaetha, er mor anodd ydi hynny.'

'Mae hi'n rhy hwyr, dydi?'

'Ydi, mae arna i ofn. Ond rydach chi'n dal yn ifanc, Grace.'

'Ifanc? Mi dw i'n teimlo fel hen gant weithia.'

'A finna *yn* hen gant 'te?'

Pan ddychwelodd John Williams i'r tŷ ychydig yn ddiweddarach, roedd Grace wedi paratoi te i'r tri ohonyn nhw. Aeth at Hannah a gorffwyso'i law yn dyner ar ei hysgwydd.

'Mae'ch gweld chi wedi gneud lles iddi'n barod, Grace.'

Biti garw na allai Grace ddweud yr un peth amdani hi, meddyliodd Hannah. Ond be oedd yna i'w gynnig, o ddifri, ond rhyw hen ystrydebau diddim?

Wedi iddi adael Cae'r-ffynnon, crwydrodd Grace at Bont y Tŵr ac eistedd ar lan yr afon. Rhedodd cryndod drwyddi, er bod yr haul yn boeth ar ei gwar. Yma yr eisteddai Tom a hithau noson 'Steddfod Rachub. Tom yn taenu'i gôt dros ei hysgwyddau, a gwres ei gorff yn glynu wrthi. A hithau, y ffŵl ag oedd hi, yn benderfynol o gadw'r ers talwm o hyd braich. Gallai ei gofio'n dweud – 'Dydi'r lle 'ma 'di newid dim, Grace' – a gwyddai ei bod bellach yn barod i gyfaddef nad oedd ei theimladau hi tuag ato wedi newid dim chwaith.

\* \* \*

Er bod Daniel yn cadw at y strydoedd cefn, nid oedd modd osgoi pobol. Roedden nhw'n ymddangos o bob cwr, fel llygod yn gwibio allan o'u tyllau, a'u llygaid bach milain yn rhythu arno. Cerddai heibio iddynt, gan amlaf, heb gymryd arno'u gweld, ond mynnai ambell un brocio sgwrs. Bu un, blaenor yn ei gapel, mor feiddgar â chyfeirio at y torri allan, a hynny mewn tôn fygythiol. Cawsai daw arno drwy ddweud fod y mater wedi'i setlo ac nad oedd am glywed gair yn rhagor am y peth. Pa hawl oedd gan hwnnw i roi ei linyn mesur ar y Duw a roesai arweiniad iddo ef a sêl ei fendith ar y penderfyniad? Pa hawl oedd gan y bobol yma i sefyll yn ei lwybr? Llonydd, dyna'r cwbwl yr oedd o'n ei ofyn. Gwyddai eu bod yn ei drafod yn ei gefn. Pan dderbyniodd ef yr alwad i'r Capel Mawr roedd gweinidog yn un i'w barchu, ond bellach nid oedd gan y rhan fwyaf barch at neb na dim. Byddai rhai wrth eu boddau'n ei weld yn rhoi'r gorau iddi fel y caent hwy gymryd yr awenau a dilyn eu mympwy eu hunain. Ond roedd hynny'n amhosibl. Onid oedd Duw wedi ei ddewis i fod yn was iddo a'i rybuddio y byddai'r llwybr cul yn un garw a charegog? A byddai'n rhaid iddo ddal i gerdded hwnnw ar ei ben ei hun.

Un noson, pan gredai ei fod wedi crwydro'n ddigon pell, penliniodd ar y ddaear i ofyn maddeuant Duw am fethu yn ei ddyletswydd o aros yn ddibriod a chysegru'i hun yn llwyr i'w waith. Ac nid yn unig hynny, ond cymryd baich ychwanegol drwy gytuno i fagu plentyn nad oedd a wnelo ef ddim â hi. Roedd honno fel petai'n gwneud ati i'w atgoffa o'i wendid, a'r llygaid tywyll yn ei gyhuddo o'i fethiant i'w derbyn fel merch. Ond ni allai byth, byth dragwyddol, wneud hynny.

Pan gododd ar ei draed, gwelodd rywbeth yn disgleirio yn y tywyllwch ychydig bellter i ffwrdd. Y llygaid eto, yn ei ddilyn, yn ei wylio, nos a dydd. Cerddodd yn frysiog yn ôl am y tŷ ac aeth ar ei union i'r stydi. Ond roedden nhw yno'n ei aros, yn rhythu arno o'r muriau a'r nenfwd. Gwasgodd ei ben rhwng ei ddwylo, ond gallai eu teimlo yn serio'i gnawd ac nid oedd ganddo unrhyw obaith dianc rhagddynt.

# 10

Roedd Grace yn ymwybodol fod Magi'n syllu arni ers meitin, yn amlwg yn ysu am gael torri ar y tawelwch. Achubodd y blaen arni drwy ofyn,

'Ydach chi am i mi ddarllan rhagor o *Enoc Huws* i chi?'

'Mi fasa'n well gen i 'tasa chi'n deud y stori wrtha i.'

Aeth y stori rhagddi rhwng cromfachau o ebychu, ochneidio, pwffian chwerthin a pheth snwffian. Pan oedodd Grace i gael ei gwynt ati, meddai Magi'n llawn edmygedd,

'Mi fasa chi 'di gneud titsiar dda.'

'Rydw i'n credu fod hynna'n ddigon am heno, Magi.'

A be oedd hi wedi'i ddeud o'i le'r tro yma? Fe fydda unrhyw un arall wrth ei bodd yn cael ei chanmol fel'na. Ond gan ei bod hi wedi pechu am rwbath, waeth iddi fynd gam ymhellach ddim.

'Dydw i ddim isio busnesu, Grace Ellis, ond . . .'

'A be ydach chi eisio'i wybod, felly?'

'Y dyn 'na ddaru alw yma . . . fo oedd o, ia?'

'Fo?'

'Y titsiar ddaru chi wrthod 'i briodi. Dyna ddigwyddodd, 'te?'

'Ia, Magi, dyna ddigwyddodd."

Roedd hi wedi cael hynna'n iawn, o leia.

'Ond nid dyna pwy oedd o . . . Tom Evans, Llwybrmain. Roeddan ni'n arfar bod yn ffrindia ers talwm. Ydach chi'n fodlon rŵan?'

'Diolch i chi am ddeud wrtha i.'

Ond roedd hi ymhell o fod yn fodlon. Pryd oedd yr 'ers talwm' 'ma tybad? Roedd hi'n nabod Grace Ellis yn ddigon da bellach i wybod fod gweld y Tom Evans 'na wedi'i tharfu hi. Byddai'n rhaid iddi gofio'r enw, er mwyn cael holi adra.

'Braidd yn gynnar ydi hi i roi'r gora iddi. Ond os ydach chi 'di blino . . .'

Er mwyn osgoi hel y meddyliau a fyddai'n ei chadw'n effro gydol y nos, cytunodd Grace i fynd ymlaen â'r stori. Ond mynnai'r meddyliau ymyrryd, a phan dorrodd Magi ar ei thraws i ddweud, 'Rêl hen gadach ydi o, 'te?', fe'i clywodd ei hun yn ymateb â brath yn ei llais,

'A be wyddoch chi amdano fo?'

'Mi wn i na wna i byth sgolor, ond mi dw i'n trio 'ngora.'

'Mae'n ddrwg gen i, Magi. Meddwl am betha er'ill yr o'n i.'

'Wn i'm sut ydach chi'n gallu gneud dau beth ar unwaith.'

'Dydw i ddim. Lle'r oeddan ni, deudwch?'

'Yr hen jadan Marged 'na oedd newydd ga'l ffit. Mi fydda honna'n ddigon i godi ofn ar y diafol 'i hun.'

'Mi gafodd hitha gariad, Magi.'

'Â'n gwaredo! Ond maen nhw'n deud fod 'na frân i bob brân, dydyn?'

'Peidiwch â bod yn rhy galad ar Enoc Huws druan. Hogyn bach Wyrcws oedd o, yntê, heb neb yn gefn.'

'Be am y Siws 'na mae o 'di cymyd ffansi ati? Ond 'taswn i hi, faswn i'm yn gafa'l ynddo fo efo gefal, ran'ny. Does 'na ddim rhy ofalus i fod wrth ddewis cariad, yn nag oes?'

'Ac rydach chi wedi gneud eich dewis?'

'Do, tad. Ond mi faswn i'n licio . . .'

Gadawodd y frawddeg ar ei hanner pan glywodd swn traed Edward Ellis yn agosáu. Cythrodd am ei hedau a'i nodwydd, ond yn rhy hwyr. Rhythodd Edward o'r naill i'r llall ac meddai'n ddigon sarrug,

'Mae golwg segur iawn arnoch chi'ch dwy.'

'Wedi bod yn trafod un o nofela Daniel Owen yr ydan ni, Tada.'

'Mi fydda'n rheitiach i chi ddarllan eich Beibil.'

'Rydan ni'n gneud hynny hefyd, ac mae Magi wrth ei bodd yn y seiat.'

'Ydach chi?'

Llwyddodd Magi i gael yr 'Ydw, Mr Ellis' allan er bod ei cheg yn sych grimp.

'Dim ond i chi gofio i'r Apostol Paul ddeud, 'tawed y gwragedd yn yr eglwysi', yntê? Rydw i am 'i throi hi. Bora fory ddaw.'

Eisteddodd y ddwy'n fud nes clywed y sŵn traed yn cyrraedd pen y grisiau.

'Ydach chi am wybod be sy'n digwydd nesa, Magi?'

'Rywdro eto.'

'Digon i'r diwrnod, ia? Be oeddach chi'n mynd i'w ddeud pan ddaeth Tada i mewn?'

'Dydw i'm yn cofio.'

Ond roedd hi yn cofio'n iawn. Am ddeud yr oedd hi mor falch fyddai petai gan Grace Ellis rywun i fod yn gefn iddi, fel roedd ganddi hi. Efallai ei fod yn dda o beth fod Edward Ellis wedi cyrraedd pan wnaeth o a'i harbad rhag agor ei hen geg fawr a rhwbio halan i friwiau nad oedd amsar, i bob golwg, wedi gwella dim arnyn nhw.

\* \* \*

Gorweddodd Now yn ôl ym meddalwch y gwely mwsog heb drafferthu tacluso'i ddillad. Pum munud bach fydda'n braf rŵan. Ond roedd dwylo Maud yn dechrau crwydro eto.

'Ti ddim 'di ca'l digon arna i, 'lly?'

'Cha i byth ddigon arnat ti.'

'Dydi Tom bach fawr o garwr, ddyliwn?'

'Fyddwn ni ddim yn gneud hyn.'

'Does ryfadd dy fod ti ar dy gythlwng. Mi w't ti 'di deud wrtho fo amdanon ni, yn do?'

'Ddim eto.'

'Ond mi 'nest ti addo.'

''Nei di ddeud wrtho fo, Now?'

143

'Dy le di ydi gneud hynny. Fydda fo ddim yn 'y nghredu i, p'un bynnag. Meddwl 'mod i'n tynnu arno fo, o ran sbeit.'

'Mi ddeuda i heno.'

Crwydrodd ei llaw yn is, ei bysedd yn rhygnu yn erbyn ei groen. Gwthiodd Now ei llaw i ffwrdd a chodi ar ei eistedd.

'Dyma dy gyfla ola di.'

'Be ti'n feddwl?'

'Mi dw i 'di ca'l llond bol ar y chwara gwirion 'ma.'

'Nid chwara ydi o. Mi dw i o ddifri, Now. Dydw i'm isio neb ond chdi.'

Roedd y llais main, cwynfanllyd yn gwanu drwy'i ben. Hi â'i hen eisiau tragwyddol, a'i gwefusau barus yn cnoi a sugno, fel petai am ei fwyta'n fyw.

'Mi w't ti'n 'y ngharu i, dwyt, Now?'

'Faswn i ddim yma efo chdi oni bai am hynny.'

'Ac mi ei di â fi efo chdi, pryd bynnag byddi di'n gadal?'

'Does dim isio sôn am adal rŵan. W't ti'n barod amdana i?'

'O, ydw.'

Byddai'n rhaid iddo'i chadw'n ddiddig am sbel eto. Dim ond iddo gau ei lygaid ac iddi hithau gau ei cheg, gallai gymryd arno mai Pegi oedd hi. Y ddau ohonyn nhw'n clymu am ei gilydd yn y gwely oedd yn bonciau ac yn bantiau i gyd, yntau'n mwytho'i mynydd o fol ac yn teimlo'r sbrog bach yn cicio. Un arall y byddai'n rhaid gwneud lle iddo mewn bocs matsys o dŷ oedd yn llawn o ogla chwys traed a thamprwydd a dillad yn stemio, a chwerthin mawr, powld Pegi.

Roedd o wedi troi ei gefn ar y Sowth yn llawn bwriadau da, yn hyderus y byddai ei fam yn falch o'i weld ac y câi waith dros dro yn y chwaral er mwyn gallu anfon pres adra fel roedd o wedi addo. Ond Dei oedd o i'r hen wraig, ac er iddo fynd draw i Fraich y Cafn ryw ben bob dydd nid oedd fymryn elwach.

Roedd Maud yn gwneud sŵn bach yn ei gwddw, fel petai'n canu grwndi. Dŵad efo bloedd y byddai Pegi, heb hidio dim pwy oedd yn clywad. Iesu bach, roedd ganddo fo hiraeth amdani.

'Mae hi'n ddistaw braf yma, dydi, Now?'

'Rhy blydi distaw i mi.'

Roedd o wedi anghofio pa mor boenus o dawal y gallai tawelwch fod. A'r gwactar mawr, yn ymestyn i bob cwr, fel 'tasa pawb wedi'u 'sgubo oddi ar wynab daear.

'Sut le ydi'r Sowth?'

'Dipyn gwahanol i fan'ma.'

'Dydi o ddim ots gen i lle bydda i ond i mi ga'l bod efo chdi.'

Waeth iddi feddwl hynny ddim; byw mewn gobaith am ryw hyd eto. Ond rŵan fod ei lygaid ar agor, ni allai gymryd arno.

'Well i ni fynd yn ôl. Mi fydd dy ŵr di adra erbyn rŵan.'

Cyn gynted ag y câi Tom wybod, fe wnâi'n siŵr ei fod yn rhwbio'i drwyn yn y cachu. Unwaith y byddai wedi cael ei ddial, a hon wedi ateb ei phwrpas, fe âi'n ôl nerth ei draed at Peg a'r plant, y sŵn a'r byw stormus. Estynnodd am law Maud, a'i gwasgu.

'Be dw i fod i ddeud wrtho fo, Now?'

'Dy fod ti dros dy ben a dy glustia mewn cariad efo fi.'

'Mi rydw i.'

''Na'r cwbwl sydd angan 'i ddeud. Tyd.'

\* \* \*

Pan glywodd Laura'r sgrechian, rhuthrodd allan i'r stryd gefn. Roedd Anna yn ei dyblau ar lawr a Ruth yn sefyll bellter i ffwrdd.

'Be sy, 'mach i?' holodd yn ofidus.

Sylwodd fod rhai o'r cymdogesau wedi clywed y sgrechfeydd ac yn dechrau casglu'n dwr chwilfrydig. Ceisiodd gymell Anna i godi, ond yn ofer.

Ni wnaeth y merched unrhyw ymdrech i'w helpu. Gwyddai Laura eu bod wedi eu siomi ynddi. Roedden nhw wedi ystyried y Mrs Ellis fach yn un ohonyn nhw; wedi credu y gallen nhw ymddiried ynddi a dibynnu arni. Ond gwraig y gweinidog oedd hi iddyn nhw bellach, yr un mor gyfrifol ag yntau am gyflwr truenus Mary Hughes.

Nid oedd Ruth, chwaith, wedi osio symud. Pan alwodd Laura arni i'w helpu, cynyddodd y sgrechian.

'Taw rŵan, 'na hogan dda.'

Byddai'r sŵn yn siŵr o dynnu sylw Dan, er ei bod wedi gwneud ei gorau i'w arbed rhag cael ei darfu. Ond doedd ei gorau hi byth yn ddigon da.

Roedd Daniel wedi clywed, ac yn loetran yn y

gegin pan lwyddodd Laura, o'r diwedd, i gael Anna i'r tŷ.

'Be ydi'ch meddwl chi yn gneud y fath sioe ohonoch eich hunain?' holodd yn chwyrn.

'Wedi brifo mae hi, Dan.'

'Pwy? Pwy sydd wedi brifo?'

'Anna.'

'Pam na fasat ti wedi deud wrtha i?'

Gwthiodd Daniel Laura o'i ffordd a thynnu Anna i'w gôl.

'Hisht rŵan, 'nghariad i, mae Dad yma.'

Peidiodd y sgrechian wrth i'w thad sychu'i dagrau'n dyner â chefn ei law.

'Syrthio ddaru ti, ia?'

'Ruth ddaru roi hergwd i mi.'

'Mi dw i'n siŵr nad oedd hi'n bwriadu brifo'i chwaer, Dan.'

'Dydi Anna ddim yn chwaer i mi, yn nag ydi? Ac mae hi wedi gadal i bawb wbod hynny hefyd.'

Roedd Anna wedi bod yn ei phlagio ar hyd y ffordd adref, a'r merched eraill yn crechwenu ac yn sibrwd ymysg ei gilydd. Ceisiodd hithau eu hanwybyddu, nes i un ohonyn nhw ddweud yn sbeitlyd,

'Cog yn y nyth w't ti, 'te.'

'Be mae hynny'n 'i feddwl, Anna?' holodd un arall.

'Nad oes neb 'i hisio hi.'

Dyna pryd y rhoddodd hi hergwd iddi nes ei bod hi'n llyfu'r llawr. Ond be oedd diben ceisio egluro?

'Dos i dy lofft, a paid â symud odd'no nes dy fod ti'n barod i ymddiheuro i Anna.'

Nid oedd yn bwriadu ymddiheuro, hyd yn oed petai'n rhaid iddi aros yno hyd ddydd y farn. Ac roedd hi'n falch nad oedd y ddwy'n perthyn yr un dafn o waed. Gwenwyn oedd ar Anna ei bod hi'n gwneud gymaint gwell yn yr ysgol, er ei bod flwyddyn yn iau. A hi oedd yn gorfod dioddef y cicio a'r pinsio slei pan fyddai'r athrawon wedi bod yn edliw hynny iddi. Er ei bod wedi cynnig ei helpu efo'i thasgau fwy nag unwaith, nid oedd ganddi fymryn o ddiddordeb mewn dim ond tynnu sylw ati ei hun a ffalsio i'w thad. Ond nid hwn, oedd wedi troi ei gefn arni ac yn dwndran Anna, oedd ei thad hi. Ac er ei bod ganddi'r fath feddwl o Laura, ac na fyddai eisiau ei brifo am bris yn y byd, nid hi oedd ei mam chwaith.

Wrth iddi adael y gegin, clywodd Anna'n dweud a sŵn crio'n ei llais,

'Mi dw i'n siŵr 'mod i 'di torri 'mraich, Dad.'

'Tyd i mi ga'l golwg arni hi.'

Ac felly y gadawodd hi nhw, y ddau'n gwasgu'u gwefusau mewn cydymdeimlad â'u merch, oedd wedi dechrau udo eto.

* * *

Gan nad oedd ar frys i ddychwelyd i dŷ'r gweinidog, penderfynodd Ifan alw yn y Commercial. Ofnai y byddai Annie'n dannod y pythefnos o ddieithrwch iddo, ond roedd ganddi amgenach pethau ar ei meddwl. Prin ei fod wedi rhoi ei droed i mewn na chafodd wybod am ymweliad Ruth.

'A peidiwch chitha â dechra holi chwaith,' meddai'n chwyrn.

'Do'n i'm yn bwriadu gneud.'

'Methu dallt ydw i be 'nath iddi ddŵad ar 'y ngofyn i.'

'Chi ddeudodd 'i bod hi'n un o'ch plant chi.'

'Go drapia. Mi ddylwn fod wedi dal 'y nhafod.'

'Rydach chi *yn* gwbod, felly?'

'Ydw, Ifan, ond mi ddaru'r gweinidog fy rhoi i ar siars i beidio sôn gair, byth. Mi wn i mai'r tân mawr sy'n fy nisgwyl i, ond dydw i ddim yn barod amdano fo eto.'

'Mae'n haws gen i feddwl amdanoch chi'n canu un o'r telyna aur, Annie.'

'Choelia i fawr! Dynas tŷ tafarn sy'n byw tali? P'un bynnag, fe ddaru'r Daniel Ellis 'na gymryd 'y ngherdyn aelodaeth odd'arna i, yn do? Ta waeth am hynny, ydach chi 'di setlo'n y siop?'

'Ydw, am wn i. Ond fedra i'n 'y myw gymryd at David Francis.'

'Pwy fedar? Fyddwch chi'n gweld yr hogyn Peter 'na weithia?'

'Anamal iawn.'

'Doedd Francis mo'i isio fo, 'chi.'

'Pam hynny?'

'Ofn colli sylw a maldod 'i wraig. Fel'na mae rhai dynion. Ond mi wna i'n siŵr nad aiff Ben ddim yn brin.'

'Yn brin o be, 'lly?'

Roedd Ben wedi sleifio i mewn heb iddynt sylwi.

'O faldod, Ben, wedi i'r babi gyrradd.'

'Mae Annie am ga'l 'i siâr o faldod o hyn ymlaen hefyd, Ifan. Mi dw i mor browd ohoni.'

'Rydach chitha'n haeddu peth o'r clod, Ben.'

'Ydw, ran'ny. A sut mae petha tua tŷ'r gweinidog?'

'Digon tawal.'

'Maen nhw'n deud 'i fod o'n crwydro'r lle 'ma berfadd nos, yn siarad efo fo'i hun. Crefydd 'di codi i'w ben o, debyg.'

'Mi allat ti neud efo chydig o hwnnw.'

'Mae gen i hynny dw i i angan, Annie. Ddeudist ti wrth Ifan?'

'Deud be, tro yma?'

'Fod yr hogan fach 'di bod yma'n holi?'

'Do, a dydw i ddim isio sôn rhagor am y peth.'

'Ond mae'n biti, dydi? Mi rydan ni i gyd angan gwbod pwy ydan ni.'

\* \* \*

Bu Maud ar bigau'r drain drwy'r min nos. Roedd Elen Evans fel petai'n benderfynol o aros ar ei thraed yn hwyrach nag arfer, a hynny'n fwriadol mae'n siŵr. Gallai deimlo drafft ar ei boch bob a hyn wrth i'r llygaid bach milain ei chyffwrdd. O ddynes oedd yn cymryd arni ei bod mor grefyddol, roedd hi'n sobor o ddrwgdybus. Efallai ei bod wedi clywed rhyw si a'i bod yn fwy na pharod i gredu'r gwaetha am ei merch-yng-nghyfraith. Ni fyddai byth dragwyddol yn fodlon derbyn fod bai ar ei mab. O, na, roedd hwnnw'n berffaith yn ei golwg hi.

> Braint, braint
> Yw cael cymdeithas gyda'r saint.

Lle clywodd hi'r geiria yna, tybad? Yn Amana ers talwm, mae'n rhaid. Roedd ei thad yn ddyn capal hefyd, er nad oedd o'n gwthio'i grefydd i lawr corn gwddw pobol fel y gwnâi hon. Gallai gofio teimlo'n gynnas braf y tu mewn pan fyddai'n sibrwd yn ei chlust, 'Fy hogan fach i w't ti, 'te?' Ond bu'n rhaid i'r hogan fach dyfu i fyny dros nos. Pan ddaethon nhw â'i gorff oer adra o'r chwaral, roedd ei mam wedi cymryd i'w gwely. Dyna lle bu hi am wythnosa, a hitha'n gorfod gadael yr ysgol i dendio arni a gofalu am Georgie. Ni chawsai air o ddiolch gan ei mam erioed, mwy na gan y ddau 'sant' yma. Roedden nhw'n haeddu'i gilydd.

'Well i mi 'i chychwyn hi am y cae sgwâr.'

'Ia, ewch chi. Nos da, Elen Evans.'

'Nos da, Maud. Nos da, 'ngwas i. Y gwely ydi'r lle gora i titha.'

'Ia, mae'n debyg.'

Roedd Tom ar ei draed ac yn croesi at y grisiau. Oedodd Maud nes bod drws y siambar wedi cau.

'Mae gen i rwbath i'w ddeud wrthat ti.'

'Fedar hynny ddim aros tan y bora?'

'Na, mae'n rhaid i mi ddeud rŵan. Mi dw i 'di addo.'

'I Now Morgan, ia?'

151

'Mi w't ti'n gwbod, 'lly?'

'Ydw.'

'Mae o'n meddwl y byd ohona i, 'sti.'

'Ydi o?'

'Ac mae o 'di gofyn i mi fynd efo fo i'r Sowth.'

Byddai unrhyw ddyn gwerth ei halan wedi colli'i limpin yn llwyr, rhampio a rhegi a'i galw'n bob enw dan haul. Neu wedi rhoi cythral o gweir iddi, fel y gwnaeth Moi ei chefndar pan gyrhaeddodd adra o'r rhyfal a chael ei wraig yn y gwely efo'r lojar.

'Dydi o ddim ots gen ti, yn nag ydi? Fyddat ti ddim wedi 'mhriodi i oni bai am y babi.'

'Babi nad oedd yn bod.'

'Chdi ddaru fynnu 'ngha'l i. Gneud defnydd ohona i am fod y Grace Ellis 'na wedi troi'i chefn arnat ti. A rŵan 'i bod hi wedi methu bachu neb, mae hi am roi cynnig arall arni. Mi gwelis i hi'n stelcian o gwmpas y lle 'ma.'

'Wedi galw i weld Mam oedd hi. Does 'na ddim byd rhwng Grace a fi, Maud. Ac *mae* ots gen i. Mi dw i'n poeni amdanat ti.'

'Does 'na neb erioed wedi malio amdana i ond 'nhad a Georgie. A be oedd mei ledi isio 'ma, 'lly?'

'Dŵad â negas oddi wrth Ifan.'

'Mae'r cachgi hwnnw'n dal yn fyw ac yn iach, ydi?'

''I ddewis o oedd peidio mynd i ymladd.'

'Achub 'i groen 'i hun, a hogyn diniwad fel Georgie bach yn ca'l 'i ladd.'

'A finna'n ca'l fy arbad, gwaetha'r modd. Mi dw i'n cofio dy fam yn deud fod Georgie'n werth deg ohona i.'

'Mi oedd o. Pa werth w't ti i neb?'

Roedd yr ergyd yna wedi cyrraedd adra. Siawns nad oedd o'n sylweddoli bellach faint oedd hi wedi'i ddiodda. Gorfod byw dan yr un to â hen wraig oedd wedi cymryd ei chas ati, a rhannu gwely efo un nad oedd ganddo ddim i'w gynnig iddi. Pwy, yn ei iawn bwyll, fyddai'n gweld bai arni am geisio cysur a chynhesrwydd yn rhywle arall?

Ac yntau'n brifo drosto, ni allodd Tom wrthsefyll y demtasiwn o daro'n ôl.

'Falla dy fod ti'n iawn, ond mae 'na rwbath y dyla titha 'i wbod.'

'Be, felly?' yn herfeiddiol.

'Ca'l 'i saethu gan 'i ddynion 'i hun ddaru dy frawd, am 'i fod o wedi troi'n fradwr.'

'Sut medri di ddeud peth fel'na am Georgie, o bawb?'

'Trio dianc oedd o. Gofyn i dy fam am ga'l gweld y llythyr gafodd hi o'r Swyddfa Ryfal os nad w't ti'n 'y nghredu i. Dydw i ddim yn gweld bai ar Georgie. Methu dal ddaru o, 'sti. Dyna be oedd uffarn go iawn.'

'A fan'no ydi dy le di.'

Y munud nesaf roedd hi'n cipio'i chôt ac yn gadael, gan glepian y drws ar ei hôl. Bu'r glep honno'n ddigon i beri i Elen Evans fentro o'r siambar.

'W't ti'n iawn, 'ngwas i?'

'Mae Maud 'di mynd, Mam.'

Mygodd Elen yr awydd i ddweud y byddai'n well allan hebddi, ond nid dyma'r amser i hynny. Roedd hi wedi clywed y rhan fwyaf o'r sgwrs. Efallai y dylai fod wedi amau fod rhyw ddrwg yn y caws, ond fe'i câi'n anodd credu y gallai hyd yn oed Maud fod mor ffiaidd.

'Ewch yn ôl i'ch gwely. Mi gawn ni sgwrs yn y bora.'

Er bod ei chalon yn gwaedu drosto, ni allai Elen lai na theimlo rhyddhad na fyddai'n rhaid iddi oddef rhagor o gwmni Maud. Ond efallai y byddai'n ei hôl cyn pen dim. Go brin y byddai croeso iddi yn unman arall. Doedd dim croeso iddi yma chwaith, roedd hynny'n siŵr.

'Tria ditha ga'l chydig o gwsg.'

'Ia, mi wna i.'

*   *   *

Aethai Now i'w wely'n gynnar gan nad oedd ganddo ddim gwell i'w wneud yn y twll lle 'ma. Roedd y sbrog bach yn siŵr o fod yn barod i ddŵad o'r popty bellach. Siawns na fyddai'n ôl yn ddigon buan i wlychu'i lwnc yn yr Harp. Yno yr oedd o, yn sythu o falchdar, a'r cwrw'n llifo, pan glywodd sŵn graean yn taro ffenestr ei lofft. A'r 'For he's a jolly good fellow' yn atsain yn ei glustiau, baglodd o'i wely, yn barod i roi llond ceg i bwy bynnag oedd wedi torri ar ei fwynhad a'i orfodi i sylweddoli lle'r oedd o. Agorodd y ffenestr a chraffu allan i'r gwyll.

'Be gythral w't ti'n neud yn fan'ma?'

'Mi dw i wedi'i adal o, Now.'

'Wedi be?'

'Gadal Tom.'

Doedd o ddim wedi bargeinio am hyn. Ond dylai fod wedi meddwl y byddai twpsan fel Maud yn mocha'r cwbwl.

'Ga i aros efo chdi?'

154

'Fedri di ddim gneud hynny. Be fasa pobol yn 'i ddeud?'

'Dim ots gen i.'

'Dos yn ôl adra. Mi gwela i di 'run lle, 'run amsar, fory.'

Clywodd yr hen wraig yn galw, 'Pwy sydd 'na, Dei?', a chaeodd y ffenestr yn glep. O leia, roedd o wedi cael ei ddial ar Tom bach. Byddai'n rhaid iddo hel ei draed odd'ma gyntad ag oedd modd, o afael yr hulpan wirion oedd yn mynnu glynu wrtho fel caci mwnci, a chyn i'r hen begor oedd yn dal i alw am Dei ei wneud mor dwl-lal â hi.

'Caewch 'ych ceg, yr hen rygarug!' gwaeddodd.

Roedd hi'n pwffian chwerthin yr ochr arall i'r parad. Cofiodd mai dyna fyddai Dei yn ei galw, a hithau'n gwenu fel giât wrth gogio rhoi clustan iddo. Tynnodd y flanced dros ei ben a pharatoi i ddychwelyd i'r Harp.

\* \* \*

Ni chymerodd Tom sylw o gyngor ei fam. Eisteddodd yno'n hwyr i'r nos, yn difaru'i enaid iddo ildio i'r ysfa o dalu drwg am ddrwg. Gwyddai gymaint o feddwl oedd gan Maud o Georgie. Ond roedd o eisiau ei brifo hi, fel yr oedd hi wedi'i frifo fo. Nid oedd erioed wedi achosi dolur bwriadol i neb o'r blaen. Hyd yn oed pan oedd pethau ar eu gwaethaf, bu'r hyn a ddysgodd yn y capel a'r Ysgol Sul yn ganllawiau iddo. Erbyn hyn, a'r gorchmynion yn cael eu torri o un i un, nid oedd dim yn weddill ond pont fregus, ddiganllaw, yn ymestyn dros geunant dwfn, a phob pwff o wynt yn ei hysgwyd yn ddidrugaredd. Ac yntau'n oedi ar y lan, heb obaith gallu mynd yn ôl ac yn arswydo rhag symud ymlaen. Ond roedd o wedi addo gerbron Duw ei fod yn cymryd Maud er gwell neu er gwaeth, a gwyddai fod honno'n un addewid na feiddiai ei thorri.

Yn nhawelwch ei ystafell wely fenthyg, a'r geiriau 'mi 'dan ni i gyd angan gwbod pwy ydan ni' yn diwn gron yn ei ben, roedd cwsg yr un mor bell o afael Ifan. Ar un adeg, credai na allai oddef rhagor o'r gwawd a'r dirmyg heb y sicrwydd o wybod pwy oedd o ac i ble'r oedd o'n perthyn. Ond roedd ei fam, drwy anwybyddu'i lythyrau, wedi llwyddo i ddileu'r sicrwydd hwnnw. Yn raddol, daethai i ddygymod â hynny. Gymaint haws oedd ateb i rif yn hytrach nag enw, a phan gafodd ei ryddid roedd yn gysur gwybod na fyddai'n rhaid iddo fod yn atebol i neb. Byddai wedi llwyddo petai heb ildio i'r unigrwydd a'r hiraeth, cymryd ei hudo gan fand y Salfêsh a'i demtio i ddilyn y llais.

'Ifan bach, Llwybrmain. Chdi wyt ti, 'te?'

'Ia, fi ydw i.'

Cwestiwn ac ateb a fu'n ddigon i ddad-wneud ymdrech blynyddoedd.

Rai oriau'n ddiweddarach, a bore arall wedi gwawrio, bu'n rhaid i Ifan dderbyn, fel John Donne, nad ynys yn gyflawn ynddo'i hun mohono yntau. Ac roedd sylweddoli hynny'n ei ddychryn.

# 11

Wedi noson anesmwyth ar gadair galed, treuliodd Maud y bore yn gwrando ar ei mam yn tynnu Tom yn grïau ac yn ei hamenio bob cyfle gâi hi. Ond pan ddwedodd hi nad âi byth yn ôl i Lwybrmain, roedd ei mam wedi troi tu min arni.

'Dw't ti ddim yn bwriadu aros yma, siawns?' holodd.

'Nag ydw.'

'A lle'r ei di, felly?'

'I'r Sowth, efo Now.'

'Chdi ŵyr dy betha. Ond mi fydda'n well i ti godi dy bac reit handi.'

Mor braf fyddai clywad ei mam yn deud y byddai ganddi hiraeth amdani. Ond ni allai aros i'w gweld yn gadael.

'Ydach chi am i mi yrru llythyr i ddeud lle bydda i?'

'Gna fel lici di.'

'Mi fydda i'n meddwl amdanoch chi.'

'Hy! Dw't ti rioed 'di meddwl am neb ond chdi dy hun.'

Yn ei hawydd i adael y tŷ, cyrhaeddodd yr encil ar ochr y Foel yn llawer rhy gynnar. Ddoe, byddai wedi haeru nad oedd unman tebyg i hwn yn y byd. Ond er ei fod yr un mor glyd a chynnas heddiw, doedd o'n werth dim heb Now. Eisteddodd ar erchwyn y gwely mwsogl, yn swp o hunandosturi. I feddwl fod ei mam wedi'i chyhuddo o fod yn hunanol, a hithau wedi aberthu cymaint. Be fyddai wedi dod o Georgie bach oni bai am ei gofal hi? Ond cawsai'r hogyn diniwad, nad oedd rioed wedi gneud drwg i neb, ei ddwyn oddi arni. Dynion oedd wedi difa bywydau yn derbyn clod a medalau, a rhai fel Georgie – oedd wedi gwrthod lladd – yn cael eu galw'n fradwyr, a'u saethu.

Dechreuodd y dagrau lifo unwaith eto. Ceisiodd sychu ei llygaid â chornel ei sgert. Mae'n rhaid fod golwg mawr arni. Ond byddai Now yn deall ac yn cydymdeimlo unwaith y câi wybod pa mor frwnt ei dafod oedd Tom wedi bod. Cyn nos, byddai wedi cefnu ar hyn i gyd ac yn wynebu bywyd newydd. Cofiodd fel y bu iddi ddweud wrth Now, 'Hen fyd brwnt ydi hwn, 'te?' ac yntau'n atab, 'Dibynnu be w't ti'n 'i neud ohono fo'. Rŵan, roedd y cyfla i allu gwneud hynny o fewn ei gafael.

Hanner awr yn ddiweddarach, a Now heb gyrraedd, penderfynodd fynd i chwilio amdano i Danybwlch. Ei fam oedd wedi cael pwl o sterics, falla, ac yn mynnu ei fod o'n aros efo hi. Roedd hi'n gyndyn o'i adael o o'i golwg, medda fo, rŵan nad oedd ganddi neb arall.

Y peth cyntaf welodd hi, wrth ddilyn y llwybr am y tŷ, oedd yr hen swnan ei hun yn eistedd ar garreg y drws.

'Pwy dach chi?' holodd yn glên.

'Maud . . . Maud Parry, 'te. Ydi Now yma?'

'Mi ddaru'r hen Jyrmans 'na 'i saethu o, yn do? Ond mae Dei 'di dŵad adra ata i, 'chi.'

'Chewch chi ddim synnwyr gen honna.'

Deuai'r llais o ardd y drws nesaf. Y munud nesaf, ymddangosodd pladres o ddynes wrth y wal derfyn. Er bod Maud yn gyfarwydd â hi o ran golwg, ni allai roi enw iddi. Roedd yna gymaint o fudo, i mewn ac allan, wedi bod fel nad oedd modd gwybod pwy oedd pwy.

'Os ma' chwilio am Now Morgan yr ydach chi, waeth i chi heb. Mae o 'di mynd.'

'Mynd i ble?'

'Yn ôl i'r Sowth.'

Teimlodd Maud ei choesau'n gwegian 'dani a chythrodd am y wal.

'Mae'i wraig o'n disgwyl babi arall unrhyw ddwrnod. 'Does 'na lond lle yno'n barod, yn ôl Elsi'n chwaer sy'n byw yn yr un stryd â nhw. Be oedd ar 'ych pen chi'n cyboli efo'r hen sgiamp yna a chitha â gŵr mor ffeind? Ewch adra ato fo, a diolchwch am ga'l eich arbad.'

Gadawodd Maud, heb air ymhellach, ac ymlwybro'n ansad i lawr y lôn. Dychwelodd y gymdoges i'r ardd gan anwybyddu'r hen wraig oedd yn galw ar Dei i ddod i'w helpu i godi. Siawns nad oedd y Maud wirion 'na wedi dysgu'i gwers. Roedd gan bawb air da i Tom Evans. Byddai bonheddwr fel fo'n siŵr o'i derbyn yn ôl a rhoi cyfla arall iddi.

\* \* \*

Yn ystod y nos hir, roedd Elen wedi penderfynu na châi Maud ddod ymhellach na'r rhiniog petai'n ddigon powld i ddangos ei hwyneb. Ond cafodd ei tharfu'n arw gan ymateb Tom i'r penderfyniad hwnnw.

'Os gnewch chi hynny,' meddai'n dawel, ond yn bendant, 'mi fydda inna'n gadal.'

Am weddill y bore, bu Elen yn pendwmpian yn ei chadair heb awydd troi ei llaw at ddim. Sut y gallai Tom fod mor ddibris ohoni, a bod yn deyrngar i un oedd wedi'i wawdio a'i fradychu? Pa hawl oedd ganddo i'w gorfodi hi i adael i Maud groesi rhiniog ei chartref? Ond byddai iddi ei gwrthod yn golygu colli un arall o'i meibion. Gobeithio'r annwyl na fyddai'n rhaid iddi wynebu'r dewis hwnnw.

Ganol y prynhawn, a hithau'n dal yn ei hunfan, clywodd sŵn traed cyfarwydd yn nesu a'r drws yn cael wthio'n agored. Caeodd ei llygaid, a gweddïo am nerth i wneud yr hyn oedd raid.

Cerddodd Maud ar flaenau'i thraed am y grisiau.

'Mi dach chi'n ôl, felly?'

Go drapia, gallai fod wedi meddwl mai cysgu llwynog oedd yr hen fursan.

'Dim ond galw am 'y mhetha. Fydda i fawr o dro.'

Cyn i Elen Evans allu dweud rhagor, roedd hi wedi cythru i fyny'r grisiau ac i'r llofft na fu erioed yn eiddo iddi. Er bod pant yn y gobennydd lle byddai ei phen yn gorffwyso a'i thipyn dillad wedi'u gwasgaru yma ac acw, ac nad oedd dim o eiddo Tom i'w weld, roedd yr ystafell yn llawn ohono. Rhuthrodd i gasglu'r ychydig bethau yr oedd hi eu hangen at ei gilydd. Roedd y sgidiau, na fyddai'n eu tynnu ond i fynd i'w gwely, fel pe baen nhw wedi'u weldio i'w thraed yn y gwres ac fe gymerodd rai munudau iddi ddod yn rhydd ohonyn nhw. Yn laddar o chwys, gwthiodd yr hen bâr drewllyd o dan y gwely ac estyn yr esgidiau cid o'r bocs. Lapiodd ei bwndel bach yn y papur sidan ac eistedd ar ymyl y gwely i gael ei gwynt ati – y gwely yr oedd hi, Maud Evans, wedi'i rannu â'i gŵr yma yn Llwybrmain am ddwy flynedd hunllefus.

Teimlodd ei hun yn mygu, a dechreuodd y dagrau brocio unwaith eto. Cipiodd ei bwndel a baglu dros ei thraed ei hun yn ei hymdrech i gyrraedd y drws. Ond unwaith yr oedd hwnnw wedi'i gau'n sownd ar Maud Evans a llanast truenus ei byw, Maud Parry oedd hi, ei thraed yn glyd ym meddalwch ei hesgidiau cid a'i chorff yn oeri'n braf rhwng plygion y siôl sidan.

Oedodd ar ben y grisiau, yn cofio'r edmygedd ar wyneb Now wrth iddo syllu i fyny arni. Efallai fod ganddo fo wraig a phlant yn y Sowth, ond hi oedd ei gariad go iawn, heddiw, fel yr oedd hi ugain mlynadd yn ôl. Mor wahanol fyddai ei bywyd wedi bod oni bai am yr hen streic 'na oedd wedi andwyo bywydau cymaint o bobol. 'Mi w't ti cyn ddelad ag erioed', dyna ddeudodd o. Digon cyndyn oedd Maud Evans o gredu hynny ar y pryd, ond roedd Maud Parry yn fwy na pharod i'w dderbyn.

Ni allai Elen gredu ei llygaid pan welodd Maud yn camu'n dalog i lawr y grisiau a'i phen yn uchel. Gostwng ei phen ddylai hi, o gywilydd. Ond wyddai hi mo ystyr y gair, o ran hynny.

'A mi dach chi 'di llwyddo i gael 'y ngwarad i o'r diwadd, Elen Evans.'

'Chi sy'n gyfrifol am hyn, Maud, a neb arall.'

'Nid dyna mae Tom yn 'i gredu.'

'Peidiwch chi â meiddio taflu'r bai arno fo.'

'Mae o ddigon abal i neud hynny 'i hun, heb fy help i.'

Gwyddai Elen mai tewi fyddai'r peth doethaf, ond roedd hi wedi gorfod dal ei thafod yn rhy hir.

'Ddyla fo rioed fod wedi'ch priodi chi.'

'Na ddyla, a fynta mewn cariad efo dynas arall.'

'Roedd beth bynnag fuo rhwng Tom a Grace Ellis drosodd cyn iddo fo ddechra ponshian efo chi.'

'O, nag oedd, a fydd o byth. Dydw i'm 'di bod ddim gwell na morwyn yn y lle 'ma.'

Gwasgodd Elen ei gwefusau'n dynn. Roedd hi wedi cael dweud peth o'i dweud, a heb fod damaid gwell. Y cyfan oedd hi ei eisiau rŵan oedd gweld y drws yn cau ar sodlau ei merch-yng-nghyfraith, a chael adennill ei haelwyd ei hun.

'Da bo'ch chi, Elen Evans.'

Roedd Maud wedi gadael, a'r drws wedi'i gau. Ond gwyddai Elen yn ei chalon y byddai'n rhaid iddi ymdrechu'n galed i droi'r tŷ y cawsai ei gorfodi i'w rannu â hi yn gartref unwaith eto.

\* \* \*

Ceisiodd Grace adael Bristol House y prynhawn Mercher hwnnw heb yn wybod i Magi, ond roedd hi yno ar ei sodlau cyn iddi allu cyrraedd y drws ffrynt.

'A lle dach chi'n mynd ar gymint o hast, Grace Ellis?'

Y nefoedd fawr, roedd yn ddigon bod yn atebol i Tada heb gael hon yn gwylio pob symudiad o'i heiddo hefyd.

'Rydw i'n credu mai 'musnas i ydi hynny, Magi.'

'Dim ond gofyn, er mwyn i mi allu deud wrth Edward Ellis pan fydd o'n holi.'

'I'r llyfrfa, os oes raid i chi gael gwybod.'

'O' siomedig oedd yr unig ymateb.

'Mi gewch chitha fynd am adra unwaith y byddwch chi wedi dŵad i ben â'ch gwaith.'

'Be sydd isio'i neud, 'lly?'

'Dechreuwch wrth eich traed.'

Cododd Magi gwr y mat y safai Grace arno a chamodd hithau'n ôl yn frysiog.

'Ewch â fo drwodd i'r cefn a rhowch sgytwad iawn iddo fo.'

Cyn bod Grace wedi cyrraedd pen draw'r stryd fawr, roedd Magi yn yr iard gefn yn waldio'r mat â'i holl egni. Petai'n rhoi rhyw slempan cath yma ac acw, gallai fod i fyny ym Mhen Bryn cyn i'r plant ddod o'r ysgol er mwyn cael cyfla i holi ei mam am y Tom Evans 'na. Byth er pan alwodd hwnnw, roedd Grace Ellis wedi cilio ymhellach, yma heb fod yma, ac yn sobor o biwis ar yr adegau prin pan oedd hi yma.

Am ran helaeth o'r pnawn, yno heb fod yno oedd hanes Grace yn y llyfrfa hefyd. Er ei bod wedi darllen yr un dudalen sawl gwaith, ni allai fod wedi ailadrodd dim ohoni. Rhoddodd y llyfr yn ôl ar y silff ac estyn am y gyfrol *Telynegion Maes a Môr*, Eifion Wyn. Chwalu drwyddi'n ddiamcan yr oedd hi pan deimlodd rhywbeth yn ystwyrian o'i mewn, fel y gwnaethai'r diwrnod hwnnw ym Mangor.

Roedd hyder newydd yn ei chamau wrth iddi fesur y pellter rhwng y llyfrfa a Bristol House. Aeth ar ei hunion i'w hystafell wely. Agorodd y llyfr benthyg ac ailddarllen y geiriau:

> Hedai dau aderyn
>> Hwyrol tros y ddaear;
> Clywn y naill yn galw,
>> Galw ar ei gymar.

> O, mae serch ym mhopeth
>> Trwy y cread llydan;
> Châr yr un aderyn
>> Hedfan wrtho'i hunan.

Oni wyddai hi am y profiad o hedfan i'r uchelfannau yn un o ddau, o alw a chael ateb? Ond roedd hi wedi disgyn i'r ddaear a'i dynnu yntau i'w chanlyn. Dau gorff briwedig, a'r adenydd a allai fod wedi eu cario eto i'r entrychion wedi'u dryllio. Pam, felly, yr oedd hi'n teimlo gobaith yn fwrlwm o'i mewn? Daeth yr ateb iddi ar ffflach. Wedi blynyddoedd o geisio ei gwarchod ei hun rhag y gorffennol, o ofni'r hyn a fyddai'n ei weld yno, roedd hi nid yn unig wedi mentro edrych, ond wedi'i flasu a'i arogli a'i gyffwrdd.

Hedai'r ddau aderyn
  Heibio mewn cymundeb;
Clywn y naill yn galw,
  Clywn y llall yn ateb –

O, mae serch ym mhopeth
  Pe bai dyn yn deall;
Unig pob aderyn,
  Heb aderyn arall.

Ei chân serch hi oedd hon. Cân yr un aderyn. Nid aderyn unig, ond un a allai glywed ateb ei chymar, a hynny mor glir ag erioed.

\* \* \*

Roedd y swper chwarel wedi sychu'n grimp ac Elen Evans wedi'i hargyhoeddi ei hun fod Tom wedi gweithredu ar ei fygythiad heb roi cyfle iddi achub ei cham hyd yn oed. Ond os mai dyma'r cwbwl o feddwl oedd ganddo ohoni, fe gâi fynd i'w grogi. Onid oedd Robat a hithau wedi ei fagu i barchu'r gorchmynion, i allu dweud wrth ddoethineb, 'Fy chwaer wyt ti; galw ddeall yn gares'? Ond yn hytrach na glynu wrth hynny, roedd o wedi dewis dilyn 'y wraig ddieithr, y fenyw â'r ymadrodd gwenieithus', un nad oedd hi ddim gwell na phutain. Ac os oedd hi am allu dygymod â chael ei gadael yn amddifad, byddai'n rhaid iddi gael gwared â phob arlliw o honno.

Yr eiliad yr agorodd y drws y bu i Maud Parry ei gau ar lanastr ei byw, llanwyd ffroenau Elen Evans ag arogl afiach chwys corff, a gallai deimlo'r cyfog yn codi i'w llwnc. Casglodd y tameidiau dillad at ei gilydd a'u taflu i gornel. Byddai'n rhaid golchi'r dillad gwely gan na allai fforddio eu hepgor. Pan oedd hi wrthi'n ymlafnio i dynnu'r gorchudd oddi ar y fatras, rhuthrodd y gwaed i'w phen ac aeth popeth fel y fagddu.

Daeth ati'i hun i weld Tom yn gwyro drosti.

'Be sy, Mam? Ydach chi'n sâl?'

'Pwl o benstandod ge's i. Wedi dŵad i nôl dy betha w't titha, ia? Mi fuo Maud yma pnawn 'ma. Mae hi 'di mynd â'r cwbwl oedd hi angan.'

Ond doedd Maud mo'i angan o. Roedd hi wedi gwneud hynny'n berffaith glir. Ni châi ei fam byth wybod sut y bu iddo sleifio o'r chwarel, wedi methu goddef rhagor, a chyrraedd Llwybrmain fel yr oedd Maud yn gadael y tŷ. Ni châi wybod chwaith fel y bu i Maud ei wawdio pan addawodd fod yn driw i'r llw a wnaethai.

'Fyddwn i ddim wedi'i rhwystro hi rhag dŵad i mewn, 'sti.'

'Wn i.'

'Wedi mynd i ganlyn y Now Morgan 'na mae hi?'

''I thwyllo hi ddaru hwnnw, er mwyn dial arna i. Mae ganddo fo wraig a phlant yn y Sowth.'

'Dydi hynny ddim yn esgusodi'r hyn wnaeth hi.'

Roedd Maud yn fwy na pharod i esgusodi Now ac wedi haeru fod yr ychydig wythnosau a gawsant efo'i gilydd yn gwneud iawn am yr holl flynyddoedd o fyw efo un nad oedd ganddo ddim i'w roi iddi. Hyd yn oed wedi oriau o grwydro diamcan, gallai

166

ddal i'w chlywed yn dweud, 'Maud Parry ydw i rŵan, diolch i Now.'

'Mi dw i yma i aros, Mam.'

'W't ti? Mae dy swpar di 'di difetha, mae arna i ofn.'

'Hidiwch befo. Mi fydda'n well i mi roi trefn ar y gwely 'ma.'

'Mae 'na ddillad glân yn y gist. A rho dro i'r fatras tra w't ti wrthi.'

Cymryd hoe fach cyn mentro i lawr y grisiau yr oedd hi pan glywodd Tom yn galw'n gyffrous, 'Be mae'r rhain yn 'i neud yn fan'ma?'

\*   \*   \*

Roedd Ifan o fewn ychydig gamau i dŷ'r gweinidog pan welodd ferch ddieithr yn brasgamu am y giât a Laura'n tuthio ar ei hôl. Ac yntau wedi cael daliad hir yn y siop yn helpu i roi trefn ar y stoc, nid oedd mewn hwyl i gynnal sgwrs â neb. Ond roedd hi'n rhy hwyr iddo allu osgoi hynny. Wrth lwc, roedd y 'Miss Watkins, athrawas Ruth' yr un mor brin ei geiriau â'r 'Mr Evans, ffrind Mr Ellis a finna, o Fethesda'. Gallai Ifan ddweud fod rhywbeth wedi ei tharfu ac nid oedd yn syndod yn byd ganddo glywed Laura'n sibrwd,

'Mae'n ddrwg gen i, Miss Watkins. Dydi Mr Ellis ddim wedi bod yn rhy dda'n ddiweddar.'

A be oedd hwnnw wedi'i wneud y tro yma? Cafodd yr ateb, heb ofyn amdano, gynted ag yr oedd yr athrawes wedi gadael. Ei phryder ynglŷn â'r dirywiad yng ngwaith Ruth oedd wedi peri iddi alw. Ond pan ddechreuodd holi tybed a wydden nhw beth oedd y rheswm am hynny, roedd Daniel wedi'i chyhuddo o ymyrryd a cheisio bwrw'r bai ar eraill oherwydd ei diffyg ymroddiad ei hun.

'W't ti ddim yn meddwl fod y Miss Watkins 'ma'n haeddu eglurhad?' holodd yntau.

'Dydi o ddim ots be ydw i'n 'i feddwl.'

'Wrth gwrs 'i fod o. Sut mae disgwyl i Ruth allu canolbwyntio ar 'i gwaith ysgol a hitha heb unrhyw syniad pwy ydi hi?'

'Fy merch i . . . a Dan, dyna pwy ydi hi, Ifan.'

'Iawn, os mai dyna w't ti am 'i gredu. Fel deudis i wrth Annie Pritchard, does 'nelo hyn ddim â fi.'

'Annie Pritchard?'

'Fe fuo Ruth yn 'i holi hi, wedi deall fod Annie yno pan gafodd hi 'i geni.'

'A be ddeudodd hi wrthi?'

'Dim. Gormod o ofn tân uffarn, a dy ŵr di.'

'Ro'n i'n credu fod Ruth 'di derbyn y sefyllfa.'

'Gobeithio hynny oeddat ti, falla.'

'Be arall sydd gen i i ddal wrtho fo ond gobaith?'

Bu ond y dim i Ifan gael ei demtio i ddweud, 'Mi dw i gen ti', a mentro datgelu'r teimladau oedd yn corddi o'i fewn. Ond peth ofer fyddai hynny. Gallai gofio Tom yn dweud nad oedd Laura erioed wedi bod eisiau neb ond Dan. Ei eiddo ef, y gwrthrych anheilwng a gredai fod ganddo'r hawl i farnu heb gael ei farnu, oedd ei chariad hi.

'Does 'na ddim byd fedra i neud, Ifan. Mi w't ti'n deall hynny, dwyt?'

'Ydw, yn deall yn iawn.'

Roedd Laura'n gymaint carcharor ag yntau yn y gell gyfyng honno. Ond petai rhywun yn agor y drws ac yn cynnig ei rhyddid iddi, yma y byddai hi'n aros. Y Laura fach ffeind, oedd yn gweld da ym mhawb ac yn gallu byw ar friwsion gobaith.

'Mi 'dan ni'n dal yn ffrindia, dydan?'

'Ydan, siŵr. Fedrwn ni ddim peidio bod.'

* * *

Roedd yno bedair amlen ag enw a chyfeiriad Elen Evans ar bob un, mewn ysgrifen gyfarwydd. Bu Elen yn syllu'n hir arnynt cyn eu hestyn i Tom a pheri iddo ef eu hagor.

'Sut cafodd Maud afael arnyn nhw, Mam?'

'Hi oedd yn dŵad â dy lythyra di i mi. Mi fydda'n aros am Dic Postman yng ngheg y lôn cyn galw yma, ac yn mynnu 'mod i'n eu darllan nhw iddi, er na che's i rioed weld yr un o'i rhai hi.'

'Petha digon tila oeddan nhw.'

Rhoddodd Tom y llythyrau mewn trefn yn ôl dyddiadau'r marc post, a thynnu'r un cyntaf o'r amlen. Craffodd ar y dudalen, ond ni allai weld dim am rai eiliadau. Rhwbiodd ei lygaid â chefn ei law, a chiliodd y niwl yn raddol.

'Wel . . . be oedd gan Ifan i'w ddeud?'

'Dydi'r ysgrifan pensal 'ma ddim yn hawdd 'i deall.'

'Gna dy ora.'

'Mai y cyntaf, 1917. Fy annwyl fam. I chi mae hwn, nid i mi.'

'"A'r eiddo fi oll sydd eiddot ti", fel deudodd y Gwaredwr.'

Dechreuodd Tom ddarllen yn araf a llafurus gan betruso uwchben ambell air.

'Fy annwyl fam – Fel y gwelwch chi, rydw i ar hyn o bryd yn un o westeion ei Fawrhydi. Ond er bod fy nghorff i'n gaeth, mae fy meddwl i'n rhydd i ddringo am Lwybrmain, yn rhydd i agor drws rhif ugian a chael y teimlad braf o fod adra. Mi alla i'ch gweld chi'r diwrnod hwnnw y cafodd 'Nhad ei ethol yn llywydd y Caban, yn sythu o falchdar, ac yn brysio i newid o'ch barclod bras i'ch ffedog ora. Mi fedra i arogli'r lobsgows a blasu'r plwm pwdin. A fi sydd wedi dod o hyd i'r pishyn tair lwcus eto hefyd . . . Roeddan ni'n gneud yn siŵr mai bach y nyth oedd yn ca'l hwnnw bob tro, doeddan?'

'Ddaethon nhw â fawr o lwc iddo fo, yn naddo? Dos ymlaen, 'ngwas i.'

Nid oedd yn y ddau lythyr nesaf ond rhagor o ail-greu'r 'stalwm pan oedd pedwar ohonyn nhw'n rhannu'r aelwyd, cyn i'r cloi allan ddinistrio'r aelwyd honno. Ond roedd tôn wahanol i'r llythyr olaf:

'Ddaeth yna'r un gair y mis yma eto. Ofn sydd gen i eich bod chi wedi digio wrtha i a bod ganddoch chi gywilydd ohona i. Does dim rhaid i chi boeni. Pan ga' i fy rhyddid, ddo i ddim yn ôl i Lwybrmain, ac fe gewch chitha anghofio'r llwfrgi o fab sydd wedi peri'r fath ofid i chi.'

Ochenaid ddofn oedd unig ymateb Elen Evans. Nid oedd erioed wedi ymollwng i ddagrau, hyd yn oed y noson honno pan ddaethon nhw o hyd i'w Robat hi wedi boddi yn llyn Allt Rocar.

Cymerodd y llythyrau oddi ar Tom a'u cadw yn nrôr y dresal efo'i ffedog orau a'i Beibl. Bore fory, fe ofynnai iddo gario'r llanast o'r llofft i'r ardd gefn a rhoi tân 'dano. Ac o weld y cyfan yn llwch, siawns na allai hi anghofio'r Maud ddialgar oedd yn gyfrifol am guddio'r llythyrau a pheri iddi hi feddwl fod ei mab ieuengaf wedi troi ei gefn arni.

'Mi sgwenna i at Ifan, fory nesa. W't ti'n meddwl y gwnaiff o fadda i mi?

'Madda am be?'

'Am gredu'r gwaetha ohono fo, ac ynta'n fab i mi.'

# 12

A'r addewid a wnaethai ddeng mlynedd yn ôl yn dal yn gwlwm rhyngddo ef a Maud, ni allai Tom lai na phryderu yn ei chylch. Go brin y byddai ei mam yn fodlon iddi aros yno heb dalu am ei lle.

Dilynodd y llwybr am y tŷ y dychwelodd iddo o'r rhyfel. Deuai'r hunllefau'n amlach bryd hynny. Cofiodd fel y byddai Maud yn ceisio'i gysuro, ac yntau'n methu ymateb iddi. Ni allodd, hyd yn oed yn ystod y blynyddoedd cynnar, ei charu hi fel y dylai dyn garu'i wraig, â'i galon a'i gorff. Roedd o wedi gweld bai ar Now am ei defnyddio er mwyn dial arno ef, ond onid ei defnyddio hi wnaeth yntau, i geisio cael gwared â'r hiraeth oedd yn ei fwyta?

Roedd y drws yn agored, ond cyn iddo allu'i gyrraedd roedd Nel Parry wedi camu allan.

'Be w't ti isio?'

'Wedi dŵad â phres i Maud yr ydw i.'

'Dydi hi ddim yma.'

'Lle mae hi?'

'Dydi o'm tamad o ots gen i lle mae hi. Mi welodd hon drws nesa hi'n gadal ar moto Grey echdoe . . . wedi'i gwisgo fel ledi, medda hi. Mi w't ti 'i hisio hi'n ôl, wyt?'

'Mae hi *yn* wraig i mi, Nel Parry.'

'Doeddach chi'ch dau'n da i ddim i'ch gilydd, mwy nag i neb arall. Mynd adra at dy fam ydi'r peth gora i ti. Ond os oes gen ti bres i sbario . . .'

'Ddim i chi.'

'A finna 'di rhoi cartra i ti?'

'Fuo hwn rioed yn gartra.'

'Yr hen gena anniolchgar. Chdi ddeudodd wrth y Maud 'na am Georgie bach, 'te?'

'Chi ddyla fod wedi deud. Ydach chi'n dal i feddwl 'i fod o'n werth deg ohona i?'

Wrth iddo brysuro i lawr y llwybr, ceryddodd Tom ei hun am adael i'w natur ddrwg gael y gorau arno unwaith eto. Ond nid oedd Nel Parry'n un i ganiatáu i neb gael y gair olaf. Gallai deimlo'i geiriau'n llosgi'i war fel gwreichion eirias,

'Mi fedri ddyblu hynna. Chdi a'r brawd diffath 'na sydd gen ti.'

Roedd y llythyr at Ifan wedi'i orffen o'r diwedd. Er iddi dreulio dyddiau uwch ei ben a gwastraffu tudalennau o bapur prin, gwyddai Elen nad oedd wedi llwyddo i ddweud yr hyn oedd yn ei chalon. A hithau wedi ei siomi, ni allai fynd ar ofyn Duw am arweiniad fel y gwnaethai sawl tro dros y blynyddoedd. Mor barod oedd hi i farnu Tom a chredu nad oedd y gwerthoedd y cawsai ei fagu i'w parchu'n golygu dim iddo. Ond fe wyddai'n amgenach erbyn hyn.

Y bore hwnnw, yn hytrach na difa'r sbwriel a adawsai Maud, roedd o wedi mynnu ei roi i'w gadw yn y sied.

'I be, mewn difri?' holodd hithau. 'Mae'n amlwg nad ydi hi mo'u heisio nhw.'

'Falla bydd hi, ryw ddwrnod.'

Bu hynny'n ddigon i ddiffodd fflam y gobaith a fu'n ei chynnal yn ystod oriau'r nos. Ond pan ofynnodd, heb geisio celu'i dicter, 'Ac mi fyddat ti'n barod i'w derbyn hi'n ôl?' ni wnaeth Tom ond dweud, yn dawel,

'Fe ddylach chi o bawb, Mam, wbod na fedra i ddim torri'r llw wnes i gerbron Duw.'

Gan na wyddai'r cyfeiriad, ychwanegodd 'dan ofal y Parchedig Daniel Ellis, Blaenau Ffestiniog' at yr 'Ifan Evans' ar yr amlen. Dylai hynny fod yn ddigon i sicrhau fod y llythyr yn cyrraedd pen ei siwrnai'n ddiogel. Gadawodd y llythyr ar y bwrdd, yn barod i'w bostio, ac aeth i eistedd gyferbyn â'r gadair wag, yn clustfeinio am sŵn traed Tom. Sawl awr oedd hi wedi'i threulio yma, tybad, yn disgwyl

Robat adra? Cofiodd fel y bu i Ifan ddweud, y noson olaf honno, pan ofynnodd hi iddo roi'r lamp yn y ffenast er mwyn i'w dad gael golau ar y llwybr,

'Mi fedar 'i gerddad o â'i lygid ar gau.'

Roedd Tom wedi gadael ers awr a rhagor, heb roi unrhyw eglurhad. Tybed ai wedi mynd i weld Maud yr oedd o, a'i fryd ar gadw'r llw y cawsai ei orfodi i'w gymryd? Beth petai wedi llwyddo i gael perswâd arni? Ni fyddai Nel Parry ond yn rhy falch o weld ei chefn.

Clywodd y giât yn agor a chau, a sŵn un pâr o draed yn dilyn y llwybr. Ond efallai mai wedi dod ar y blaen i'w rhybuddio fod Maud ar ei ffordd yr oedd o. Wrth iddi ei wylio'n cerdded i mewn a'i ysgwyddau'n grwm fel petai'n cario beichiau'r byd ar ei gefn, ceisiodd ei pharatoi ei hun ar gyfer y gwaethaf. Oedodd Tom wrth y bwrdd.

'Mi dach chi 'di dŵad i ben a'r llythyr, felly?'

'Do, am 'i werth. Mae geiria'n gallu bod yn betha gwael iawn ar adega, dydyn?'

'Dydi Nel Parry ddim yn brin ohonyn nhw, beth bynnag.'

'Mwy na'i merch. Yno y buost ti, ia?'

'Ro'n i'n rhy hwyr. Mae Maud wedi gadal Pesda, dyn a ŵyr i ble.'

Ceisiodd Elen gelu'i rhyddhad, ac meddai,

'Mae hynny am y gora, Tom.'

'Falla 'i fod o. Rydw i am i chi wbod, beth bynnag ddigwyddith, na wna i byth droi 'nghefn arnoch chi. Mi dw i'n addo.'

'Dydw i ddim am i ti dy glymu dy hun wrth addewid arall. Fe adawn ni'r fory yn 'i ofal O.'

'Ond os daw Maud yn ôl rywdro fydd gen i ddim dewis, Mam.'

'Wn i.'

Ni fyddai ganddi hithau ddewis chwaith. Ond am y tro, o leia, roedd un o'i meibion yma efo hi a Duw wedi rhoi ail gyfla iddi brofi ei bod hi'n deilwng o gael ei galw'n fam.

* * *

Bu'n rhaid i Ifan aros rai dyddiau cyn llwyddo i gael Ruth ar ei phen ei hun. Bob tro y ceisiai dynnu sgwrs â hi, byddai Anna'n siŵr o ymddangos. Er mai wyneb tlws Laura oedd gan honno, roedd pob ystum o'i heiddo yn ei atgoffa o Daniel ac ni allai'n ei fyw ymlacio yn ei chwmni. Câi'r teimlad, weithiau, mai ei thad oedd wedi ei rhoi ar waith i ysbïo arno, a byddai'r un ias oer yn llifo drwyddo â phan welai lygaid un o geidwaid y carchar yn rhythu arno drwy'r twll yn nrws y gell.

Yna, un min nos cynnar, ac yntau'n syllu'n ddiamcan drwy ffenest ei lofft, gwelodd Laura ac Anna'n gadael y tŷ, a brysiodd i lawr y grisiau. Roedd Ruth yn y parlwr bach a phentwr o lyfrau heb eu hagor ar y bwrdd o'i blaen.

'Mae hi'n dawal iawn yma.'

'Wedi mynd i weld Miss Davies, Yr Erw, maen nhw. Hi sy'n rhoi gwersi piano i Anna.'

'Ond ro'n i'n meddwl eich bod chitha'n ca'l gwersi.'

'Mi o'n i, ond does 'na ddim pwrpas dal ymlaen.'

175

'Mwy nag efo'r gwaith ysgol? Rhoi'r gora i 'ngwersi wnes inna, a mynnu mynd i weithio i'r chwaral, yn groes i ddymuniad Mam.'

'Pam?'

'Am 'y mod i'n greadur 'styfnig, ac yn anfodlon derbyn cyngor gan neb.'

'Ac mi dach chi'n meddwl ma' bod yn 'styfnig ydw inna?'

'Nag ydw, Ruth.'

'Dydach chi ddim yn deall, yn nag ydach, mwy na neb arall. Sut medrwch chi?'

Gallai fod wedi ateb, 'Am na wn inna pwy ydw i chwaith'. Roedd o *yn* deall, wrth gwrs ei fod o. Ond yn hytrach na gallu argyhoeddi Ruth o hynny, roedd wedi gwneud stomp llwyr o bethau.

Petai wedi glynu at ei waith ysgol, byddai ganddo rywbeth i syrthio'n ôl arno heddiw. Sut y gallai oddef gwylio Ruth yn gwneud yr un camgymeriad? Ond roedd yn amlwg nad oedd dim y gallai ef ei wneud i rwystro hynny.

Gorwedd yn ei wely yr oedd o, a chwsg yr un mor bell o'i afael ag arfer, pan sylweddolodd fod yna un y gallai fynd ar ei gofyn – un oedd wedi malio digon i alw yma, ac ar waethaf y sarhad a gawsai wedi dweud wrth ymadael ei bod hi'n barod i wneud unrhyw beth o fewn ei gallu i helpu un o'r disgyblion disgleiriaf a fu dan ei gofal erioed.

\* \* \*

Byddai rhywun mwy cyfrwys na Magi wedi meddwl am amgenach ffordd o holi'i mam yn hytrach na gofyn, yn blwmp ac yn blaen,

'Ydach chi'n nabod Tom Evans, Llwybrmain?'

'Mi o'n i, flynyddodd yn ôl.'

'Pan oeddach chi'n byw yn Douglas Hill efo Nain, ia?'

'Pam w't ti'n holi?'

'Galw acw ddaru o, i weld Grace Ellis. Roeddan nhw'n arfar bod yn ffrindia 'stalwm, medda hi, ond mi dw i'n meddwl 'u bod nhw 'di bod yn fwy na ffrindia.'

'A pa fusnas ydi hynny i chdi? Yno i weini w't ti, Magi.'

Dychwelodd Magi i Bristol House yn benderfynol o wneud yr hyn oedd hi yno i'w wneud. Ond er iddi ddefnyddio mwy o eli penelin nag a wnaethai erioed o'r blaen, a sgrwbio nes bod ei dwylo'n gignoeth, ni chafodd air o ganmoliaeth am hynny. Prin fod Grace Ellis yn sylwi ei bod yno. Byddai'n eistedd yn y gegin fin nos, a rhyw hen wên wirion ar ei hwyneb. Ofnai Magi ei bod yn dechrau colli arni'i hun, ac mai'r seilam fyddai ei diwedd hi.

Wythnos yn ddiweddarach, roedd Magi'n tuthio i fyny'r rhiwiau am Douglas Hill, yn furum o chwys.

Roedd ei nain yn yr ardd, yn annog y blodau i dyfu. Gollyngodd Magi ei hun yn glewt ar y wal fach, yn rhy fyr o wynt i allu dweud gair. Cewciodd ei nain arni heibio i'r blodau.

'Be sy'n bod arnat ti?'

'Mi dw i bron â thoddi.'

'Mi wnaiff les i ti ga'l gwarad â dipyn o'r brastar 'na. A be w't ti'n 'i neud yma, 'lly?'

'Dŵad i'ch gweld chi.'

'I bwrpas, debyg.'

Mewn llai nag awr roedd y siwrnai wedi ateb y pwrpas hwnnw, a Magi wedi cael gwybod popeth oedd i'w wybod am Tom Llwybrmain a gweddill ei deulu. Roedd ei phapur pawb o nain gystal, os nad gwell, na Mr Daniel Owen am adrodd stori. Nid oedd ganddi fawr o amynedd efo'r llipryn Enoc Huws 'na, er ei fod o'n hogyn Wyrcws, ond gallodd deimlo i'r byw dros y Tom a ddaeth o hyd i'w dad wedi'i foddi ei hun, a chael ei orfodi i dorri'r streic er mwyn ei fam a'i frawd.

'Y cr'adur bach,' meddai'n dosturiol.

'Fuo 'na rioed hogyn cleniach. Ac i feddwl 'i bod hi wedi gallu gneud hynna iddo fo.'

'Pwy? Gneud be?'

'Dy fistras di. Y Grace Ellis 'na. Roeddan nhw'n mynd i briodi.'

'Priodi?'

'Does dim isio i ti ailadrodd bob dim, fel poli parot.'

'Sori. Be ddigwyddodd?'

''I droi o heibio ddaru hi.'

'Pam?'

'Meddwl nad oedd o'n ddigon da iddi, dicin i. A dyna fo heb neb rŵan.'

'Doedd o ddim isio priodi neb arall?'

'Wn i ddim be am isio, ond dyna ddaru o.

Meddwl 'i fod o'n gneud y peth iawn drwy roi enw i'r plentyn.'

'Plentyn?'

'Magi!'

Ond roedd Magi y tu hwnt i ymddiheuro erbyn hyn. Roedd y Tom Evans a welodd hi yn Bristol House nid yn unig yn ŵr, ond yn dad hefyd. Dim rhyfadd ei bod hi'n amheus ohono. Aeth ei chydymdeimlad efo'r gwynt ac meddai,

'Rhag cwilydd iddo fo.'

'Doedd 'na'r un plentyn. 'I dwyllo fo ddaru'r Maud Parry 'na. Gwynt teg ar 'i hôl hi, ddeuda i.'

'Wedi marw mae hi?'

'Biti na fasa hi, i Tom druan ga'l rywfaint o dawelwch meddwl. On'd oedd hi'n mocha efo Now Morgan Tanybwlch, o dan ei drwyn o? Ond mae hwnnw wedi'i heglu hi'n ôl at 'i wraig a'i blant yn y Sowth, a hitha wedi mynd hefyd.'

'Wedi mynd i ble?'

Roedd hwnnw'n gwestiwn nad oedd gan hyd yn oed y papur pawb ateb iddo. Rhag gorfod cyfaddef hynny, meddai,

'Pam y diddordab 'ma yn Tom, 'neno'r tad?'

'Dŵad i weld Grace Ellis ddaru o.'

'A deud be?'

''Dwn i'm. Mi ddaru hi fy hel i allan o'r gegin.'

'A'n gwaredo! Ydi o ddim wedi diodda digon heb gosbi rhagor arno'i hun?'

'Be dach chi'n feddwl?'

'Mi w't ti'n rhy ifanc i ddeall, a finna'n rhy hen a doeth i ddeud.'

Bu'r daith i lawr am Pesda'n un llawer rhwyddach, ar waetha'r baich gwybodaeth yr oedd hi'n ei gario. Ond roedd sawl cwestiwn eto'n aros ac ni allai hi, nad oedd wedi'r cyfan ond pwt o forwyn, byth fentro gofyn y cwestiwn pwysicaf o'r cyfan i'r unig un a wyddai'r ateb.

\* \* \*

Gan na wyddai Ifan ble i ddod o hyd i Miss Watkins, aeth draw i'r Commercial i holi Annie. Eglurodd fel y bu i'r athrawes alw yn nhŷ'r gweinidog, ond ni fu'n rhaid iddo egluro pam. Roedd Annie wedi ofni, meddai hi, mai dyna fyddai'n digwydd. Sut y gallai'r enath roi ei meddwl ar ei gwaith, mewn difri? Rhoi amsar iddi ddygymod â'r newydd yn ei ffordd ei hun oedd y peth doethaf.

Pan haerodd ef na allai sefyll yn ôl a gadael i Ruth ddinistrio'i dyfodol, roedd hi wedi gwgu arno a dweud,

'Fedar hi ddim gweld ymhellach na heddiw ar hyn o bryd, Ifan.'

'Mae hi angan help, felly, dydi?'

'Gwrthod bob help a mynd 'ych ffordd eich hun ddaru chi, 'te?'

'Fel o'n i wiriona.'

'Ac rydach chi'n teimlo fod yn rhaid i chi drio gneud iawn am hynny?'

Roedd Annie wedi taro ar y gwir, a'r gwir hwnnw'n brifo.

'Dydach chi ddim am ddeud wrtha i lle mae Miss Watkins yn byw, felly?' holodd yn bigog.

'Os na ddeuda i, mae rhywun arall yn siŵr o neud. Mae hi'n aros efo Gwen Jones, y tŷ pella ar y dde yn Stryd Capal Wesla. Rydw i'n cymyd nad ydi hi'n gwbod be sy'n poeni Ruth.'

'Does gen i ddim hawl deud. Dyletswydd Laura a Daniel ydi hynny.'

'Gnewch fel y mynnoch chi, Ifan. Dyna ydach chi wedi arfar 'i neud, yntê?'

Roedd hi wedi troi ar ei sawdl a'i adael yn sefyll ar lawr y gegin. Efallai mai Annie oedd yn iawn, ac mai peth annoeth oedd ymyrryd. Beth petai Daniel yn dod i wybod? Ond roedd hyn yn rhywbeth yr oedd yn rhaid iddo'i wneud, er ei fwyn ei hun yn ogystal ag er mwyn Ruth.

Drwy ffenestr y Commercial, gwyliodd Annie ef yn dilyn y stryd fawr am ganol y dref. Daeth Ben ati, a rhoi ei fraich amdani.

'Ydi Ifan a chditha 'di ca'l ffrae, Annie?' holodd yn bryderus.

'Fi ddeudodd chydig o wirionedda wrtho fo. Dim nad oedd o'n 'i wbod yn barod.'

'Ond does 'na neb yn licio'u clywad nhw.'

'C'radur bach. Mae o'n edrych ar goll, dydi?'

'Mi ddaw ynta o hyd iddo'i hun ryw ddwrnod.'

Trodd Annie ato a phwyso'i phen ar ei ysgwydd.

'Go drapio'r dyn 'na,' meddai.

Ac nid oedd raid i Ben holi at bwy yr oedd hi'n cyfeirio.

\* \* \*

Pan ddaeth Magi drwodd i gael ei chinio, ni chymerodd Grace unrhyw sylw ohoni. Roedd hi wrthi'n sgriblan rhywbeth ar ddarn o bapur ac yn mwmian wrthi'i hun. Er i Magi graffu ar y papur, ni allai wneud na phen na chynffon o'r hyn oedd arno. Aeth ati i lenwi'r tecell ac estyn llestri gan wneud cymaint o sŵn ag oedd modd.

Cododd Grace ei phen a gofyn,

'Ydi hi'n amsar cinio'n barod?'

'Ers chwartar awr. Fedrwn i ddim diodda rhagor. Mi dw i bron â llwgu.'

'Ydach chi wedi cloi drws y siop?'

'Ydw.'

'Does dim angan poeni, felly.'

Petai Edward Ellis yn digwydd mynd i'r siop a chael y drws ynghlo, byddai'n dechrau dannod eu bod nhw'n colli busnes unwaith eto. Ond nid oedd Grace Ellis i weld yn malio am y busnes nac am ei thad.

'Mi 'ddylias i na chawn i byth warad â Kate Huws. Tynnu ar Jane Lloyd oedd hi, holi sut mae'i chwaer hi.'

'Dydi Elen Evans ddim yn sâl, gobeithio?'

''I merch-yng-nghyfrath hi sydd wedi cymyd y goes, a does 'na neb yn gwbod i ble. Beio'i gŵr am fethu dal gafal arni hi oedd Kate Huws.'

'Does 'na ddim bai arno fo.'

'Dyna oedd Nain Douglas Hill yn 'i ddeud. Mae'r Maud 'na wedi gadal ers dyddia, medda hi, ond fedra rhyw Now oedd hi'n lolian efo fo ddim mynd â hi efo fo i'r Sowth am fod ganddo fo wraig a fflyd o blant yno.'

Tawodd Magi yn sydyn. Hi a'i hen geg fawr! Roedd hi wedi rhoi ei throed ynddi unwaith eto. Ni ddylai fod wedi sôn am ei hymweliad â Douglas Hill nac ailadrodd yr hyn a glywsai'n y siop. Doedd hi ddim tamad gwell na'r Kate Huws straegar 'na.

'Ond dydi hynny'n ddim o 'musnas i, yn nag'di?'

'Diolch i chi am adal i mi wybod, Magi.'

Parodd y diolch iddi deimlo beth yn well. Er nad oedd fymryn callach be oedd wedi digwydd rhwng Grace Ellis a Tom Evans, a'i bod hi'n rhy ifanc i ddeall, yn ôl ei nain, roedd hi, fel un oedd yn gwybod be oedd bod mewn cariad, yn sicrach ei meddwl nag erioed nad oedd beth bynnag fu rhwng y ddau wedi chwythu'i blwc.

\* \* \*

Derbyniad oeraidd iawn oedd yr un a gafodd Ifan gan Gwen Jones yn Stryd Capal Wesla pan ddwedodd ei fod wedi galw i weld Miss Watkins. Rhythodd arno am rai eiliadau, fel petai'n ei bwyso a'i fesur a'i gael yn brin, cyn gofyn, mewn llais oedd yn rhygnu fel rasal ar gnawd,

'A pwy ga i ddeud ydach chi, felly?'

'Ifan Evans. Rydw i'n aros yn y Sgwâr efo Laura a Daniel Ellis.'

'Y Parchedig Daniel Ellis?'

'Ia.'

'Un agos iawn i'w le ydi gweinidog y Capal Mawr, er mai i'r Hen Gorff y mae o'n perthyn.'

Roedd yn amlwg fod Gwen Jones, fel ei fam, yn gosod gweinidogion ar bedastl uwch na bodau dynol. Bu gwybod ei fod wedi cael mynediad i gysegr un ohonynt yn ddigon i beri iddi hithau ganiatáu mynediad iddo i'w thŷ, a'i arwain i'r parlwr oedd yr un mor rhynllyd â'i berchennog.

'Mi a' i i ofyn i Miss Watkins ydi hi'n rhydd i'ch gweld chi.'

Syllodd Ifan o'i gwmpas, ar yr un gadair gefn uchel, anghyfforddus na fyddai wedi dewis eistedd arni hyd yn oed petai wedi cael ei gymell i wneud hynny, y Beibl mawr ar y bwrdd wrth y ffenestr, yr harmoniwm a llyfr emynau'r Annibynwyr yn agored arno. Yma ac acw ar y muriau, roedd adnodau mewn fframau tywyll, pob un wedi'i fwriadu i rybuddio yn hytrach na chysuro – 'Gwyliwch gan hynny; am na wyddoch na'r dydd na'r awr y daw Mab y dyn'; 'Nid felly y bydd yr annuwiol, ond fel mân us yr hwn a chwâl y gwynt ymaith'.

Dim ond un adnod oedd ar wal ei ystafell wely ef a Tom ac roedd o wedi meddwl, ar un adeg, fod y 'Duw, cariad yw' yn mynegi'r cyfan.

Torrwyd ar y tawelwch gormesol gan sŵn traed ar y grisiau a'r llais rasal yn dweud,

'Gobeithio na fyddwch chi'n gneud arferiad o hyn, Miss Watkins. Mi wyddoch y rheola.'

'Mi ddylwn wybod bellach, Miss Jones.'

Parodd yr olwg stormus oedd ar wyneb yr athrawes i Ifan ddifaru na fyddai wedi gwrando ar gyngor Annie. Caeodd Miss Watkins y drws yn glep a gofyn yn chwyrn,

'Glywsoch chi hynna?'

'Mae'n amlwg 'mod i wedi galw ar amsar anghyfleus.'

'Fe fydda unrhyw amsar yn anghyfleus yng

184

ngolwg Miss Jones. Dydi hi ddim yn rhy hoff o ddynion, a deud y lleia.'

'Dim ond gweinidogion, falla?'

'Duwiau ydi'r rheiny, nid dynion. A fyddach chi ddim wedi cael croesi'r rhiniog oni bai eich bod chi mor ffodus â bod yn ffrind i un ohonyn nhw.'

'Cydnabod ydw i i Daniel Ellis, dyna i gyd. Ond rydw i'n cyfri Mrs Ellis a Ruth ymysg yr ychydig ffrindia sydd gen i.'

Eglurodd Ifan yn garbwl ddigon, a heb ddadlennu gormod, sut y bu iddo ef wrthod y cyfle i fynd ymlaen â'i addysg, a'i fethiant o geisio argyhoeddi Ruth. Hoeliodd yr athrawes ddau lygad treiddgar arno a dweud,

'Mae'n amlwg fod 'na rwbath mawr ar feddwl yr enath.'

'Oes, mae 'na.'

'Ac fe wyddoch chi beth ydi o?'

'Nid fy lle i ydi deud, ond rydw i'n fodlon gneud hynny ar yr amod eich bod chi'n cadw'r cyfan yn gyfrinach. Dydw i ddim am i Daniel a Laura wbod i mi fod yma.'

'A dydw inna ddim yn derbyn amodau, Mr Evans. Os na allwch chi ymddiried yna' i, fe fydda'n well i chi adael.'

'Does gen i fawr o ffydd yn weddill, mewn neb na dim.'

'Pam dod ar fy ngofyn i, felly?'

'I drio gneud iawn am fy methiant fy hun, yn ôl Annie Pritchard, y Commercial. Ond gobaith ofer oedd hynny, mae arna i ofn.'

Trodd i adael, ond camodd yr athrawes rhyngddo a'r drws.

'Eich problem chi ydi ceisio dygymod â'r methiant, Mr Evans. Ond os ydw i am wneud yr hyn alla i i Ruth, does gen i ddim dewis ond derbyn eich amod chi.'

Wrth iddo groesi pont y rêl a dilyn ffyrdd yr oedd yn gyfarwydd â nhw erbyn hyn, diolchodd Ifan na fyddai'n rhaid iddo ei roi ei hun ar drugaredd Miss Watkins byth eto. Nid oedd y profiad o wynebu'r tribiwnlys i'w gymharu â'r un a gawsai ym mharlwr Stryd Capal Wesla. Gallai ddal ei dir bryd hynny, ond roedd yr athrawes ffroenuchel, hyderus wedi llwyddo i wneud iddo ei amau'i hun yn fwy nag erioed.

# 13

Roedd Grace wedi gadael y pentref o'i hôl pan ddaeth John Williams i'w chyfarfod.

'Ar eich ffordd acw yr ydach chi, Grace?' holodd.

'Ia. Sut mae Hannah?'

'Yn 'i gwely mae hi. Ond fydda'n ddim ganddi drio codi wedi iddi gael 'y nghefn i. Y tro dwytha iddi neud hynny, fe gafodd godwm egar.'

'Fe arhosa i efo hi nes dowch chi adra.'

'Bendith arnoch chi.'

Pan aeth drwodd i'r siambar, cafodd fod Hannah wedi gwthio'r dillad gwely o'r naill du ac yn bustachu i geisio codi'i choesau dros yr erchwyn.

'Dyna fi wedi'ch dal chi! Roedd John Williams yn ama mai dyma 'naech chi wedi iddo fo droi'i gefn.'

'Sut medra i orwadd yn fan'ma a'r llwch yn hel o 'nghwmpas i?'

'Fydda i fawr o dro'n ca'l gwarad â hwnnw.'

Wedi iddi wneud Hannah mor gyfforddus ag oedd modd, aeth Grace i nôl y taclau glanhau.

'Mae bai arna i'n disgwyl i chi neud hyn a chymaint o ofal arnoch chi.'

'Fi gynigiodd, Hannah. A fedrwn i ddim talu 'nylad i chi 'taswn i'n glanhau'r tŷ ddengwaith drosodd.'

Caeodd Hannah ei llygad. Roedd ei chorff yn boenau i gyd wedi'r ymdrech o geisio codi. Gallai glywed Grace yn gwibio yma ac acw, cyn ysgafned â glöyn, ac yn mwmian canu wrthi'i hun.

'Mae 'na hwylia da arnoch chi, Grace.'

'Wedi dŵad i benderfyniad yr ydw i.'

'A be ydi hwnnw, felly?'

'Dydw i ddim yn credu y bydd o wrth eich bodd chi, ond mi dw i'n ffyddiog y byddwch chi'n deall pam.'

Gadawodd Grace yn fuan wedi i John Williams gyrraedd o'r pentref. Ac yntau'n ysu am gael mynd at Hannah, ni fu iddo sylwi ar y graen a'r sglein ar na chegin na siambar.

'Be ydach chi'n 'i feddwl o'r lle, John?'

'Mm?'

'Mae Grace wedi bod wrthi fel lladd nadroedd tra buo hi yma.'

'Dim ond gofyn iddi gadw cwmni i chi wnes i. Mi wna i bob dim sydd raid.'

'Wn i, a fedrwn i ddim gofyn am well gofal.'

Roedd golwg flinedig ar Hannah. Yr holl symud a siarad wedi bod yn ormod iddi. Llonydd a gorffwys, dyna oedd hi ei angan.

'Mi a' i i gadw'r negas 'ma.'

'Na, 'rhoswch. Mae gen i rwbath i'w ddeud wrthach chi.'

'Fydda'm gwell i chi gael cyntun bach gynta?'

'Rydw i wedi gorfod aros yn rhy hir heb gael deud. Be ydi'r adnod 'na yn Llyfr y Diarhebion sy'n sôn am ddatgelu cyfrinach?'

'"Yr hwn a rodia yn athrodwr, a ddatguddia gyfrinach; ond y ffyddlon ei galon a gela y peth".'

Parodd iddo eistedd ar y gwely. Gafaelodd yn ei law, a phlethodd yntau ei fysedd am ei bysedd hi.

'Be sy'n eich poeni chi, Hannah fach?'

Roedd y ddau ohonyn nhw wedi bod yn gefn i'w gilydd am hanner canrif, wedi rhannu popeth ond yr un peth yma. Ac ni allai ond gobeithio y byddai John, rŵan ei bod hi'n rhydd i ddweud, yn gallu derbyn mai oherwydd ffyddlondeb i un arall y celodd hi'r gyfrinach oddi wrtho.

\* \* \*

A chwsmeriaid yn mynd a dod yn ddi-ball, ni chawsai Ifan gyfle i ddarllen y llythyr roedd wedi'i daro yn ei boced cyn i Laura allu cael cip arno. Roedd ymhell wedi un o'r gloch arno'n cael hoe i fwyta'i ginio yn ystafell gefn y siop, ond nid oedd arno fymryn o awydd y brechdanau, a llai fyth o awydd agor yr amlen. Syllu ar yr ysgrifen gyfarwydd yr oedd o pan glywodd David Francis yn dweud yn ffyrnig,

'A lle w't ti'n mynd?'

Arhosodd Ifan yn ei unfan. Ni fynnai, ar unrhyw gyfri, fod yn dyst o ffrae rhwng y tad a'r mab.

'Allan. A does dim rhaid i chi godi'ch llais. Wedi colli 'ngolwg yr ydw i, nid 'y nghlyw.'

'Fedra i ddim fforddio'r amsar i ddŵad efo chdi.'

'A fyddwn inna ddim yn dymuno hynny. Mi dw i'n siŵr y medrwch chi hepgor Mr Evans am ryw awr.'

'Na fedra.'

'Mi fydd raid i mi fentro fy hun, felly.'

Clywodd Ifan lais David Francis yn galw arno. Cafodd ei demtio i anwybyddu'r alwad ond nid oedd ganddo ef, fel gwas, unrhyw ddewis ond ufuddhau. Rhoddodd y llythyr yn ôl yn ei boced a gollwng y pecyn brechdanau i'r fasged sbwriel. Pan ddychwelodd i'r siop, roedd y mab ar ei ffordd allan. Trodd y tad ato, ei wyneb yn fflamgoch, ac meddai,

'Ewch efo fo, Ifan.'

Er na fyddai ots gan Ifan ar y funud petai Peter Francis yn baglu dros y darn palmant, ac na roddai dim fwy o fwynhad iddo na gweld y cythral hunandybus yn llyfu'r llwch, fe'i gorfododd ei hun i afael yn ei fraich.

'Lle'r ydach chi am fynd?' holodd yn gwta.

Ond ni wnaeth John ond cerdded ymlaen, gan ei dynnu yntau i'w ganlyn.

'Dyma be ydi digwyddiad, yntê?' meddai, ac awgrym o ddirmyg yn ei lais. 'Y milwr a'r conshi bach yn cerddad stryd y Blaenau fraich ym mraich.'

'Dydi hynny ddim o 'newis i.'

'Ydach chi ddim yn credu 'i bod hi'n bryd i chi a finna ddod i nabod ein gilydd?'

'Ro'n i'n ddigon bodlon ar betha fel roeddan nhw.'

'Oes ganddoch chi dad, Mr Evans?'

'Mi oedd gen i. Fyddwn i ddim wedi meiddio siarad efo fo fel rydach chi'n siarad efo'ch tad.'

'A fydda ynta ddim wedi siarad efo chi fel mae 'nhad efo fi?'

'Roedd ganddon ni ormod o barch at ein gilydd.'

Gwyddai Ifan fod llygaid pawb arnynt. Roedd ei galon yn pwyo, a'r cryndod y credai'n siŵr ei fod wedi llwyddo i'w feistroli yn ei fygwth unwaith eto. Yn ei ryddhad o gael gadael y stryd fawr a throi am Stryd Glynllifon, ni sylwodd ar y twll yn y ffordd. Byddai wedi camu i mewn iddo oni bai i Peter roi plwc sydyn i'w fraich a dweud gan gecian chwerthin,

'Y dall yn arwain y dall!'

Roedden nhw wedi cyrraedd y pwt ffordd a arweiniai i Garreg y Defaid cyn iddo sylweddoli mai cael ei arwain yr oedd o, a hynny gan yr un a roddodd ei olwg dros ei wlad.

\* \*. \*

Ni fu haf cyn brafiad ers blynyddoedd. Llwyddodd y golau i dreiddio drwy lwydni trefi'r llechi i amlygu'r gwyrddni a gollwng y lliwiau'n rhydd. Er bod ambell un yn cwyno ei bod yn anodd dygymod â'r gwres ac yn ofni y byddai prinder dŵr yn achosi afiechydon, cytunai hyd yn oed y rhai mwyaf diysbryd fod yr haul yn well ffisig na dim y gallai unrhyw feddyg ei gynnig, a hwnnw i'w gael heb orfod talu'r un geiniog amdano.

Ar ei siwrnai am Lwybrmain, oedodd Grace gerllaw eglwys St Ann i arogli a chyffwrdd y blodau gwylltion oedd yn palmantu'r ffordd. Daeth llinellau y bu iddi eu dysgu yn yr ysgol i'w chof:

Though nothing can bring back the hour
Of splendour in the grass, of glory in the flower.
We will grieve not, rather find
Strength in what remains behind.

Pan oedd hi'n ifanc, a'i bywyd yn agor o'i blaen, nid oedd y geiriau'n golygu fawr ddim. Ond roedd iddyn nhw gyfoeth o ystyr heddiw. A'r hyder newydd yn treiddio drwyddi, yr un mor danbaid â'r golau, gallai hithau ddweud:

Thanks to the human heart by which we live,
Thanks to its tenderness, its joys, and fears,
To me the meanest flower that blows can give
Thoughts that do often lie too deep for tears.

O'r lle roedd hi'n cwmanu uwchben ei blodau hithau, gwyliodd Nain Bryniau Terrace hi'n dringo'r allt. Anelu am Lwybrmain yr oedd hi, mae'n siŵr, wedi cael ar ddeall gan Magi fod y ffifflan Maud 'na wedi hel ei thraed, ac am fentro'i siawns.

Bu'r llinellau rheiny'n ddigon i gynnal Grace nes iddi gyrraedd rhif ugain. Roedd y drws yn gilagored. Rhoddodd bwt iddo, ond fel roedd hi'n camu i mewn clywodd Elen Evans yn galw o'r gegin gefn,

'Pwy sydd 'na?'

'Grace.'

Er bod Hannah wedi ei rhybuddio rhag disgwyl gormod, aeth geiriau sarrug Elen Evans pan ddaeth drwodd i'r gegin â'r gwynt o'i hwyliau.

'Mae arna i ofn nad oes 'na groeso i chi yma, Grace Ellis.'

Ceisiodd ei sadio'i hun, ac meddai,

'Mi wn i 'y mod i wedi'ch siomi chi, Elen Evans.'

'Mwy na siomi.'

'Ond mi dw i isio egluro i chi.'

'Fe gawsoch chi ddigon o gyfla i hynny y tro dwytha.'

'Do'n i ddim yn barod i ddeud yr adag honno.'

'A dydw inna ddim yn barod i wrando rŵan. Does gen i ddim diddordab yn eich "rhesyma" chi, fel roeddach chi'n 'u galw nhw. Mae'r drwg wedi'i neud, a does 'na ddim modd ei ddad-neud o.'

Gwnaeth Grace un ymdrech arall, ond i ddim pwrpas. Roedd Elen Evans wedi troi ei chefn arni – cefn oedd, er mor eiddil, fel wal ddiadlam – ac meddai dros ei hysgwydd,

'Caewch y drws ar eich ôl. Does wbod pwy sydd o gwmpas.'

Roedd yr hen wraig yn dal yn ei chwman, ac yn mwmial siarad efo'i blodau. Ceisiodd Grace sleifio heibio iddi, ond roedd fel petai gan honno lygaid y tu ôl i'w phen.

'Tro sydyn iawn, Miss Ellis,' galwodd.

'Gwaith yn galw, Mrs . . .'

'Puw. Nain Magi sy'n gweithio acw. Mae hi'n taro'n boeth pnawn 'ma.'

'Ydi.'

'Deud o'n i wrth y plant 'ma y cân nhw ddiod wedi i'r gwres liniaru rywfaint.'

'Plant?'

'Y bloda. Amdanyn nhw mae 'ngofal i, rŵan fod pawb o'r teulu wedi mynd i'w ffyrdd 'u hunain a byth yn cofio amdana i ond pan fyddan nhw angan rwbath. A sut mae'ch tad yn cadw?'

'Yn weddol.'

'Mae o'n lwcus iawn ohonoch chi. Ond newch chi ddim difaru bod yn driw iddo fo.'

'Esgusodwch fi, mae'n rhaid i mi fynd. Pnawn da, Mrs Puw.'

Dychwelodd Nain Douglas Hill at y plant oedd mor awyddus i'w phlesio, a'i chydymdeimlad yn llwyr efo'r wyres oedd yn gorfod bod at alw Grace Ellis, Bristol House, o fora tan nos. Be fydda rhwbath drwynsur fel'na, gafodd ei geni â llwy arian yn ei cheg, wedi bod o werth i weithiwr cyffredin fel Tom Llwybrmain, mewn difri?

Er na fu ganddi erioed fawr o amynedd efo Elen Evans, oedd yn llusgo'i chrefydd i'w chanlyn Sul, gŵyl a gwaith, roedd yn amlwg oddi wrth wep sur

Grace Ellis nad oedd hi wedi bod yn barod i droi'r foch arall. Gobeithio y byddai'r hogyn diniwad 'na, oedd wedi bod mor wirion â chael ei ddal ym magl Maud Parry, yr un mor amharod i wneud hynny.

*　*　*

Safai Ifan a Peter Francis ar fin y graig serth uwchben Cwm Bowydd. Tynnodd Ifan ei fraich yn rhydd a chamu'n ôl.

'Dydach chi ddim yn bwriadu 'ngadael i yn fan'ma, Mr Evans?'

'Rydw i'n credu eich bod chi'n ddigon abal i ffeindio'ch ffordd heb fy help i. Mae'n siŵr fod gallu gneud ffŵl o'r conshi bach di-asgwrn-cefn wedi rhoi boddhad mawr i chi.'

'Be ydach chi'n 'i awgrymu? Fy mod i wedi'ch twyllo chi'n fwriadol? Cymryd arna mai wedi colli 'ngolwg yr o'n i?'

'Dydw i ddim yn credu mewn gwyrthia, Mr Francis.'

'Mwy nag o'n inna pan ddwedodd y meddyg wrtha i fod posibilrwydd y gallwn i gael fy ngolwg yn ôl ryw ddiwrnod. Ddim nes i mi ddeffro un bora a gweld y gola am y tro cynta ers tair blynadd. Ond er bod hwnnw'n cryfhau ryw gymaint bob dydd, dydw i ddim yn gallu gwerthfawrogi'r olygfa yma hyd yn hyn, yn anffodus.'

Wrth iddo droi i'w wynebu, sylwodd Ifan ei fod fel y galchen ac yn gwegian uwchben ei draed. Ailafaelodd yn ei fraich a'i arwain i le diogel.

194

Gollyngodd yntau'i hun ar y clwt gwair ac meddai'n dawel,

'Ydach chi wedi cael y profiad o fyw yn y fagddu, Ifan?'

'Do. Mi dreulias i ddyddia mewn cell gosb am regi un o geidwaid y carchar.'

'Fe wyddoch chi peth mor arswydus ydi tywyllwch, felly. Pe bawn i'n teimlo'r ysfa i dwyllo fyddwn i byth dragwyddol wedi dewis dallineb, o bob dim.'

'A pryd ydach chi'n bwriadu rhannu'r newydd da efo'ch tad?'

'Pan ddaw pethau'n gliriach. Pan alla i weld 'i ryddhad o wybod ei fod am gael gwarad ag un y mae o wedi dweud fwy na unwaith y byddai'n dda ganddo fo petai wedi cael ei eni'n farw. Ond does dim disgwyl i un oedd yn parchu'i rieni, ac na ŵyr o ddim beth ydi casineb, allu dychmygu faint o blesar rydd hynny i mi.'

Gorweddodd Ifan yn ôl ar y gwair. Rhoddodd ei law yn ei boced a theimlo ymyl yr amlen â'i fys. Be oedd wedi ysgogi'i fam i ysgrifennu ato, tybed? Beth bynnag oedd ganddi i'w ddweud, ni wnâi hynny'r un iot o wahaniaeth bellach. On'd oedd hi wedi troi'i chefn arno ar adeg pan oedd o fwyaf o'i hangen? Ac er na fu i'r siom honno esgor ar gasineb, nid oedd yn weddill bellach ond cysgod o'r parch a fu ganddo tuag ati.

Ond fe wyddai yntau beth oedd casáu. Yn nhywyllwch dudew y gell gosb, a chwerthin mileinig y gwarchodwr yn llenwi'i glustiau, gallodd arogli a blasu'r casineb a theimlo'i wenwyn yn dygyfor drwy'i gorff. Ond un estron oedd y gwarchodwr hwnnw, un nad oedd gwewyr Sam yn golygu dim iddo. Tad oedd wedi tanio'r casineb yn Peter Francis, a'i gadw ynghynn â'i eiriau creulon. I feddwl ei fod o wedi bod mor gibddall â chredu bod cymod yn bosibl! Ond cyn bo hir, fe gâi'r tad ei ddymuniad, heb ei haeddu, a'r mab ei haeddiant o ryddid.

Roedd Peter wedi cau'i lygaid. Er bod y gwres yn peri iddo deimlo'n swrth, gorfododd Ifan ei hun i gadw'n effro fel ei fod yn barod i ddweud wrtho pan fyddai'i lygaid yn agor i'r golau ei fod yn deall, ac yn falch o allu credu fod gwyrthiau'n gallu digwydd wedi'r cyfan.

\* \* \*

Er pan fu i Hannah ddatgelu'r gyfrinach nid oedd John wedi sôn gair am hynny. Gwnaethai hithau ymdrech i fod yr un mor amyneddgar ag arfer, gan adael y dweud iddo fo. Yna, un noson, ac yntau wedi bod ar ei liniau am gryn chwarter awr, aeth yr aros yn drech na hi ac meddai wrth ei wylio'n codi'n llafurus,

'Roedd ganddoch chi lawar iawn i'w ddeud wrtho Fo heno.'

'Oedd.'

'A dim i'w ddeud wrtha i. Ond dydi O erioed wedi'ch siomi chi fel yr ydw i, yn nag ydi?'

Syllodd ei gŵr yn syn arni, ei lygaid yn glwyfus fel rhai ci wedi cael cweir. Byddai Hannah wedi rhoi'r byd am allu tynnu'r geiriau'n ôl, ond gan nad oedd hynny'n bosibl ni allai ond ceisio ei arbed drwy ymddiheuro a dweud,

'Wn i ddim be ddaeth drosta i.'

'Y segurdod a'r hen boena 'na sy'n deud arnoch chi, yntê.'

'Dydi hynny ddim yn rhoi esgus i mi fod mor frwnt 'y nhafod. Ond ofn oedd gen i eich bod chi wedi digio wrtha i am gelu cyfrinach Grace.'

'Na, dydw i ddim wedi digio. Mi wn i pam y gwnaethoch chi hynny.'

Teimlodd Hannah ias o gywilydd. Sut y gallai fod wedi meddwl y fath beth, heb sôn am ei roi mewn geiriau?

'Diolch i chi am ddeall, John.'

Pwysodd ei phen yn ôl ar y gobennydd. Rŵan fod yr ofn wedi cilio, efallai y byddai'r poenau'n lleddfu ryw gymaint ac yn caniatáu iddi gael ychydig o gwsg. Ond diflannodd y gobaith hwnnw pan glywodd John yn dweud,

'Mi dw i am i chitha ddeall nad oes gen i'r hawl i wneud yr un peth. Mae'n ddyletswydd arna i roi'r achos gerbron y blaenoriaid.'

'Ond fedrwch chi ddim gneud hynny!'

' "Y neb a guddia ei bechodau, ni lwydda: ond y neb a'u haddefo, ac a'u gadawo, a gaiff drugaredd". Ydach chi am wrthod y trugaredd hwnnw i Grace Ellis?'

'Ond rhwbath rhyngddi hi a'i Duw ydi hynny. Mae Grace wedi talu'n hallt am yr hyn yr ydach chi'n 'i ystyried yn bechod. Peidiwch â chosbi rhagor arni.'

'Nid cosb ydi hyn, ond modd achubiaeth. Rydw i wedi treulio oriau'n gofyn i Dduw am ei arweiniad, ac mi ge's i'r atab heno.'

'Ddylwn i ddim fod wedi deud wrthach chi.'

'Fe wnaethoch chi'r peth iawn. Canolbwyntio ar wella, dyna sydd eisia i chi ei neud rŵan.'

'Sut medra i, a finna wedi bradychu un sydd wedi bod fel merch i mi?'

'Does a wnelo hyn ddim â chi. Fy nghyfrifoldeb i ydi o.'

'A phe bawn i'n erfyn arnoch chi gadw'r gyfrinach?'

'Mae'r penderfyniad wedi'i neud.'

I John Williams, roedd y frawddeg honno fel 'Amen' ar weddi. Ond teimlai Hannah fel petai'r gwerthoedd y bu'n eu trysori am hanner can mlynedd wedi cael eu cipio oddi arni a'i gadael yn waglaw. Roedd hi wedi credu y byddai'r dealltwriaeth oedd rhyngddyn nhw, a'u parch tuag at ei gilydd, yn ddigon i oresgyn pob anhawster. Sawl gwaith yr oedd hi wedi ildio i'w farn, ymatal rhag mynegi'i amheuon a gadael iddo ddilyn ei fympwy ei hun? A'r gwewyr o sylweddoli pa mor ddibwys oedd hi wedi'r cyfan yn gwasgu'n llymach na'r poenau hyd yn oed, nid oedd unrhyw bwrpas dal yn ôl bellach.

'Ydach chi'n cofio gofyn i mi o'n i'n meddwl eich bod chi'n ddyn pengalad?'

'Ydw. A chitha'n deud 'mod i'n gallu bod, ond am resyma da.'

'Mae hi wedi cymryd hannar canrif i mi sylweddoli pa mor ystyfnig a hunangyfiawn ydach chi.'

'Mi fyddwn i'n ei chael yn anodd esgusodi hynna,

Hannah, oni bai 'mod i'n sylweddoli pa mor arw ydi hi arnoch chi.'

Ond ni chafodd y llygaid clwyfus na'r cryndod yn y llais unrhyw effaith ar Hannah y tro hwn. Heb geisio arbed ei gŵr na chelu'i siom, meddai,

'Fedra i mo'ch esgusodi chi, na madda i chi chwaith.'

\* \* \*

Yn ei frys i gael gwared â'r dillad oedd yn glynu wrth ei gorff, ni sylwodd Tom fod ei fam yn fwy tawedog nag arfer. Roedd y daith heibio i Hirdir Uchaf wedi bod yn un llethol, a gwadnau'i draed fel pe baen nhw ar dân.

Er ei fod yn teimlo beth yn esmwythach ar ôl molchi a newid i ddillad glân, ni allai stumogi'r swper chwarel oedd yn stemio ar y pentan. Ymateb digon swta a gafodd gan ei fam pan ddwedodd hynny, ac ofnai ei fod wedi ei tharfu.

'Mi gymera i o'n nes ymlaen, pan fydd y gwres wedi llacio.'

'Fel mynni di. Helpa dy hun i banad.'

Estyn am y tebot yr oedd o pan welodd yr amlen ar y bwrdd. Roedd y mab afradlon wedi cydnabod llythyr ei fam, felly, diolch i'r drefn.

'Wel . . . be sydd gan Ifan i'w ddeud?' holodd yn eiddgar.

'I ti mae'r llythyr 'na.'

'Ond pwy fydda'n sgwennu ata i?'

'Yr un sgwennodd atat ti ddeuddag mlynadd yn

ôl, am fod ganddi ormod o gwilydd dy wynebu di. Ro'n i'n meddwl 'mod i wedi gneud petha'n ddigon clir iddi pan alwodd hi echdoe.'

'Pam na fyddach chi wedi deud wrtha i fod Grace wedi bod yma?'

'Do'n i ddim isio dy boeni di.'

''Y mhoeni i! Does ganddoch chi ddim syniad, yn nag oes?'

'Syniad o be, mewn difri?'

Ni chafodd ateb i'w chwestiwn. Roedd Tom wedi rhwygo'r amlen yn agored ac yn rhoi ei holl sylw i gynnwys y llythyr. Teimlodd Elen gryndod oer yn rhedeg drwy'i chorff pan welodd y dagrau'n ei lygaid ac meddai'n ymbilgar,

'Paid â gadal iddi dy dwyllo di i gredu'i hesgusodion hi.'

Ei hanwybyddu hi wnaeth o. Yna, a hithau'n credu na allai oddef rhagor, roedd o'n estyn y llythyr iddi ac yn dweud,

'Mi dw i am i chi ddarllan hwn.'

Safodd hithau yn ei hunfan heb wneud unrhyw ymdrech i'w gymryd oddi arno.

'Na, fedra i ddim.'

'Darllenwch o, Mam.'

Gwthiodd y dudalen i'w llaw. Syllodd hithau ar yr ysgrifen oedd wedi'i serio ar ei chof am byth, a'i gorfodi ei hun i ddarllen. Nid oedd yn y llythyr yr un gair o eglurhad, dim ond rhyw benillion am ddau aderyn.

'Dyna'r cwbwl sydd 'na?' holodd.

'Ia, ond maen nhw'n deud pob dim sydd 'i angan.'

Gan faint ei rhyddhad, ni fu i Elen sylwi ar y wên ar wyneb Tom. Yn ystod y prynhawn, a hithau'n methu byw yn ei chroen, bu ond y dim iddi â thaflu'r llythyr i lygad y tân. Ond nid oedd dim i'w ofni ynddo, wedi'r cyfan. Roedd hi wedi llwyddo i argyhoeddi Grace Ellis, drwy drugaredd. A rŵan fod popeth oedd ei angen wedi'i ddweud, ni fyddai'n rhaid iddi ofidio rhagor.

# 14

Roedd baich dyletswydd yn pwyso'n drwm ar ysgwyddau John Williams y bore hwnnw wrth iddo ddilyn y ffordd gyfarwydd rhwng Cae'r-berllan a'r pentref. Aethai drwodd i'r siambar cyn gadael y tŷ. Gorweddai Hannah a'i hwyneb at y pared, ac ni chymerodd arni ei glywed yn dweud,

'Rydw i am fynd draw i Bristol House i ga'l gair efo Grace.'

Er ei fod yn gwybod nad oedd angen iddo'i rhybuddio rhag mentro o'i gwely, meddai, o ran arferiad,

'Arhoswch chi lle'r ydach chi. Fydda i ddim yn hir.'

Gwyrodd drosti a chyffwrdd yn ysgafn â'i boch.

'Fe wyddoch nad oes gen i ddim dewis.'

Byddai'r Hannah yr oedd o'n ei hadnabod mor dda wedi sylweddoli hynny heb iddo orfod dweud. Fe roddai bopeth a feddai am gael yr Hannah honno'n ôl.

201

Ond gwyddai, wrth iddo nesáu at Bristol House, fod yn rhaid iddo anghofio'i bryder ei hun dros dro a chanolbwyntio ar y dasg a'i hwynebai. John Williams, y pen-blaenor, agorodd ddrws y siop a dweud, yn ffurfiol, pan gafodd wybod fod Edward Ellis yn y parlwr,

'Yma i'ch gweld chi yr ydw i, Grace Ellis.'

Unwaith yr oedden nhw yn y gegin, allan o glyw Magi, aeth John Williams ati'n ddiymdroi i egluro pwrpas ei ymweliad. Roedd Grace wedi ei tharo'n syfrdan. Nid oedd, wrth rannu'i phenderfyniad â Hannah, wedi meddwl am eiliad y byddai hi'n cymryd yn ganiataol ei bod hithau'n rhydd i ddatgelu. Ond pan ddwedodd John Williams fod gorfod cadw hyn oddi wrtho wedi achosi gofid mawr i Hannah, llwyddodd o'r diwedd i roi tafod i'r geiriau oedd wedi bod yn cronni o'i mewn.

'Mae'r ffaith ei bod hi wedi torri'i haddewid yn ofid i minna, John Williams.'

'Fe geisiodd fy mherswadio i gelu'r cyfan. Ond mae hynny'n gwbwl amhosibl.'

'Wrth gwrs 'i fod o, i un sydd wedi tyngu llw o ffyddlondeb i Dduw oedd yn annog dial ac yn barod i anfon ei Fab ei hun i'r groes.'

'Dydach chi'n gneud dim cymwynas â chi'ch hun drwy gablu, Grace. Fe fydda gwyleidd-dra'n gweddu'n well dan yr amgylchiadau.'

'Rydach chi am i mi syrthio ar fy mai, heb gael cyfla i'm hamddiffyn fy hun?'

'Be arall fedrwch chi ei neud? Does yna ddim modd cyfiawnhau'r hyn yr ydach chi'n euog ohono.'

'Ac os ydw i'n gwrthod?'

'Yna, mae arna i ofn na fydd maddeuant i'w gael. Ac fe wyddoch be mae hynny'n ei olygu?'

'Fy mod i'n cael fy nhorri allan o'r capal, fy ngwahardd rhag ymuno â'r saint.'

'Rydw i'n bwriadu rhoi'r mater gerbron y seiat nos Fercher nesa. Os gnewch chi f'esgusodi i, mae'n rhaid i mi fynd yn ôl at Hannah. Dydi hi ddim hannar da. Mi fyddai hi'n falch iawn o'ch gweld chi.'

'Cadw draw ydi'r peth calla i mi. Go brin y byddach chi'n hapus o orfod derbyn pyblicanod a phechaduriaid i'ch cartra.'

Er mai Grace gafodd y gair olaf am unwaith, ni fu hynny o unrhyw gysur iddi. Roedd y gorffennol y bu iddi lwyddo i'w ddiogelu wedi'i ddinistrio, a'r holl ymdrech yn ofer.

Parodd yr olwg ar wyneb y dyn bach gweld-bai-ar-bawb, wrth iddo frasgamu drwy'r siop, i Magi brysuro i'r gegin.

'Ydach chi'n iawn, Grace Ellis?' holodd yn bryderus.

'Nag ydw, Magi.'

Roedd dagrau mawr yn powlio i lawr ei gruddiau. Hwn oedd y tro cyntaf erioed i Magi weld Grace Ellis yn crio ac ni wyddai beth i'w ddweud na'i wneud. Heb air ymhellach, gadawodd y gegin yr un mor frysiog.

\* \* \*

Cododd Ifan ar ei eistedd yn wyllt. Er bod y gwres wedi llacio a'r glaw yn curo'n ffyrnig yn erbyn y ffenestr, roedd yn foddfa o chwys a'i lwnc mor gras â phapur tywod. Nid oedd ganddo'r syniad lleiaf faint o'r gloch oedd hi. Daethai i fyny i'w ystafell wely wedi swper a gorwedd ar y gwely, yn ei ddillad. Y peth olaf a gofiai oedd teimlo'r llyfr yr oedd yn ei ddarllen yn llithro o'i afael. Agorodd ddrws y llofft yn ara bach, a chlustfeinio. Nid oedd yr un smic i'w glywed.

Teimlodd ei ffordd yn ofalus i lawr y grisiau. Oedodd yn y cyntedd i graffu drwy'r llwyd olau ar wyneb y cloc mawr. Naw o'r gloch. Ac yntau wedi credu ei bod yn ganol nos, o leia. Yn ei awydd i dorri'i syched, ni fu iddo sylwi ar y rhimyn golau o dan ddrws y gegin. Wrth iddo gamu i mewn, clywodd Laura'n dweud â gollyngdod yn ei llais,

'Mi w't ti'n ôl, Dan.'

'Fi sydd 'ma. Bron â thagu isio diod.'

'Mae o wedi mynd allan ers oria, Ifan.'

A'r frawddeg a adawsai Daniel ar ei hanner yn adleisio'n ei gof, meddai Ifan mor ddigynnwrf ag oedd modd,

'Mochal rhag y glaw mae o, siŵr i chdi.'

'Ia, gobeithio. Mi wna i banad i ti.'

'Mi neith dŵr y tro'n iawn. "Dŵr, dŵr, dŵr, i bob sychedig un." Ti'n cofio fel bydda Grace yn canu honno ar ôl bod yn y Cwarfod Dirwast?'

'Amsar braf oedd o, 'te?'

Mae'n debyg ei fod o, o edrych yn ôl. Ond teimlai'n rhy anniddig ei feddwl ar y pryd i allu gwerthfawrogi hynny. Yn wahanol i'w dad a Tom, oedd yn chwarelwyr wrth reddf, ni allodd Ifan erioed deimlo'n gartrefol ym Mraich y Cafn. Gallai gofio ei amddiffyn ei hun yn chwyrn pan gyhuddodd Grace ef o aberthu'i ddyfodol oherwydd ei fod yn rhy bengaled i dderbyn unrhyw gyngor, er ei fod yn gwybod mai hi oedd yn iawn. Gwyddai ei fod wedi ei brifo i'r byw drwy haeru'n wawdlyd nad oedd hi mewn sefyllfa i roi cyngor i neb. Hyd yn oed heddiw, gallai ddal i deimlo'r cywilydd o glywed Laura, na fyddai byth yn ymyrryd, yn dweud yn dawel, 'Doedd gan Grace ddim dewis, Ifan'.

Rhoddodd ei geg o dan y tap a llyncu cegaid ar ôl cegaid o'r dŵr croyw.

'Dyna be ydi gwelliant!'

'Biti na fydda pob dim mor hawdd 'i wella, 'te? Dos di'n ôl i dy wely, Ifan.'

Roedd golwg wedi ymlâdd arni a chleisiau duon o dan ei llygaid. Er ei fod yn ysu am gael dychwelyd i ddiogelwch ei ystafell, ni allai ei gadael yma ar ei phen ei hun.

'Na, mi arhosa i efo chdi nes daw Daniel adra.'

'Mi w't ti'n difaru dŵad i'r Blaena, dwyt?'

Ceisiodd Ifan osgoi ateb y cwestiwn drwy ddweud,

'Waeth i mi yma mwy na r'wla arall.'

'Lle w't ti 'di bod y blynyddodd dwytha 'ma?'

'Yn crwydro o gwmpas. Ca'l gwaith yma ac acw, ar ffermydd gan fwya, digon i 'nghynnal i.'

'Oedd gen ti hira'th weithia?'

'Fedrwn i ddim fforddio hynny.'

'Rhyfadd na fydda dy fam wedi sgwennu atat ti ar ôl deall dy fod ti yma, 'te?'

'Mi ge's i lythyr rai dyddia'n ôl. Newydd ddŵad o hyd i'r llythyra anfonais i o'r carchar oedd hi . . . Maud, gwraig Tom, wedi'u cuddio nhw o dan fatras y gwely.'

'I be oedd hi'n gneud peth felly?'

'I ddial ar y conshi, debyg.'

'Ro'n i'n meddwl na fydda dy fam yn peidio d'atab di.'

'Ond dydw i ddim yn bwriadu 'i hatab hi. Mae hi'n rhy hwyr, Laura.'

'Biti.'

'Mi w't ti'n gweld bai arna i?'

'Pwy dw i i weld bai ar neb?'

Croesodd Ifan at ddrws y cefn, a'i agor. Camodd i'r iard a sefyll yno am rai eiliadau'n gadael i'r glaw lifo drosto. Roedd ar fin troi'n ôl am y tŷ pan glywodd sŵn cwynfan fel un i anifail mewn poen. Roedd Laura wedi'i glywed hefyd ac wedi rhuthro allan. Ceisiodd yntau ei hatal. Doedd wybod pwy na beth oedd yn llercian yno. Ond gwthiodd ei ffordd heibio iddo. Gorfododd ei hun i'w dilyn, a'r sŵn annaearol yn ailgynnau'r hen arswyd. Gallai deimlo tamprwydd y gell yn treiddio drwy'i ddillad, arogli'r chwys a'r cyfog a thrueni Sam. Fel o bellter, clywodd Laura'n gofyn yn bryderus,

'Be sy, Dan bach?'

Dychwelodd Ifan o hunllef y gell honno i weld Daniel Ellis, gweinidog y Capel Mawr, yn gwegian fel dyn meddw a'r Laura eiddil yn ceisio dal ei gafael arno. Llwyddodd i blethu'i freichiau amdano a hanner ei lusgo am y tŷ. Er bod Dan wedi tawelu ryw gymaint, roedd yn crynu drosto a'i lygaid gwaedgoch yn gwibio yma ac acw. Wedi iddo ei gael i eistedd, brysiodd Ifan i gau'r drws, a'i folltio.

'Oes 'na rwbath alla i neud, Laura?'

Bu'n rhaid iddo ailadrodd y cwestiwn cyn cael ymateb.

'Na. Dos di. Mi fydda i'n iawn, rŵan fod Dan adra'n saff.'

Teimlodd Ifan ryddhad. Roedd gorfod cyffwrdd â Daniel Ellis a theimlo pwysau'i gorff yn ei erbyn wrth iddynt groesi'r iard, wedi bod yn ddigon i godi'r cryd arno. Ond erbyn iddo gyrraedd ei lofft, roedd y rhyddhad hwnnw wedi pylu. A'r 'dos di' fel clo ar ddrws, roedd yr ateb y bu iddo osgoi ei roi i gwestiwn Laura yn ddigon amlwg ac yntau'n difaru'i enaid iddo ildio i'r hiraeth na allai fforddio'i deimlo.

* * *

Dim ond un cwestiwn oedd gan Hannah i'w ofyn i John. Pan ddaeth â phaned iddi fore Mercher, mentrodd roi llais i'r cwestiwn hwnnw.

'Ddeudoch chi wrth Grace 'mod i wedi erfyn arnoch chi i gadw'r gyfrinach?'

'Do, Hannah.'

''Ngenath annwyl i. Mi fydd yn ddeugian ac un 'leni. 'Run oed â'r bychan gollon ni.'

'A hynny heb gael dim o'i gwmni o.'

'Rydw i'n eich cofio chi'n deud ddiwrnod yr angladd 'i fod o'n well 'i le.'

'Ond efo ni oedd 'i le fo, yntê?'

'Doeddach chi ddim yn credu hynny, felly?'

'Sut medrwn i, a finna gymaint o'i eisio fo?'

'Mi fyddach chi wedi gneud tad da, John.'

'Er 'y mod i mor ystyfnig a hunangyfiawn?'

'Falla na fydda fo wedi bod mor barod â fi i adael i chi ddilyn eich mympwy, dro ar ôl tro.'

'Rydach chi wedi trio fy rhybuddio i fwy nag unwaith, yn do?'

'A heb fod ronyn elwach. Dydi'r hyn yr ydw i'n 'i feddwl yn golygu dim.'

'Chi ydi'r unig beth o werth sydd gen i, Hannah.'

'A be am eich Duw chi? Rydach chi'n fwy na pharod i wrando arno Fo.'

'Gofyn am arweiniad y bydda i.'

'A phwy sy'n arwain pwy, tybad?'

Eiliadau ynghynt, rhoesai ei chlywed yn dweud y byddai wedi gwneud tad da lygedyn o obaith iddo. Ni fyddai Hannah fel yr oedd hi cyn i wayw'r gwynegon ei suro wedi meiddio awgrymu mai gwneud defnydd o Dduw yr oedd o er mwyn ei gyfiawnhau ei hun. Byddai'n galw yn siop Lloyd Drygist ar ei ffordd i'r seiat heno i holi a oedd ganddo ryw gyffur i esmwytho'i phoenau.

\* \* \*

Y bore hwnnw, teimlai Ifan yn fwy anesmwyth nag erioed. Roedd y misoedd diwethaf wedi bod yn gwbwl ofer. Nid oedd ar Laura ei angen, er iddo ei dwyllo'i hun i gredu hynny. Yn ei awydd i weld David Francis yn gadael am y banc, bu'n cyfri'r munudau, gan obeithio yn ei galon na ddeuai dim i'w rwystro. Ond cyn gynted ag y caeodd y drws ar sodlau un y byddai cael dweud wrtho ei fod yn gadael yn bleser o'r mwyaf, clywodd sŵn traed ar y grisiau a Peter Francis yn galw,

'Fedrwch chi neud efo cwmni?'

'Ddim yn arbennig.'

'Mi fedra i.'

Estynnodd Peter gadair, a'i sodro wrth y cownter. Er bod ei symudiadau braidd yn drwsgwl, roedd yn amlwg i Ifan nad rhywbeth dros dro oedd y wyrth y cawsai ei berswadio i gredu ynddi.

'Mae'r gola'n cryfhau bob dydd, Ifan. Rydw i'n gobeithio y galla i dorri'r newydd da i 'Nhad un o'r dyddia nesa 'ma. Mae croeso i chi fod yn dyst.'

'Fydda i ddim yma.'

'Dydach chi ddim yn bygwth gadael eto, does bosib? Dipyn o geiliog gwynt ydach chi, yntê?'

'Fedra i ddim dygymod â'r tŷ 'na ddim rhagor.'

'Y Parch yn mynd dan eich croen chi, ia?'

'Dydi o a finna erioed wedi gallu diodda'n gilydd. Fyddwn i ddim wedi cytuno i aros oni bai am Laura . . . a Ruth.'

'Ac eto rydach chi'n barod i droi cefn arnyn nhw?'

'Mae gen i fy rhesyma.'

'Wrth gwrs. Ac os ydach chi'n teimlo fel bwrw'ch bol, does 'na ddim gwell gwrandawr na dyn dall.'

'Ond prin ein bod ni'n nabod ein gilydd.'

'Gora oll. A does ganddoch chi neb arall, mwy na finna.'

Bu'r ysfa am gael rhannu'r baich yn drech na'r gred o 'i bawb ei fyw ei hun' a rannai Ifan â'i fam. Wrth iddo ail-fyw noson y glaw, gallai deimlo pwysau Daniel yn ei erbyn a gweld yr arswyd yn ei lygaid. Pan soniodd am y rhyddhad o gael gadael y gegin, meddai Peter,

'Pam oeddach chi mor awyddus i ddianc, Ifan?'

'Sylweddoli wnes i nad oedd hi mo f'angan i yno.'

'Mrs Ellis?'

'Ia . . . Mrs Ellis, gwraig gweinidog y Capal Mawr.'

Roedd tôn chwerw'r geiriau'n ddigon i gadarnhau amheuon Peter Francis.

'Rydach chi'n hoff iawn ohoni, dydach? Yn rhy hoff, falla.'

'Dim ond ffrindia ydi Laura a finna.'

'Gormod o ffrindia i chi allu byw dan yr un to â hi. A' i ddim i geisio'ch perswadio chi i aros, ond mi fydda'n dda gen i pe baen ni wedi cael cyfla i ddod i nabod ein gilydd yn iawn.'

Oedodd dwy wraig y tu allan i'r siop. Gwthiodd un ohonynt y drws yn agored gan ddal i barablu. Manteisiodd Ifan ar y cyfle i estyn ei law i Peter.

'Pob lwc i chi.'

'Ac i chitha, Ifan. Gobeithio y cewch chi'r hyn yr ydach chi'n chwilio amdano fo.'

'A be ydi hwnnw, tybad?'

'Mi fyddwch chi'n gwybod pan ddowch chi o hyd iddo fo.'

\* \* \*

Ni allai Jeremeia, y proffwyd gofidiau, fod wedi gobeithio am olynydd gwell na Lloyd Drygist, meddyliodd John Williams. Gan syllu'n ofidus dros ei hanner sbectol a siglo'i ben yn drist meddai, wrth estyn y botel foddion iddo,

'Mae arna i ofn nad oes 'na ddim byd all neb 'i neud unwaith y bydd yr hen wynegon 'na wedi cael gafael.'

'Ond mi fydd y moddion 'ma o help i leddfu'r boen?' holodd yntau.

'Dros dro, yntê? Peidiwch â disgwyl gormod, John Williams.'

Wrthi'n tynnu'r bleind yr oedd Magi pan welodd y pen-blaenor yn gadael siop Lloyd. Yr hen shinach bach iddo fo. A hithau wedi gadael i'r tipyn canmoliaeth gafodd hi ganddo ei harwain i feddwl nad oedd o mor ddrwg â'i olwg. Nid âi ar gyfyl ei seiat eto, reit siŵr. Ond roedd hi wedi rhoi llond pen iddo y diwrnod y gadawodd o Grace Ellis yn beichio crio ac wedi dweud, pan haerodd nad oedd ond yn gwneud ei ddyletswydd fel un o weision Duw, y byddai'n well ganddi hi lwgu na gweini i fistar fel hwnnw. Pan geisiodd roi taw arni efo'i, 'Dydach chi ddim yn gyfarwydd â'r amgylchiadau, Margaret Roberts', roedd hi wedi colli'i thymar a mynnu na allai'r un o ferchad Pesda ddal cannwyll i Grace Ellis. Ac i feddwl fod ganddo'r wynab i holi sut oedd Miss Ellis. Un atab oedd 'na i hynny . . . 'Yn torri'i chalon.' Er ei bod hi'n gwneud ei gwaith fel arfer, ac yn tendio ar yr Edward Ellis diddiolch 'na, doedd dim golwg ei bod hi am ddŵad yn ôl o ble bynnag yr aeth hi'r pnawn hwnnw. A'r dyn bach 'ma, oedd â'i lach ar bawb, oedd wedi ei gyrru hi yno.

Cododd Magi gwr y bleind a rhythu allan arno. Clywodd symudiad y tu cefn iddi a Grace Ellis yn dweud,

'Ydach chi am ddŵad i'r seiat heno?'

'Dydw i ddim yn bwriadu mynd yno byth eto.'

'Fydd 'na ddim croeso i minna yno ar ôl heno. Maen nhw am fy nhorri i allan o'r capal.'

Syllodd Magi'n ddiddeall arni.

'Dyna sy'n digwydd pan fydd rhywun wedi pechu, Magi.'

'Pechu? Chi?'

'Does 'na ddim modd cyfiawnhau'r hyn yr ydw i'n euog ohono, yn ôl John Williams.'

'Be dach chi wedi'i neud i'w ypsetio fo, 'lly?'

'Mi gewch chi wybod yn ddigon buan.'

Roedd Grace Ellis wedi diflannu, gan adael Magi mewn mwy o benbleth nag erioed. Onid ei dyletswydd hi oedd bod yn gefn i'w mistras yn hytrach na chadw draw o'r seiat? 'Dydach chi ddim yn gyfarwydd â'r amgylchiadau', dyna ddeudodd John Williams. Sut oedd modd iddi amddiffyn Grace Ellis, a hithau heb y syniad lleia be oedd hi wedi'i neud? Gallai glywed ei mam yn dweud, 'Cadw di dy drwyn allan o betha na wyddost ti ddim amdanyn nhw.'

Wedi chwarter awr boenus o dili-dalio, heb fod ddim callach, sylweddolodd Magi nad oedd ganddi obaith cyrraedd y seiat mewn pryd ac nad oedd raid iddi bellach ddod i unrhyw benderfyniad.

Dringodd y grisiau culion i'w llofft o dan y to. Aeth ar ei gliniau wrth y gwely i atgoffa'r mistar calad dynas mor dda oedd Grace Ellis, a gofyn iddo berswadio'i weision i fod yn ffeind wrthi.

* * *

Wrth iddo ddilyn y strydoedd croesion am y Sgwâr, gwyddai Ifan na allai oedi'n hwy cyn rhoi gwybod i Laura ei fod yn gadael. Nid oedd am gynnig unrhyw eglurhad, dim ond dweud ei bod yn bryd iddo symud ymlaen. Byddai hithau'n derbyn hynny, oherwydd mai Laura Penbryn oedd hi.

Cafodd syndod o weld y drws ffrynt yn llydan agored, er ei bod yn noson seiat. Pan aeth heibio i'r stydi, sylwodd fod drws yr ystafell honno hefyd ar agor. Bu un cip ar y llanastr o'i mewn yn ddigon i rewi'i waed. Roedd fel petai corwynt wedi ysgubo drwyddi; llyfrau a phapurau ar chwâl ym mhobman, a phob dodrefnyn – ar wahân i'r ddesg fawr, drom – wedi'i droi â'i ben i waered.

Clywodd sŵn yn dod o'r ystafell wely uwchben. Roedd pwy bynnag oedd yn gyfrifol am y difrod yn dal yma. Y peth doethaf i'w wneud fyddai mynd i ofyn am help. Ond gweithred llwfrgi fyddai honno. Heb betruso rhagor, dechreuodd ddringo'r grisiau. Roedd wedi cyrraedd y landin pan welodd rhywun yn dod allan o'r ystafell. Rhuthrodd tuag ato gan godi'i ddyrnau.

'Ara deg, Mr Evans bach.'

Roedd y llais yn un cyfarwydd. Doctor Jones, un o gwsmeriaid mwyaf ffyddlon David Francis, a dyn yr oedd gan bawb o bobol y Blaenau feddwl uchel ohono. Teimlodd bwysau llaw'r meddyg ar ei fraich.

'Dowch, mi awn ni i lawr.'

Erbyn iddynt gyrraedd y stydi, roedd Ifan wedi llwyddo i'w sadio ei hun ryw gymaint er bod ei feddwl yn ddryswch llwyr. Ond aeth rhai munudau heibio cyn i Doctor Jones allu ei fodloni'i hun ei fod yn barod i wynebu'r hyn oedd ganddo i'w ddweud.

'Mae arna i ofn fod Daniel Ellis mewn cyflwr go ddrwg, Mr Evans.'

'Ymosod arno fo ddaru nhw?'

'Ymosod?'

'Pwy bynnag dorrodd i mewn i'r tŷ.'

'Y tu mewn i'r tŷ mae'r perygl, yn anffodus.'

Syllodd y meddyg yn ofidus ar y Beibl mawr ar y ddesg, ei dudalennau wedi'u rhwygo ar draws ac ar hyd.

'On'd ydi o'n beth syn fod dyn yn dewis dinistrio'r hyn mae o'n ei garu?'

'Trio deud yr ydach chi mai gwaith Daniel ydi hyn? Mi wn i ei fod o wedi cael pylia go egar yn ddiweddar, ond . . .'

'Biti garw na fyddwn i wedi cael gwybod hynny cyn i betha fynd mor bell.'

'Mae Mrs Ellis yn credu mai diffyg bwyd a chwsg sy'n gyfrifol.'

'Ydi, mi wn. Ond nid gweithred dyn sy'n dioddef o wendid corfforol ydi hon.'

Rhedodd ias oer drwy Ifan. Cofiodd fel y bu i Joni Mos ddweud wrtho nad oedd ei dad yn hannar call, ac yntau'n methu byw yn ei groen, ofn iddo fo gael ei yrru i'r seilam fel nain Ned Tanybwlch. Synhwyrodd Doctor Jones ei ofid ac meddai'n dawel,

'Fel y gwyddoch chi, rydan ni ddoctoriaid o dan lw i beidio trafod ein cleifion efo neb ond y teulu agosaf. Ond rydw i'n credu y galla i ymddiried ynoch chi. Mae hen ffrind i mi wedi sefydlu cartref gorffwys yn y Canolbarth, i ofalu'n bennaf am rai sy'n diodda o effeithia'r rhyfal. Mi fedrwn i drefnu i Mr Ellis gael mynd yno.'

'Wnaiff Mrs Ellis byth gytuno i hynny.'

'Efallai y gallwch chi ei darbwyllo hi mai dyna fyddai'r peth gora, er lles pawb.'

Wedi i'r meddyg adael, aeth Ifan ati i ddechrau clirio'r ystafell. Byddai'n rhaid iddo wynebu Laura'n hwyr neu'n hwyrach, ond doedd fiw iddo sôn am ei fwriad i adael. Er bod y drws yn llydan agored, ac nad oedd ond ychydig gamau rhyngddo a'r rhyddid yr oedd yn ysu amdano, roedd yn fwy o garcharor nag erioed.

*　*　*

Roedd y seiat yn tynnu at ei derfyn a Grace Ellis o fewn munudau i weld ei byd fel yr oedd yn cael ei chwalu'n chwilfriw. Ganol nos neithiwr, wrth iddi ail-fyw'r oriau y bu mor siŵr na allai neb na dim eu dwyn oddi arni, gwyddai, petai'n syrthio ar ei bai, ei bod yn mentro colli'i gafael arnynt am byth. Ond onid oedd gorfodi'i thad i fod yn dyst o'i gwarth yn ddigon, heb achosi rhagor o loes iddo drwy wrthod derbyn fod yr hyn a ystyriai unrhyw un oedd yn gyfarwydd â'r gorchmynion yn bechod? Erbyn y bore, roedd wedi llwyddo i'w pherswadio ei hun mai

John Williams oedd yn iawn. Pa ddewis oedd ganddi ond derbyn ei chosb a bod yn barod, pan ddeuai'r amser, i ofyn am ei lle'n ôl yng nghymdeithas y saint? Efallai y byddai'r Crist a ddwedodd, 'Na fernwch, fel na'ch barner', yn barod i faddau iddi, ond ni allai ddisgwyl na chydymdeimlad na maddeuant gan yr un o'i phobl ei hun.

Sawl gwaith yn ystod y dydd yr oedd hi wedi bod ar fin cyfaddef y cwbwl wrth Tada, ac wedi methu rhoi tafod i'r geiriau a fyddai'n dinistrio'u perthynas am byth? Roedd hi wedi ei siomi, dro ar ôl tro, wedi methu llenwi'r bwlch a adawsai ei mam, ond nid oedd hynny'n ddim o'i gymharu â'r distryw hwn na allodd hi, oherwydd ei llwfrdra, ei baratoi ar ei gyfer.

Cododd y gweinidog ar ei draed ac meddai'n betrusgar,

'Rydw i'n deall fod gan John Williams fater i'w roi ger ein bron ni heno.'

Nid oedd y pen-blaenor wedi datgelu'i fwriad iddo, er mai dyna'r drefn. Ac yntau'n sylweddoli pa mor gecrus y gallai hwnnw fod pan fyddai ei wrychyn wedi codi, dylai fod wedi mynnu cael gwybod.

Parodd y tawelwch llethol iddo deimlo'n fwy pryderus fyth. Gobeithio'r annwyl nad oedd unrhyw helynt i fod.

'John Williams?'

Daliodd ei anadl pan welodd fod y pen-blaenor yn paratoi i godi. Y munud nesaf, roedd yn suddo'n ôl i'w sedd gan ysgwyd ei ben. Safodd y gweinidog yno'n fudan am rai eiliadau cyn dweud,

'Gawn ni derfynu'r seiat drwy ganu un o emynau Pantycelyn:

> Dacw gariad, dacw bechod,
>> Heddiw ill dau ar ben y bryn;
> Hwn sydd gryf, hwnacw'n gadarn,
>> Pwy enilla'r ymgyrch hyn?
>>> Cariad, cariad
> Welai'n berffaith gario'r dydd.

Gadawodd Grace y capel o flaen pawb arall. Yn ei hawydd i gyrraedd diogelwch ei hystafell wely, bu ond y dim iddi fethu gweld yr amlen a orweddai ar y mat wrth y drws. Drwy niwl y dagrau oedd wedi bod yn ei bygwth bob cam o'r ffordd, sylwodd mai ei henw hi oedd arni.

Rhwygodd yr amlen yn agored. Nid oedd ar yr un dudalen ond ychydig linellau ond roedd y rheiny – fel y gerdd fach a anfonodd hi at yr 'aderyn arall' – yn dweud y cyfan oedd ei angen.

# 15

Safai Ben yn yr iard, yn mwynhau smôc gyntaf y diwrnod a'r flwyddyn, pan glywodd sŵn traed yn nesu. Rhagor o blant yn disgwyl c'lennig am neud dim ond llafarganu 'blwyddyn newydd dda', debyg. Damio unwaith, doedd 'na ddim llonydd i'w gael. Rŵan fod Doctor Jones wedi gorfodi segurdod ar Annie, roedd hi'n waeth nag unrhyw stiward chwaral a'i thymer wedi codi i ganlyn y pwysedd gwaed. Diolch byth fod Ifan yma i rannu peth o'r hysio a'r dwrdio, er bod hwnnw'n tueddu i'w heglu hi allan o glyw a golwg pan fyddai pethau'n poethi. Ifan yn cilio ac yntau'n swatio! On'd oeddan nhw'n ddau gadach, mewn difri?

Taflodd ei sigarét o'r neilltu. Go drapio'r uffernols yn tarfu ar ei unig blesar.

'Cerwch adra. Does gen i'm byd i'w roi i chi,' gwaeddodd.

'Blwyddyn newydd dda i chi, Benjamin Owens.'

Sylwodd fod cryndod yn y llais. Dyna fo wedi'i gneud hi eto, yn agor ei geg cyn rhoi ei feddwl ar waith.

'O, chdi sydd 'na, Ruth fach. 'Nes i dy ddychryn di?'

'Do, braidd.'

'Does 'na fawr o hwyl arna i heddiw, a deud y gwir.'

'Be sy? Eich coes chi'n brifo, ia?'

'Y disgwyl 'ma sy'n deud arna i, 'sti.'

'Yn 'i gwely mae Nyrs Pritchard?'

'Mi fasa'n rhaid i mi 'i chlymu hi wrth y postyn cyn y bydda hi'n aros yn fan'no. Dos di i gadw cwmpeini iddi tra bydda i'n clirio'r lle 'ma. A blwyddyn newydd dda i chditha hefyd, 'mach i.'

Wedi i Ruth ddiflannu i'r gegin, prysurodd Ben i folltio drws yr iard. Crafangiodd am ei Wdbein, a'i haildanio. Byddai'n bechod ei wastraffu.

Er bod Ruth yn ymwelydd cyson erbyn hyn, roedd croeso Annie yr un mor frwd ag arfer.

218

'A be oedd gen Ben i'w ddeud wrthat ti?' holodd.

'Fod y disgwyl yn deud arno fo.'

'A'n gwaredo! Be fydda'n dŵad ohono fo 'tai o'n gorfod cario'r babi? On'd ydi dynion yn betha diymadfarth?'

'Lle mae Yncl Ifan?'

'Wedi'i heglu hi i'w lofft, i ga'l llonydd medda fo. Cwyno 'mod i'n siarad gormod. Ond be arall sydd 'na i mi neud a finna'n segur yn fan'ma?'

Sylwodd Ruth fod wyneb Annie'n wridog a'i bod yn fyr ei hanadl.

'Mi dach chi 'di bod wrthi eto'n do?' dwrdiodd.

'Dim ond twtio dipyn.'

'Ydi Doctor Jones wedi bod yn 'ych gweld chi?'

'Dydi o yma bob yn eilddydd? Ddaw o ddim heddiw gan 'i bod hi'n Sul, diolch i'r drefn.'

'Rydan ni am ga'l te sbesial am 'i bod hi'n ddechra blwyddyn, ac mi 'dan ni isio chi'ch tri yno efo ni. Ydach chi'n meddwl y medrwch chi gerddad cyn bellad?'

'Mi fydda i'n falch o ga'l gadal y lle 'ma am chydig. Ac os metha i, mi gaiff Ben ac Ifan roi cadar fach i mi rhyngddyn.'

'Fel 'tasa chi'n frenhines Sheba!'

Mor braf oedd clywed Ruth yn chwerthin. Roedd Annie wedi ofni ar un adeg fod y newydd a gawsai wedi ei sigo am byth.

'Mi dw i am gystadlu ar adrodd yn Steddfod Gwylfa mis nesa, Nyrs Pritchard.'

'W't ti? Be 'di'r darn, 'lly?'

'"Ychydig o bethau nain". Mae gen i nain ym Methesda, 'chi, ond dydw i rioed wedi'i gweld hi.'

O ystyried yr hyn a gawsai wybod gan Ifan am fam Laura, roedd hynny am y gorau, meddyliodd Annie. Go brin y byddai ganddi air caredig i'w ddweud wrth ei hwyres, mwy nag wrth ei merch ei hun. Ond doedd Ruth a hithau'n perthyn yr un dafn o waed o ran hynny.

'Ydach chi isio'i glywad o?'

'Wrth gwrs 'y mod i.'

Nain wahanol iawn i Catrin Morris oedd gan bwy bynnag ysgrifennodd y penillion, yn pwyso mwy ar ei Christ nag ar ei ffon. Gwnaeth Annie ei gorau i ganolbwyntio ar y geiriau, er bod yr 'oerllyd garreg fedd' a'r 'afon ddu' yn gyrru ias drwyddi, ond mynnai ei meddwl grwydro'n ôl i'r diwrnod pan roddodd hi'r bwndel bach ym mreichiau'r fam a fyddai'n gorfod ei ildio i ofal rhywun arall.

Teimlodd y babi'n ystwyrian o'i mewn, a bu'n rhaid iddi frwydro i gadw'r dagrau'n ôl wrth gofio'r ferch honno y bu'n rhaid iddi adael heb ei babi hi. Mae'n siŵr fod yna hen drafod ar y pryd, er nad oedd neb wedi meiddio rhoi llais i'r amheuon. Ruth fach y gw'nidog oedd hon i bawb ond i Ben a hithau. Dim ond gobeithio fod Ruth, hefyd, wedi bodloni i dderbyn pethau fel yr oeddan nhw.

\* \* \*

Llwyddodd John Williams i ddal i fyny â Grace fel yr oedd hi ar gamu i mewn i Bristol House.

'Peth braf ydi bod yn ifanc, yntê?' meddai gan anadlu'n drwm.

'Ia, mae'n siŵr. Be alla i neud i chi, John Williams?'

'Eisiau gofyn cymwynas yr ydw i. Mae Hannah yn gweld eich colli chi'n arw. A meddwl o'n i falla y gallech chi weld eich ffordd yn glir i ddod draw.'

'Ydi hynny'n golygu eich bod chi wedi madda i mi?'

'Sut y galla i?'

'Ond rydach chi'n fodlon fy nerbyn i i'ch cartra?'

'Er mwyn Hannah, yntê?'

'Mae'n ddrwg gen i, John Williams, ond fel deudis i o'r blaen rydw i'n credu mai cadw draw ydi'r peth doetha i mi.'

Sylwodd fod y pen-blaenor yn syllu'n nerfus heibio i'w hysgwydd. Y munud nesaf, roedd o'n tuthio i lawr y stryd fel petai cŵn y fall wrth ei sodlau.

Gwthiodd Magi heibio iddi a rhoi clep i'r drws.

'Dyna ga'l gwarad â hwnna.'

'Choelia i byth nad oes ganddo fo'ch ofn chi, Magi.'

'Be-dach-chi'n-galw euog sydd ganddo fo, 'te.'

'Cydwybod.'

'Ia, 'na chi. Be oedd o isio, 'lly?'

Ni thrafferthodd Grace ei hateb. Roedd hi'n amlwg wedi bod yn clustfeinio ar bob gair.

'Mi fydda'n well i mi fynd i newid.'

'Panad gynta, i g'nesu, ia?'

Canolbwyntio ar dynnu'r pinnau o'i het yr oedd hi pan ddwedodd Magi,

'Dydi Hannah Williams ddim yn dda o gwbwl, meddan nhw.'

'Nag ydi.'

'Biti drosti. Falla bydda'n well i chi fynd i'w gweld hi, cyn 'i bod hi'n rhy hwyr.'

Estynnodd y baned de i Grace ac meddai, gan osgoi edrych arni,

'Mae Deio 'di gofyn i mi 'i briodi o.'

'Ydi o, wir? Mi dw i mor falch, Magi.'

'Dydw i ddim 'di deud y gna i.'

'Pam, mewn difri? Ro'n i'n meddwl fod ganddoch chi feddwl y byd ohono fo.'

'Mae gen i, ond fedra i mo'ch gadal chi ar 'ych pen 'ych hun.'

'Rydw i ddigon tebol, a p'un bynnag mae Tada gen i.'

'Hy!' eitha dirmygus oedd unig ymateb Magi i hynny.

'Dyfodol Deio a chitha sy'n bwysig rŵan. Colli'r cyfla wnes i, a does gen i neb i'w feio ond fi fy hun; peidiwch chi â gneud hynny, da chi.'

Gafaelodd Grace yn llaw Magi, a'i gwasgu. Roedd hi fel lwmp o rew.

'Mi wna i fargan efo chi, er 'i bod hi'n ddydd Sul. Mi a' i i weld Hannah Williams ar yr amod eich bod chi'n deud wrth Deio eich bod chi'n cytuno i'w briodi o. Dyna ydach chi eisiau'i neud, yntê?'

'Ia, ond . . .'

'Does 'na'r un "ond", Magi.'

'Os dach chi'n deud, Grace Ellis.'

Llifodd gwres yn ôl i'r bysedd ac arhosodd y

feistres a'r forwyn fach felly a'u dwylo ynghlwm am rai eiliadau, un yn cofio oriau a fu a'r llall yn dyheu am oriau i ddod.

*   *   *

Er bod canmol mawr ymysg aelodau capel Hermon i bregeth y bore, ni allodd Tom gymryd unrhyw ran yn y drafodaeth. Gallai fod wedi ailadrodd y testun, a dyna'r cyfan.

'Be oeddach chi'n 'i feddwl ohoni, Tom Evans?' holodd rhywun.

'Buddiol iawn.'

Roedd yr holl siarad yn codi'r bendro arno, ac ysai am gael dianc. Bu'n rhaid iddo dorri ar sgwrs ei fam i ddweud ei fod am fynd am dro cyn cinio, a chafodd siars i beidio bod yn rhy hir. Fel petai o'n hogyn bach! Roedd hi'n ei helfen yn gweini arno, fel y byddai ers talwm, yn byw'r gorffennol hwnnw drwyddo fo ac yn credu ei bod yn ei adnabod fel cefn ei llaw. Ond ni wyddai ddim am y meddyliau oedd yn ei ysu ddydd a nos a'r angen na allai hi ei ddiwallu er ei holl ofal.

Yr angen hwnnw a'i gyrrodd i lawr i'r pentref neithiwr. Llercian yn y cysgodion yr oedd o pan welodd ddrws Bristol House yn agor a Grace yn camu allan. Er bod y stryd fawr yn ferw o bobol yn paratoi i ddathlu tranc yr hen flwyddyn, gallai daeru ei bod wedi'i weld. Ni chlywsai air oddi wrthi er pan fu iddo adael y nodyn. Roedd o wedi credu fod y penillion a anfonodd hi ato yn dweud y cwbwl. Ond onid ei ffordd hi o ffarwelio oedd hynny, o geisio dweud, mor garedig ag oedd modd, fod y ddau aderyn wedi'u tynghedu i alw'n ofer a'u gorfodi i ddygymod â'r unigrwydd?

Dilynodd Tom y llwybr heibio i Danybwlch am Lyn y Mynydd. Roedd Grace ac yntau wedi treulio oriau yma yn ystod yr haf hwnnw pan oedd y dyfodol yn olau i gyd. Yma y gwelson nhw'r enfys, yn fwa perffaith, a gallu credu fod y trysor wrth ei throed o fewn eu cyrraedd. Yma y cafodd geiriau cariad a fu dan glo gyhyd eu rhyddid. Ac yma . . . ond gwiriondeb oedd ei boenydio ei hun fel hyn. Trodd ar ei sawdl a brasgamu i lawr y llethr, yn ôl am Lwybrmain a doe ei blentyndod.

Roedd Elen Evans ar bigau'r drain, a'r cof o'r noson honno na fu i Robat ddod adra yn glir yn ei meddwl. Ni allai gael gwared â'r ofn y byddai Tom yn ei gadael rhyw ddiwrnod, fel y gwnaeth ei dad ac Ifan. Roedd yn amlwg, oddi wrth y llythyr a dderbyniodd wedi wythnosau o aros, fod Ifan wedi cefnu ar ei gartra am byth. Hen lythyr digon cwta oedd o, yn dweud ei fod mewn iechyd ac wedi symud i fyw at ffrindiau. Gan nad oedd yn cynnwys cyfeiriad, ni allai fod wedi ei ateb petai'n dymuno gwneud hynny.

Teimlodd wynt oer ar ei gwar. Roedd Tom yn ei ôl. Be oedd ar ei phen hi'n magu'r fath ofidiau? On'd oedd o wedi dweud na fyddai byth yn ei gadael? Lle i ddiolch oedd ganddi fod yna ddau o'r teulu bach yn weddill i rannu'r aelwyd.

'Mae dy ginio di'n barod ers meitin.'

Yr un oedd y cerydd pan fyddai wedi bod yn

loetran ar ei ffordd o Ysgol Bodfeurig. Yntau ar ei gythlwng yn cythru am y bwyd ar waetha'i siars o 'camdreuliad gei di'n llowcio fel'na.'

'O, Tom!'

'Be rŵan?'

Roedd hi'n craffu ar ei draed ac yn pletio'i gwefusau.

'Yli'r golwg sy ar dy sgidia gora di. Lle w't ti 'di bod, mewn difri?'

'I fyny am Lyn y Mynydd. Mae'r holl law 'na wedi troi'r llwybyr yn fwd.'

'Doedd o mo'r lle calla i fynd ar ddwrnod fel heddiw.'

'Nag oedd.'

Tynnodd Tom ei esgidiau a'u rhoi i orffwys drwyn wrth drwyn yn erbyn y ffendar. Safodd Elen Evans yn ei hunfan, yn syllu arnynt.

'W't ti'n cofio'r sgidia rheiny brynist ti i Ifan?' holodd.

'Sgidia'r Lord! Roedd o'n benderfynol o beidio'u gwisgo nhw, doedd?'

'Ond mi ddaeth o i arfar efo nhw.'

Llwyddodd Tom i fygu ochenaid a'i orfodi'i hun i ddweud,

'Mae'n bosib arfar â phob dim, debyg.'

*     *     *

Oedodd Ifan ar Bont y Queens. Roedd y stryd fawr yn fwrlwm o bobol ar eu ffordd o gapel ac eglwys, a'r sŵn yn brifo'i glustiau. Dymunodd ambell un flwyddyn newydd dda iddo wrth fynd heibio a bu'n rhaid iddo, o ran cwrteisi, eu cydnabod a dymuno'n dda iddynt hwythau. Doedd o fawr feddwl, pan aeth i ddilyn y canu i stesion Diffwys, y byddai'n dal yma'n y Blaenau ddeng mis yn ddiweddarach, ac yn gymaint o ddyn diarth ag erioed.

Methiant llwyr fu ei ymdrech ef i geisio darbwyllo Laura i dderbyn cyngor Doctor Jones. Llwyddodd y cyffuriau i dawelu Daniel Ellis a rhoi iddo gwsg braf am y tro cyntaf ers misoedd. Bu'n rhaid iddo yntau, o reidrwydd, ddychwelyd at ei waith a bod yn dyst o ffarwél chwerw Peter Francis.

Erbyn dechrau'r gaeaf, roedd Daniel yn ôl yn ei stydi a'i bulpud a Laura wedi'i argyhoeddi mai ei phenderfyniad hi oedd yr un iawn. Ond ni allai ef gael gwared â'r teimlad nad oedd y tawelwch gormesol yn ddim ond gosteg cyn storm. Yna yn ddirybudd, digwyddodd yr hyn y bu'n arswydo rhagddo.

Y noson honno, aethai Anna â swper drwodd i'w thad fel arfer, a'i gael yn ei gwrcwd mewn cornel a'i ddwylo dros ei lygaid. Yn ei dychryn, gollyngodd ei gafael ar yr hambwrdd a sgrechian nerth esgyrn ei phen. Rhuthrodd y tri ohonynt am y stydi. Pan geisiodd Laura roi ei breichiau am Daniel, rhoddodd hergwd iddi â'i ysgwydd nes ei bod yn syrthio i ganol y darnau llestri.

Cyn nos, roedd y trefniadau y bu Doctor Jones mor awyddus i'w gwneud rai misoedd ynghynt wedi'u setlo, a hynny heb geisio na darbwyllo na chymell. Drannoeth, roedd Daniel ar ei ffordd i'r cartref gorffwys yn y Canolbarth ac Ifan yntau'n gadael tŷ'r gweinidog. Dylai fod wedi dal ar y cyfle i gefnu ar y Blaenau pan ddwedodd yr un oedd yn gyfrifol am ei arhosiad yno, 'Fedri di ddim aros yma rŵan, Ifan. Fydda hynny ddim yn weddus.' Ond y cyfan wnaeth o oedd pontio'r gofod byr rhwng y tŷ hwnnw a'r dafarn a chymryd ei berswadio i gredu y gallai wneud cartref o aelwyd Annie a Ben. Be fyddai gan ei fam i'w ddweud petai'n gwybod ei fod yn byw ac yn gweithio yn un o dai'r diafol? Ond ni wyddai hi ddim o'i hanes, ac ni châi wybod chwaith.

Bob tro y byddai'n galw i weld Laura, roedd hi fel petai'n gwneud ati i sôn am Daniel ac yn para i fynnu mai adra efo hi y dylai fod. Nid oedd ganddo ddewis heddiw ond goddef hynny, gan na allai wrthod y gwahoddiad i de. Ac nid oedd ar unrhyw frys i ddychwelyd i'r Commercial, chwaith, i orfod gwrando ar Annie'n tantro ac yn pigo beiau. Fe âi i lawr am Gwm Bowydd, o olwg pawb.

Ond roedd o wedi'i gadael hi'n rhy hwyr, a'r un olaf yr oedd o'n dymuno'i weld yn nesu tuag ato.

'Methu gadael 'naethoch chi, felly, Ifan?'

'Dewis peidio, Mr Francis.'

'Dewis mynd wnaeth fy mab i, yntê, wedi fy nhwyllo i i gredu ei fod o wedi colli'i olwg?'

'Cael 'i olwg yn ôl ddaru Peter, er rhyddhad iddo fo, ac i chitha mae'n siŵr.'

Rhythodd y siopwr arno gyda'r un casineb â hwnnw a ddangosodd tuag at ei fab ei hun.

'Y camgymeriad mwya wnes i erioed oedd cytuno i'ch cyflogi chi.'

Sylwodd Ifan fod pobol yn syllu'n chwilfrydig arnynt wrth fynd heibio. Biti ar y naw na fyddai, y diwrnod hwnnw y cerddodd allan o'r siop, wedi ildio i'r ysfa o afael yng ngwar y cythral dialgar a'i ysgwyd nes bod ei ddannedd yn rhincian. Ond yma ar y stryd fawr, roedd yn rhaid i eiriau wneud y tro.

'A'r camgymeriad mwya wnes i oedd derbyn. Rydw i'n deall fod y gwas sydd ganddoch chi rŵan wedi ennill medal am 'i wrhydri yn y rhyfal.'

'A'r hawl i ddal 'i ben yn uchal, yn wahanol i lwfrgwn fel chi.'

'Roeddach chi'n ddigon parod i neud defnydd o'r conshi. Ond methiant fu'r cynllwyn dial, yntê?'

'Gwyliwch chi be ydach chi'n 'i ddweud. Athrod ydi peth fel'na.'

Sylweddolodd y siopwr fod criw wedi casglu o'u cwmpas. Ni fyddai ffraeo fel hyn yng nghlyw pobol yn gwneud unrhyw les i'w fusnes. Gwthiodd ei ffordd heibio iddynt gan fwmian, 'Camddealltwriaeth bach, dyna i gyd.'

Ni roddodd y teimlad ei fod wedi llwyddo i gael y gorau ar David Francis unrhyw foddhad i Ifan. Clywodd rywun yn darogan wrth fynd heibio, 'Golwg eira sy' arni hi.' Fe gâi'r Cwm aros am ddiwrnod arall.

Gwnaeth ei ffordd yn ôl am ei gartref dros dro. Efallai y gallai lwyddo i osgoi Annie a diflannu i'w lofft. Blwyddyn newydd; dechrau newydd. A be oedd o'n mynd i allu ei wneud ohoni? Byddai Peter Francis yn gofyn yr un cwestiwn ym mhob llythyr, ac yntau'n rhoi'r un ateb bob tro. Sut ar wyneb y ddaear oedd dod o hyd i rywbeth ac yntau heb unrhyw syniad am be oedd o'n chwilio?

\* \* \*

Wrth iddi gerdded dow-dow am Gae'r-berllan brynhawn Sul, roedd Grace yn difaru iddi, ar funud gwan, daro'r fargen â Magi. Siawns na allai fod wedi meddwl am ryw ffordd arall o gael perswâd arni. Ond er ei bod wedi ildio heb brotest efo'i, 'Os dach chi'n deud, Grace Ellis', roedd yr hogan o forwyn y bu iddi ei chyflogi'n groes i ddymuniad Tada wedi profi mai hi oedd yn iawn ac na allai fod wedi cael neb mwy teyrngar petai wedi cael ei dewis o holl ferched bach parchus Bethesda.

Nid oedd yr ymateb a gafodd gan ei thad, pan ddwedodd ei bod am hepgor yr Ysgol Sul am unwaith, ond yr hyn yr oedd hi'n ei ddisgwyl. Ond byddai wynebu Hannah wedi misoedd o ddieithrwch yn ddigon o dreth arni heb orfod goddef gwylio John Williams yn ei longyfarch ei hun ar gael y llaw uchaf.

Gadawodd y lôn bost a throi i mewn am y rhes tai, ei chalon yn curo'n gyflymach wrth iddi agosáu at y tŷ. Be oedd hi'n mynd i'w ddweud, mewn difri, wrth un yr oedd wedi ymddiried ynddi, dim ond i gael ei siomi a'i dadrithio? Cododd y gliced a galw, fel y gwnaethai ddegau o weithiau yn ystod y blynyddoedd,

'Grace sy 'ma, Hannah.'

Oedodd yn y gegin. Er ei bod yn ddigon twt, nid oedd iddi na'r gwres na'r cysur y bu'n eu rhannu â Hannah. Aelwyd John Williams oedd hon bellach, ac nid oedd iddi groeso yma. A'r oerni dieithr yn glynu wrthi, aeth drwodd i'r siambar. Roedd Hannah wedi ymdrechu i godi ar ei heistedd yn y gwely, a'r straen o geisio gwneud hynny'n amlwg ar ei hwyneb.

'Mae'n dda'ch gweld chi, Grace.'

'John Williams ofynnodd i mi alw. Deud eich bod chi'n gweld 'y ngholli i.'

'O, mi rydw i. Ond dydw i ddim yn eich beio chi am gadw draw. Mi wnes i beth anfaddeuol.'

'Does dim isio sôn am hynny rŵan.'

'O, oes. Mi fuo ond y dim i chi golli'r cwbwl, yn do? A fi fydda'n gyfrifol.'

'Ein cyfrinach ni oedd hi, Hannah.'

'Teimlo'n euog o'n i na fyddwn i wedi deud wrth John, a ninna'n arfar rhannu'r cwbwl. A meddwl 'y mod i'n 'i nabod o'n ddigon da i allu deud. Ond do'n i ddim.'

'Fe ddaru chi lwyddo i'w gael o i ailfeddwl, o leia.'

'I'r hogan fach 'na sy'n gweithio acw mae'r diolch, nid i mi.'

'Magi?'

'Wn i ddim be ddeudodd hi wrtho fo, a doedd ynta ddim yn dewis ailadrodd. Pwy fydda'n meddwl y galla hogan fel'na 'i berswadio fo i wrthod arweiniad 'i Dduw? Fedrais i rioed neud hynny.'

'Mae arna i ofn nad ydw i'n hidio dim am 'i Dduw o. Ydach chi'n credu fod caru'n bechod?'

'Be wn i, 'te?'

Gorweddodd yn ôl ar y gobennydd, wedi diffygio'n lân.

'Be fedra i neud i chi, Hannah?'

'Mae'ch bod chi wedi dŵad i 'ngweld i'n ddigon.'

Tynnodd Grace y dillad gwely drosti a'i chymell i

geiso cael rhywfaint o gwsg. Sut y gallai fod wedi ei hesgeuluso, a hithau mor ddyledus iddi? Ond roedd yn anodd credu nad oedd Hannah wedi sylweddoli beth fyddai canlyniad rhannu'r gyfrinach â John Williams. Os oedd rhywun yn ei adnabod, Hannah oedd honno.

Gadawodd Grace y siambar a chroesi'r gegin yn llechwraidd, fel petai'n disgwyl cael ei galw i gyfri unrhyw funud am dresmasu. Roedd wedi cadw'i rhan hi o'r fargen er na fu iddi, oherwydd baich y siom, allu dweud dim i liniaru poen meddwl Hannah. A gwyddai, wrth iddi gefnu ar Gae'r-berllan, nad oedd modd adfer y berthynas a fu rhyngddi hi a'r un y gallodd agor ei chalon iddi. Ond erbyn nos byddai Magi wedi ailafael yn ei dyfodol, a hithau, diolch i'r forwyn fach yr oedd ei chalon a'i henaid siort ora, yn rhydd i ail-fyw oriau'r gorffennol na allai neb na dim eu dwyn oddi arni bellach.

\* \* \*

Roedd Ben yr un mor gyndyn ag Ifan o dderbyn y gwahoddiad i de, er i Annie ei sicrhau nad oedd tŷ'r gweinidog yr un lle hebddo. Er na fyddai hithau wedi croesi'r rhiniog petai o'n dal yno, roedd hi wedi bod yn galw'n gyson ers rhai wythnosau, nes i Doctor Jones roi cyffion arni.

Gafaelodd yn dynn yn ei braich wrth iddynt groesi'r bont rêl a pheri iddi roi ei phwysau arno.

'Sut w't ti'n teimlo?' holodd yn bryderus.

'Fel 'taswn i 'di ca'l 'y ngollwng o'r jêl.'

'Paid â gadal i Ifan dy glywad di'n deud hynna.
Lle mae o 'di diflannu tro yma, d'wad?'

'Wedi mynd i ddeud ein bod ni ar ein ffordd.'

Ymlwybrodd y ddau i gyfeiriad y parc a Ben yn
mynnu cymryd hoe bob hyn a hyn.

'Dydw i ddim angan gorffwys eto,' cwynodd
Annie.

'Ond mi dw i.'

Roedd Ruth yn eu haros wrth y giât.

'Mi dach chi 'di cyrradd, Nyrs Richards,' meddai,
yn wên o glust i glust.

'A heb orfod ca'l 'y nghario.'

'Wn i'm be am hynny,' ebychodd Ben.

'Dowch, mi edrycha i ar 'ych ôl chi.'

A'i goes a'i ysgwydd yr un mor anafus, nid oedd
Ben ond yn rhy falch o gael trosglwyddo Annie i
ofal Ruth. Siawns nad oedd o'n haeddu smôc ar ôl
hynna. Eisteddodd ar y wal fach i dynnu cysur o'i
Wdbein cyn mentro i ffau'r llewod.

Neidiodd ar ei draed pan glywodd lais yn nhwll ei
glust.

'Uffarn gols, canwch 'ych cloch tro nesa, Ifan. O
lle daethoch chi, dwch?'

'Rownd y cefn. 'Taswn i'n gwbod fod y Miss
Watkins 'na'n mynd i fod yma fyddwn i'm 'di dŵad
yn agos i'r lle.'

'Miss Watkins y ditsiar?'

'Ia, honno. Y ddynas fwya annioddefol i mi'i
chyfarfod rioed.'

'Mae Ruth yn meddwl fod yr haul ac yn codi ac
yn machlud efo hi.'

'Dyna mae hitha'n 'i gredu hefyd. Mwynhewch y te, Ben.'

'Lle dach chi'n 'i chychwyn hi rŵan?'

'Odd'ma. Fedra i ddim diodda bod yn 'run lle â honna.'

'Diodda fydd raid i chi, am unwaith. Fedrwch chi ddim siomi'r Ruth fach 'na.'

Rhythodd Ifan ar Ben ac meddai,

'Dydw i ddim yn bwriadu aros eiliad yn hwy nag sydd raid.'

Roedd y sigarét wedi llosgi'n ddim a Ben heb gael unrhyw fudd ohoni. Pan gyrhaeddodd Ruth â'r neges fod Nyrs Richards wedi ei hanfon i nôl y ddau, aeth i'w dilyn, ond nid cyn gwneud yn siŵr fod Ifan yn dynn wrth ei sodlau.

# 16

Methiant fu ymdrech Ifan i ddiflannu i'w lofft fin nos Sul. Pan oedd a'i droed ar y grisiau, clywodd Annie'n galw arno. Byddai hi'n mynnu eu bod yn gadael drws y gegin yn agored fel y gallai gadw llygaid ar bethau. Ac roedd y llygaid barcud rheiny wedi'i weld.

Oedodd Ifan wrth y drws agored, yn ddrwg ei hwyl ac yn guchiog ei olwg.

'Dowch i mewn, da chi. Wna i mo'ch brathu chi.'

Brathu wnâi hi petai o'n meiddio anufuddhau. Eisteddodd Ifan ar ymyl cadair, yn barod i ddianc ar y cyfle cyntaf.

'A pwy sy 'di tynnu blewyn o'ch trwyn chi y tro yma, Ifan?'

'Ca'l ffrae efo David Francis wnes i bora 'ma, ar Bont Queens yng nghlyw pawb. Fedra i mo'i ddiodda fo, Annie.'

'Ac mi fedra i ddeall pam. Ond be mae Miss Watkins wedi'i neud i chi?'

'Welis i rioed ddynas mor siŵr ohoni'i hun. Chi oedd yn iawn. Ddylwn i ddim fod wedi mynd ar 'i gofyn hi.'

'Er bod hynny wedi atab 'i bwrpas?'

Sylwodd Annie fod Ifan yn gwingo, ond roedd ganddi fwy i'w ddweud cyn y gallai ganiatáu iddo ddiflannu eto.

'Be ddeudodd Doctor Jones ddoe?'

'Y drefn, fel arfar. Ond ta waeth am hwnnw. Glywsoch chi Laura'n deud 'i bod hi am hurio car i fynd i weld 'i gŵr?'

'Do.'

'Meddwl o'n i falla y byddach chi wedi cynnig mynd efo hi, yn gwmpeini.'

'Does arna i isio dim i neud efo fo, mi wyddoch hynny.'

'Nid dyna'r unig beth ydw i'n 'i wbod, Ifan. Mi fedrwch ddiolch nad oes 'na neb arall wedi sylwi, mwy nag ydi Laura'i hun.'

'Sylwi ar be? Dydw i'm yn deall.'

'O, ydach, yn deall yn iawn. Cymerwch gyngor gen i, a rhowch y gora i'r ffwlbri 'ma rhag blaen.'

'Pan fydda i angan eich cyngor chi mi ofynna i amdano fo.'

'Go brin eich bod chi rioed wedi gofyn cyngor neb, na derbyn cyngor chwaith.'

'Newidia i ddim bellach. Ac mi fydda'n dda gen i 'tasach chi'n peidio 'myrryd rhagor.'

Cododd Ifan i adael, ei ben ar fin ffrwydro. Ond roedd Ben ar ei ffordd i mewn ac wedi clywed cynffon y ffrae. Ysgyrnygodd ar Ifan gan ddweud,

'A dyna'r diolch ydan ni'n 'i ga'l am roi cartra a gwaith i ti? Meiddia di ypsetio Annie fel hyn eto, ac mi fyddi allan ar dy din. Hegla hi cyn i mi ga'l 'y 'nhemtio i neud hynny rŵan.'

Cafodd Ifan ryddid o'r diwedd i ddringo'r grisiau i'w lofft. Ni chymerai fawr o amser iddo daflu'i ychydig eiddo i'w fag. Blwyddyn newydd; dechrau newydd. Câi ddilyn ei drwyn, heb neb i sefyll yn ei ffordd na neb i ofyn dim ganddo. A dal i chwilio nes dod, efallai, o hyd i'r rhywbeth hwnnw na wyddai beth oedd, gan obeithio fod Peter Francis yn iawn ac y byddai *yn* gwybod, o'i weld.

Roedd y bag wedi'i bacio pan ddaeth cnoc ar y drws.

'Ga i ddŵad i mewn, Ifan?'

'Braidd yn brysur ydw i,' galwodd.

'Neith Annie byth fadda i mi os a' i odd'ma heb ga'l gair efo chi.'

Agorodd Ifan y drws. Llygadodd Ben y bag ar y gwely.

'Dydach chi ddim yn mynd i'n gadal ni?'

'Mi dw i'n credu mai dyna'r peth calla i neud.'

'Do'n ddim yn meddwl be ddeudis i. Poeni am Annie o'n i.'

'Ddylwn i ddim fod wedi'i tharfu hi fel'na.'

'Ddyla hitha ddim fod wedi busnesa, medda hi. Ond isio'r gora i chi, fel i minna, mae hi, 'te?'

'Wn i, Ben.'

'Dydi'r wythnosa dwytha ddim 'di bod yn fêl i'r un ohonon ni, yn nag'dyn? Ond mae'ch angan chi yma, yn enwedig rŵan. A fedrwch chi ddim gadal cyn i'r babi gyrradd.'

'Na fedra, debyg.'

'Ga i ddeud wrth Annie eich bod chi am aros?'

'Cewch, am wn i.'

'Mi a' i i neud hynny'r munud 'ma.'

Eisteddodd Ifan ar y gwely yn syllu ar y graig gyferbyn, oedd yn ymddangos yr un mor fygythiol ag oedd hi'r noson y gwelodd hi am y tro cyntaf. Roedd y llwfrgi bach wedi ildio unwaith eto, a hynny cyn iddo ef na'r flwyddyn gael eu traed 'danyn. Gafaelodd yn ei fag a dechrau dadbacio.

\* \* \*

Erbyn bore trannoeth, roedd y llawenydd a deimlai Margaret Roberts wrth iddi hi a'i dyweddi selio'u llw â chusan go iawn wedi cilio'n llwyr. Be oedd Grace Ellis yn ei feddwl ohoni am fod mor barod i daro'r fargan a hitha newydd honni na allai ei gadael? Sawl gwaith oedd ei mam wedi ei siarsio i fod yn driw i'w mistras? Ac roedd hi wedi gneud ei gora glas i fod yn driw, ar wahân i'r un tro hwnnw pan feiddiodd ei beirniadu, a hynny ar gam. Sut oedd hi'n mynd i allu ymdopi hebddi? Beth petai'r blaenor bach yn bygwth ei thaflu allan o'r capal eto, a hitha heb neb i fod yno'n gefn iddi? Waeth iddi heb â disgwyl unrhyw gysur gan Edward Ellis. Dim ond y mab 'na oedd yn cyfri iddo fo. Roedd hi reit sicr erbyn hyn mai oherwydd ei thad y collodd Grace Ellis y cyfla i briodi, er ei bod wedi deud neithiwr mai arni hi roedd y bai. On'd oedd o 'i hangan hi yma i dendio arno fo a rhwystro'r hwch rhag mynd drwy'r siop?

Yn fuan, byddai rhyw enath arall yn cysgu yn ei gwely hi ac yn gneud llanast o'i chegin – genath nad oedd hi'n gwbod dim am Grace Ellis a heb unrhyw syniad pryd i ddeud a phryd i beidio deud. Un o'r 'genethod bach parchus', fel bydda Edward Ellis yn eu galw nhw, oedd yn darllan ei Beibl bob nos ac yn mynd ar ei glinia i ddeud ei phadar.

Roedd y gegin fel pìn mewn papur a'r tân oer wedi'i osod yn barod. Wedi iddi gael hwnnw i gynnau, aeth Magi ati i dorri brechdanau, mor denau â phapur sidan. Un ddigon misi efo'i bwyd oedd Grace Ellis, ond fe wyddai hi i'r dim be oedd yn ei phlesio. Fyddai gan bwy bynnag oedd yn mynd i gymryd ei lle hi ddim clem sut i neud hynny.

'Bora da, Magi.'

Roedd Grace Ellis wedi cyrraedd, cyn iddi gael cyfla i roi'r te i fwydo. Cythrodd Magi am y tecell.

'Dydi brecwast ddim yn barod.'

'Fi sy'n gynnar. Methu aros o'n i i ga'l gwybod sut aeth petha neithiwr.'

'Mi 'nes i be ddeudoch chi.'

'Do, gobeithio.'

'Ond hen dro gwael ydi o, 'te . . . troi cefn arnoch chi a chitha 'di bod mor dda wrtha i.'

'Dydw i ddim isio clywad rhagor o sôn am hynny.'

'Yma mae'n lle i.'

'Efo Deio mae'ch lle chi. Ydach chi am 'i briodi'n o fuan?'

Llifodd gofidiau Magi'n ôl i ganlyn y cwestiwn. Roedd Grace Ellis yn amlwg am gael ei gwarad gyntad ag oedd modd. Dim ond trio cymryd arni nad oedd wedi'i tharfu yr oedd hi.

'Ydan, am wn i.'

'Mi fydd yn chwith iawn i mi hebddach chi.'

'Chewch chi ddim traffarth i ga'l rhywun arall.'

'Ond cha i neb tebyg i chi.'

Teimlodd Magi'r dagrau'n pigo y tu ôl i'w llygaid ac meddai,

'Hen gnawas fach hunanol ydw i, Grace Ellis. Mi dw i wedi'ch siomi chi, yn do?'

'Naddo, ddim. Wedi rhoi gobaith newydd i mi yr ydach chi. Mi dw inna am ddal ar y cyfla, Magi.'

'I neud be, 'lly?'

'Gneud iawn am yr amsar yr ydw i wedi'i wastraffu. Ydi'r banad 'na'n barod bellach?'

Cododd Magi gaead y tebot. Nid oedd ynddo ddim ond dŵr lliw mwd.

'Mi fydda, 'taswn i wedi rhoi te yn y tebot.'

'Hidiwch befo. Mae ganddon ni'n dwy well eli i'r galon.'

'Be 'di hwnnw?'

'Cariad, Magi, y peth gora a'r mwya o'r cwbwl.'

*　*　*

238

O'i loches yng nghysgod craig, gwyliodd Tom ei gyd-weithwyr yn anelu am y Caban – y rhai ifanc yn trafod y cam a gawsai'r Celts ar Gae Ffwt ddoe a'r rhai hŷn yn hogi'u harfau ar gyfer y drafodaeth oedd i ddod. Clywodd Bob bach yn gweiddi, 'Mi ddylan ni fod wedi rhoi trochiad iawn i'r blydi reff 'na, hogia'.

Estynnodd Tom am ei dun bwyd a theimlo'i lyfnder yn erbyn ei fysedd. Tun ei dad oedd hwn, a'r llythrennau R.E. wedi'u sgythru ar y caead. Ni allai ei fam fod wedi ei gamgymryd am ei un o, oedd yn dolciau i gyd. Roedd hi wedi gwneud hyn yn gwbwl fwriadol, yn ei hymdrech i ddal gafael ar y gorffennol. Nid gweld yr hogyn bach yr oedd hi pan fyddai ei llygaid yn ei gwrsio o gwmpas y tŷ, ond y Robat na fu ei chariad tuag ato'n ddigon i allu ei gadw efo hi. Cofiodd fel y bu iddi ddweud, 'Mi w't ti'n mynd yn debycach i dy dad bob dydd.' Ond nid y Robert Evans a ddewisodd angau yn hytrach na chywilydd mohono fo, ac ni allai byth dragwyddol gymryd ei le ar yr aelwyd. Yfory, byddai'n rhoi hwn i'w gadw ar silff y gegin fach ac yn mynnu cael ei dun ei hun yn ôl.

Roedd gwell blas ar y brechdanau allan yma nag yn y Caban, lle'r oedd yr ofn o gael ei alw i gyfrannu i'r drafodaeth yn peri iddo'u llowcio yn ei frys i adael. Bu amser pan oedd yntau'n barod i leisio'i farn, ond nid oedd ganddo ddim byd gwerth ei ddweud bellach.

Roedd ei feddwl yn bygwth crwydro eto i'r un cyfeiriad ag arfer pan welodd Joseff, ei bartner, yn brasgamu i'w gyfeiriad. Sawl gwaith oedd angen dweud wrth y pen llwdwn nad oedd ganddo fymryn o ddiddordeb mewn gwrando ar y malu awyr, ac mai yma yr oedd o'n dewis bod?

'Mi w't ti i ddŵad efo fi'r munud 'ma, Tom.'

'Gad lonydd i mi, Jo.'

'Defi John Plismon sy 'di 'ngyrru i i dy nôl di. Mae o'n aros amdanat ti wrth yr offis.'

Neidiodd Tom ar ei draed gan ollwng ei afael ar y tun bwyd.

'Be mae hwnnw isio efo fi?'

'Be wn i? Mae 'na olwg sobor iawn arno fo, beth bynnag. Dw't ti ddim mewn helynt, gobeithio?'

Ond roedd Tom eisoes yn sgrialu i lawr y llwybr. Dim ond un peth a allai fod wedi dod â Defi John Plismon yr holl ffordd i Fraich y Cafn, a newydd drwg am ei fam oedd hwnnw.

Er ei fod yn hen gyfarwydd â thorri newyddion o'r fath, ac yn credu ei fod wedi caledu i hynny, gwyddai'r heddgeidwad fod y dasg a'i hwynebai yn un o'r rhai caletaf erioed. On'd oedd Tom Llwybrmain ac yntau wedi rhannu desg yn Ysgol Bodfeurig ac wedi treulio oriau yng nghwmni'i gilydd pan oeddan nhw'n hogiau? Hwn, a welai'n nesu tuag ato, yn amlwg yn ofni'r gwaethaf, oedd y ffrind a arbedodd ei fywyd pan fu ond y dim iddo â boddi yn afon Ogwen. Ond heddiw nid oedd ganddo ddewis, yn rhinwedd ei swydd, ond rhoi ateb i'r cwestiwn,

'Be sy 'di digwydd, Defi John?'

* * *

240

'A be dach chi wedi bod yn 'i neud, Annie Pritchard?' holodd Doctor Jones yn chwyrn.

'Dim ond ista yn fan'ma fel iâr yn gori.'

'Mae'r pwysedd gwaed i fyny eto. A 'drychwch ar y chwydd yn eich ffera chi, mewn difri.'

'Dydw i ddim wedi gweld 'y nhraed ers wythnosa.'

'Waeth i ti gyfadda ddim, Annie. Mynd draw i'r Sgwâr ddaru hi ddoe, Doctor. 'Di ca'l gwahoddiad i de i dŷ'r gweinidog.'

'Ddylach chi ddim fod wedi caniatáu hynny, Ben.'

'Fi oedd isio mynd. Methu diodda'n fy unfan.'

'Yma fydd raid i chi aros am sbel eto, mae arna i ofn. Mi alwa i heibio fory. A gnewch fel yr ydw i'n deud, da chi, er eich mwyn eich hun a'r babi.'

Gadawodd y meddyg y ddau'n syllu'n ofidus ar ei gilydd. Eisteddodd Ben ar fraich cadair Annie a phlethu'i fraich am ei hysgwydd.

'Doedd ca'l y babi 'ma ddim yn syniad mor dda, yn nag oedd? Mi fydda'n well 'tasa ni 'di aros fel roeddan ni.'

'Ond mi w't ti 'i isio fo, dwyt?'

'Mi dw i fwy o d'angan di.'

''Y mai i ydi hyn, yn mynnu fy ffordd fy hun ddoe. Ond roedd o'n bnawn da, doedd?'

'Gwerth chweil.'

'Mi ddeudis i wrthat ti fod y lle'n iachach hebddo *fo*, yn do?'

'Do, Annie. Peth ddigon surbwch ydi'r Anna 'na 'te?'

'Hogan 'i thad ydi hi.'

'A Ruth fach yn hogan i'r un ohonyn nhw. Be fasa Ifan yn 'i ddeud 'tasa fo'n gwbod y gwir?'

'Chaiff o byth wbod gen i, mae hynny'n siŵr. Lle mae o, d'wad?'

''Di diflannu i r'wla eto.'

'A sut drefn sydd ar 'i stumog o heddiw?'

'Celwydd oedd hynny. Methu dygymod â bod 'run lle â'r ditsiar 'na oedd o.'

'Ro'n i'n ama.'

'A Laura 'di mynd i draffarth. 'Tasa fo ond wedi meddwl amdani hi, 'te?'

Brathodd Annie ei thafod rhag dweud mai meddwl gormod am Laura oedd Ifan. Y cr'adur gwirion! Fe fyddai'n well iddo roi ei serch ar rywun o'r un oed â fo, un oedd â'i thraed a'i chalon yn rhydd.

'Mae'r Miss Watkins 'na'n hogan smart, dydi? Be mae hi 'di neud i bechu Ifan tybad?'

'Wn i ar y ddaear.'

'Does 'na fawr o hwyl arno fo, yn nagoes? Ond mi fydd raid iddo fo forol ati tu ôl i'r bar 'na rŵan fel 'y mod i'n ca'l amsar i edrych ar d'ôl di'n iawn.'

Roedd o wedi disgwyl y brotest arferol, ond ni wnaeth Annie ond nodio'i phen.

'Mi fedrwn i neud efo napan fach, Ben.'

Brysiodd yntau i osod y glustog y tu ôl i'w chefn a thaenu'r flanced drosti. Plannodd gusan ar ei thalcen cyn croesi ar flaenau'i draed am y bar. Bu'n oedi yno am hydoedd, ei feddwl yn gythryblus a'i baced Wdbeins yn segur yn ei boced.

*   *   *

Dilynodd Tom Defi John ar hyd coridor oedd yn ymddangos yn ddiderfyn, a sŵn ei esgidiau hoelion mawr yn diasbedain yn erbyn teils y waliau.

'Fydda'm gwell i mi dynnu'n sgidia?' sibrydodd.

'Dydyn nhw ddim yn debygol o styrbio neb yn fan'ma.'

Gallai Tom deimlo'r oerni'n treiddio drwy'i ddillad; oerni oedd yn fwy deifiol na'r un o'r tu allan.

Arafodd Defi John ei gamau. Byddai wedi rhoi'r byd am allu arbed ei ffrind rhag hyn. Bu'r siwrnai i Fangor yn hunllef iddo yntau. Ond doedd yna ddim troi'n ôl i fod.

'Yma mae hi, Tom.'

'Fyddi di efo fi?'

'Wrth gwrs y bydda i. Dim ond nodio fydd raid i ti.'

A dyna'r cyfan y gallodd ei wneud. Un nòd fach i gadarnhau mai Maud oedd hon, ei hwyneb yn llanast o gleisiau a gwaed wedi ceulo, a'r gwallt golau yr oedd hi mor browd ohono fo o'r golwg dan gadachau.

Gadawodd Tom i Defi John ei arwain o'r tawelwch oer, yn ôl i brysurdeb yr ysbyty ac i ystafell fach lle'r oedd un arall o blant Bodfeurig yn eu haros.

'Mi w't ti'n cofio Elsi, Bryniau Terrace, dwyt, Tom? Sister Puw rŵan. Mi ddeudis i wrthat ti mai hi ddaru nabod Maud, yn do?'

Efallai ei fod wedi dweud. Ni allai Tom gofio dim na meddwl am ddim ond y corff bach llonydd. Wedi cael ei churo'n ddidrugaredd yr oedd hi, yn ôl

Defi John, a'i gadael i farw yn un o'r strydoedd cefn. Maud, nad oedd wedi gofyn am ddim ond am rywun i'w charu, wedi cael ei gorfodi i'w gwerthu ei hun er mwyn gallu byw.

'Mae'n ddrwg gen i am eich collad chi, Tom.'

Roedd o wedi colli Maud ymhell cyn iddi gerdded allan chwe mis yn ôl. Efallai nad oedd hi erioed wedi bod yn eiddo iddo, o ran hynny, dim ond mewn enw. Mae'n siŵr fod Elsi wedi cael peth o'r hanes gan ei mam ac yn gwybod i'w wraig ei adael ar y clwt wedi i Now Morgan droi'i gefn arni. Ond go brin y byddai mor barod i gydymdeimlo petai hi'n gwybod na fu iddo wneud unrhyw ymdrech i roi i Maud yr un peth hwnnw yr oedd hi'n ei ddeisyfu.

'Fe ddaethon nhw o hyd i'r siôl 'ma ar lawr.'

Cyffyrddodd Tom â'r sidan. Roedd teimlad cras iddo a chlytiau tywyll wedi'i staenio yma ac acw.

'Maud oedd pia hi?'

'Ia. Hon oedd hi'n 'i gwisgo'r diwrnod priodon ni.'

'Mi fydda'n well i ti 'i cha'l hi, Tom.'

Gwthiodd Tom y siôl i'w boced. Byddai'n ei rhoi'n y cwt efo'r tipyn pethau y mynnodd eu cadw, rhag ofn. Ond ni fyddai Maud byth eu hangen eto.

Wrth iddyn nhw droi eu cefnau ar yr ysbyty, cofiodd Tom ei fod wedi gadael y tun bwyd ym Mraich y Cafn.

'W't ti'n cofio 'Nhad, Defi?' holodd.

'Ydw, siŵr. Un o'r dynion gora welodd Douglas Hill rioed. Mi w't ti 'run sbit â fo.'

'Dim ond o ran golwg.'

Ni fyddai ganddo ddewis fory ond mynd â'i dun bwyd ei hun. Ond câi hwnnw ei roi'n ôl ar silff y gegin fach trannoeth. Er na allai byth gymryd lle ei dad, byddai hynny o leia yn plesio'i fam.

# 17

Roedd y flwyddyn wedi hen golli'i newydd-deb ac yn dechrau dangos ei dannedd. Daeth ei gwyntoedd â difrod yn eu sgil, ac wedi i'r rheiny dawelu disgynnodd yr eira, a fu'n bygwth ers dyddiau, yn gnwd trwchus dros nos.

Agorodd Ifan ei lygaid trymion i gael ei ddallu gan y golau gwyn. Tynnodd y blancedi dros ei ben a swatio yn y tywyllwch cynnes. Y munud nesaf, roedd drws y llofft yn cael ei hyrddio'n agored a Ben yn baglu i mewn.

'Mae'r babi ar 'i ffordd, Ifan! Gwisgwch amdanoch reit handi. Mi dw i 'di gyrru am Doctor Jones.'

Gydag un siars arall i 'frysio, da chi', diflannodd Ben.

Ymlwybrodd Ifan i lawr i'r gegin. Eisteddodd wrth y bwrdd ac estyn am Wdbein o'r paced yr oedd Ben wedi'i adael yno. Roedd o'n tynnu yn honno â'i holl egni, a'i lygaid ar gau, pan glywodd lais cyfarwydd yn dweud yn siarp,

'Dydi hwn mo'r amsar i fygu, Ifan Evans.'

Diffoddodd Ifan ei sigarét at frys.

'Mae hi'n dywydd garw, Doctor.'

'Waeth am y tywydd. Mae 'na betha pwysicach yn galw.'

Tynnodd ei gôt a'i hysgwyd nes bod yr eira'n tasgu i bob cyfeiriad, cyn ei hestyn i Ifan fel y gallai ei rhoi i sychu o flaen y tân.

'Ydi Nyrs Davies wedi cyrradd?'

'Ddim i mi wbod. I fyny efo Annie mae Ben.'

'Mi anfona i o i lawr atoch chi. A gnewch yn siŵr ei fod o'n aros yma nes bydd y cwbwl drosodd.'

Wedi iddo gael cefn y meddyg, aildaniodd Ifan yr Wdbein a mynd ati i baratoi paned i Ben ac yntau.


Ni lwyddodd na phaned na sigarét i dawelu dim ar Ben. Bu'n rhampio am hydoedd gan alw'r meddyg yn bob enw am feiddio'i droi allan o'r ystafell wely. A'i amynedd yn mynd yn brinnach wrth y munud, meddai Ifan,

'Waeth i chi fodloni ddim. Mi fedar gymryd oria i'r babi gyrradd.'

'Be wyddoch chi am betha fel'ma?'

'Mi dw i'n cofio Tom 'y mrawd yn deud 'u bod nhw wedi gorfod aros deuddydd cyn i mi benderfynu mentro allan.'

'Cythral bach 'styfnig oeddach chi'r adag honno hefyd, mae'n rhaid.'

'Meddwl oedd Doctor Jones y byddach chi'n fwy o rwystr nag o help, falla.'

'Ond be 'tasa Annie'n galw amdana i a finna ddim yno i'w chysuro hi?'

Wedi iddo orfod dioddef gwrando stribed o 'be 'tasa', pob un yn dannod gwae, collodd Ifan ei limpin.

'Dim rhyfadd 'i fod o 'di dangos y drws i chi. Rhowch gora iddi, bendith tad.'

Roedd y tawelwch a ddilynodd y ffrwydrad os rhywbeth yn fwy o faich, a'r ddau'n eistedd yno fel delwau mewn cymylau o fwg pan gyrhaeddodd y Nyrs Davies yr oedd Ifan wedi llwyddo i'w hosgoi hyd yma.

'Mi allwn i fod wedi meddwl mai fel hyn y bydda petha,' arthiodd. 'Mae ca'l babi yn golygu dipyn mwy na phlesar y funud, Benjamin Owens.'

'Be dach chi am i ni neud, Nyrs?' holodd Ben yn grynedig.

'Cadw o fy ffordd i, y ddau ohonoch chi.'

* * *

Gosododd Grace yr hambwrdd ar y cwpwrdd bach wrth erchwyn gwely'i thad. Gyda lwc, gallai lithro i mewn ac allan heb orfod gwrando ar y druth arferol. Ond, a hithau ar gyrraedd y drws, fe'i clywodd yn ystwyrian.

'Ro'n i'n meddwl eich bod chi'n cysgu.'

'Sut medra i gysgu, mewn difri?'

'Mi dw i 'di dŵad â thamad o frecwast i chi.'

'Dydw i ddim o'i eisio fo.'

'Bwydo'r annwyd a llwgu'r dwymyn . . . dyna fydda Mam yn 'i ddeud, yntê?'

'Fydda *hi* fawr o fy rhwystro i rhag mynd i weld Daniel.'

'Rydan ni wedi bod drwy hyn sawl gwaith. Mi fydda'r siwrna'n ormod i chi. A p'un bynnag, does 'na ddim pwrpas.'

Cododd Edward Ellis ar ei eistedd, yn gyffro i gyd.

'Dim pwrpas! Wyt ti am i dy frawd feddwl ein bod ni wedi anghofio amdano fo?'

'Ond chi sy'n talu am 'i le fo yn yr ysbyty, yntê?'

'Cartra gorffwys, nid ysbyty. Dwyt ti ddim yn edliw hynny i mi, siawns?'

'Nag ydw, Tada. Eich arian chi ydyn nhw.'

Ceisiodd Grace reoli'i thymer wrth feddwl mor gyndyn oedd ei thad o roi ei law yn ei boced pan ofynnai hi am arian i brynu'r ychydig bethau yr oedd eu hangen. Gwnâi iddi deimlo'n euog, fel petai'n gofyn cardod, er ei fod yn fwy na pharod gadael iddi ysgwyddo cyfrifoldeb y cartref a'r siop.

'Roedd Laura'n sôn yn 'i llythyr ddoe am logi car, doedd?'

'Mi ddaru hi grybwyll y peth.'

Ac yntau'n amau ei bod yn celu'r gwir, roedd o wedi mynnu cael gweld llythyr Laura. Ond ni ddylai fod wedi cytuno i hynny.

'Rydw i am i ti sgwennu ati i ddeud yr a' i efo hi.'

'Na, Tada.'

Gwyddai fod arni angen ei holl nerth i'w wrthsefyll. Hyd yn oed yn ei wendid, roedd o gymaint cryfach na hi.

'Fedra i ddim caniatáu hynny. Mi wyddoch eich hun nad ydach chi'n ffit i deithio cyn bellad, yn enwedig y tywydd yma.'

'A dyna dy air ola di, ia?'

'Yfwch eich te cyn iddo fo oeri.'

'Does 'na ddim amdani, felly, ond i ti fynd efo Laura.'

'Ond mae hynny'n amhosib. Pwy fydda'n gofalu amdanoch chi a'r siop? Mi fydda raid i mi aros dros nos.'

'Be ydi un noson, yntê? Roeddat ti'n fwy na pharod i aros yno ar un adag.'

'Mae 'na flynyddoedd lawar ers hynny. Doedd Laura ddim hannar da a f'angan i yno. A p'un bynnag, roedd Sera yma i'ch helpu chi.'

'Biti garw na fydda hi yma rŵan. Ond siawns na fedar yr hogan o forwyn 'na ymdopi am unwaith.'

Roedd o'n estyn am ei gwpan a gwên ar ei wyneb, yr un wên â honno a welsai Grace ar yr adegau prin pan lwyddai i gael y gorau ar John Williams. Ond ni chawsai hi erioed mo'r gorau ar ei thad. Wrth iddi adael yr ystafell, fe'i clywodd yn dweud a thinc buddugoliaeth yn ei lais,

'Ro'n i'n gwbod y gallwn i ddibynnu arnat ti.'

* * *

Wedi gwneud yn siŵr nad oedd Nyrs Davies o gwmpas, dychwelodd Ben ac Ifan i'r gegin. Gwrando ar y cloc mawr yn waldio'r munudau yr oedden nhw pan rwygwyd yr awyr â sgrech ar ôl sgrech. Llamodd Ben ar ei draed.

'Arglwydd mawr, fedra i ddim diodda rhagor, Ifan. Waeth gen i am y Doctor Jones 'na.'

Rhuthrodd allan. Roedd o hanner y ffordd i fyny'r grisiau cyn i Ifan allu ei gyrraedd.

'Rhoswch, Ben,' gwaeddodd.

'Na wna i, myn diawl!'

Cyrhaeddodd Ben yr ystafell wely yr un pryd â'r babi y bu cymaint o ddisgwyl amdano. Cafodd un cip ar y corff bach gwaedlyd cyn syrthio'n glewt ar lawr gan daro'i ben yn erbyn troed y gwely.

Y peth cyntaf a glywodd pan ddaeth ato'i hun oedd llais Annie'n gofyn yn bryderus,

'W't ti'n iawn, Ben?'

'Nag'dw. Be haru ti'n 'y nychryn i yn sgrechian fel'na?'

'Sgrechian 'naech chitha, Benjamin Owens, 'tasa chi 'di gorfod dŵad â chlamp o fabi fel hwn i'r byd. Codwch o fan'na, da chi.'

'Mi dw i 'di taro 'mhen, Nyrs.'

'Mae hwnnw'n ddigon calad.'

Bustachodd Ben ar ei draed, y lwmp ar ei dalcen yn pwyo a'i lygaid yn hanner cau. Croesodd Doctor Jones ato ac ysgwyd ei law.

'Llongyfarchiada ar y mab, Ben.'

'Hogyn ydi o, 'lly?'

Ni chlywodd Ben ochenaid Nyrs Davies na Doctor Jones yn dweud, 'Mi fydda'n o chwith i chi hebddon ni'r dynion, Nyrs.' Nid oedd yn ymwybodol o neb na dim ond ei Annie o, yn gorwedd yno'n furum o chwys, ond yn dlysach nag erioed, a'r hogyn bach a fu'n achos ei gwymp gynnau yn ei chôl.

Eisteddodd ar erchwyn y gwely a lapio'i freichiau am y ddau.

'Sut w't ti, Annie?'

'Yn well na chdi, yn ôl dy olwg di.'

'Dyna ddigon am rŵan, Benjamin Owens. Mi

alwa i arnoch chi wedi i Doctor Jones a finna ga'l petha i drefn.'

Hysiodd Nyrs Davies ef allan o'r ystafell. Ond ni fu unrhyw brotestio'r tro hwn. Ni allai'r tad balch aros i dorri'r newydd i Ifan a chael gwlychu pen y babi â'r cwrw yr oedd ei ogla fo'n ddigon i godi calon, heb sôn am ei flas.

*   *   *

Penderfynodd Grace gadw draw o'r siop y bore hwnnw a rhoi cyfle i Magi brofi ei bod yn gallu dod i ben hebddi. Roedd hi wedi ysgrifennu at Laura'n egluro mai'r angen i arbed Tada oedd wedi'i gorfodi i dorri'r llw a wnaethai. Ond dylai fod wedi rhoi ei throed i lawr am unwaith. Nid plentyn mohoni, ond dynes yn ei hoed a'i synnwyr, un a allodd haeru ei bod yn barod i wneud iawn am yr amser yr oedd hi wedi'i wastraffu. Pa obaith oedd ganddi o roi ei bwriadau ar waith, a hithau angen ei holl nerth ar gyfer wynebu'r hunllef oedd i ddod?

Clywodd y cloc yn taro un. Byddai Magi ar lwgu bellach ac yn ysu am gael pum munud bach. Aeth drwodd i'r siop.

'Pob dim yn iawn, Magi?'

Ni chafodd ond 'ydyn' digon di-ffrwt yn ateb.

'Ewch chi i ga'l tamad o ginio.'

Nid oedd osgo symud ar Magi.

'Grace Ellis.'

'Ia?'

'Wyddoch chi'r Maud 'na oedd yn arfar byw yn Douglas Hill?'

'Gwraig Tom?'

'Mae hi 'di mynd.'

'Ond mae 'na fisoedd ers hynny.'

''Di . . . marw mae hi, Grace Ellis, yn hospitol Bangor.'

'Pwy ddeudodd hynny wrthoch chi?'

'Pawb . . . drwy'r bora. Rhywun oedd 'di 'mosod arni, meddan nhw, a'i gadal hi ar y stryd, yn waed i gyd. 'Taswn i'n gwbod fod Bangor 'na'n lle mor berig faswn i'm 'di mynd yn agos yno.'

Tawodd Magi pan sylweddolodd ei bod yn siarad efo hi'i hun. Dynas ddrwg oedd y Maud 'na, yn ôl Kate Huws, ond doedd gan neb hawl i'w churo hi fel'na. Cofiodd fel y bu i Nain Douglas Hill ddweud y byddai'n well petai hi wedi marw er mwyn i Tom druan gael rywfaint o dawelwch meddwl. A dyna hi wedi mynd am byth rŵan, ac ynta'n ŵr gweddw.

Roedd yn ganol y prynhawn, ei stumog yn rymblan a'i phen yn brifo o orfod gwrando ar yr un stori, drosodd a throsodd, cyn i Magi sylweddoli nad oedd 'na ddim bellach i rwystro Grace Ellis rhag cynnau tân ar hen aelwyd. Efallai ei bod hi ar fai'n meddwl y fath beth, a'r Maud fach 'na ond prin wedi oeri, ond ni allodd ymatal rhag croesi'i bysedd a gobeithio'r gorau.

*   *   *

252

Roedd pen y babi wedi'i wlychu sawl gwaith cyn i Nyrs Davies ddod i alw ar y tad.

'Ydach chi am ein helpu ni i ddathlu, Nyrs?'

'A finna 'di ymrwymo i beidio cyffwrdd dafn o'r ddiod feddwol ers deng mlynadd ar hugian bellach?'

'Mi fydda'n sobor arnon ni am fusnas 'tasa pawb 'run fath â chi.'

'A fydd 'na ddim busnas yn weddill os daliwch chi'ch dau ati i yfad yr elw.'

'Byw ar 'i ogla fo y byddwn ni fel arfar. Ond mae heddiw'n ach . . . achly . . . be 'di'r gair, Ifan?'

'Achlysur.'

'Achlysur arbennig. Nid bob dydd mae dyn yn ca'l babi.'

Ymledodd gwên dros wyneb Nyrs Davies ac meddai'n chwareus,

''Tasa dynion yn gorfod mynd drwy hynny, fydda 'na ddim galw am 'y ngwasanaeth i. Mi gewch chi fynd i fyny at Annie rŵan, os medrwch chi ffeindio'ch ffordd.'

'Diolch i chi, Nyrs. Mi dach chi'n werth y byd. Dowch, Ifan.'

Baglodd y ddau i fyny'r grisiau. Oedodd Ifan wrth ddrws y llofft, ond gwthiodd Ben ef o'i flaen.

'Sut w't ti'n teimlo erbyn rŵan, Annie?'

'Fel 'taswn i 'di dringo i ben Moelwyn.'

'A finna. Dowch yn nes, Ifan, i chi ga'l golwg iawn ar y bychan.'

Camodd Ifan ymlaen.

'Wel, be dach chi'n 'i feddwl ohono fo? Mae o'n bictiwr, dydi?'

Pethau bach digon hyll oedd yr ychydig fabanod a welsai Ifan erioed a doedd hwn ddim yn eithriad, ond fe'i gorfododd ei hun i ddweud,

'Ydi, del iawn. Be ydach chi am 'i alw fo?'

'Siôn, 'run enw â tad Annie. I ddiolch iddo fo amdani.'

'Ond Siôn Ifan fydd hwn, 'te, Ben, os ydach chi'n fodlon i ni fenthyg 'ych enw chi.'

'Wrth gwrs 'y mod i, Annie. Diolch i chi'ch dau.'

'Ac i chitha am gymryd y gwaith tryma odd'ar sgwydda Ben yr wythnosa dwytha 'ma.'

'Ac arbad dipyn ar y goes glec, 'te, Annie?'

Teimlodd Ifan y dagrau'n bygwth. Estynnodd ei law allan i gyffwrdd yn dyner â boch y Siôn Ifan newydd ac meddai,

'Fyddwn i ddim wedi colli hyn am bris yn y byd.'

\* \* \*

Ar waetha'r tywydd, daeth nifer da i'r gwasanaeth yng nghapel Amana, nid yn gymaint i dalu'r gymwynas olaf i Maud, ond o ran parch at Tom. Synnai rhai nad oedd Elen Evans yno. Mae'n wir fod yr enath 'na wedi gwneud sôn mawr amdani'i hun, ond amsar i faddau ac anghofio oedd hwn, nid i ddal dig. Gallai amryw o'r aelodau gofio'r Maud fach dlws yn adrodd ei hadnodau ar fore Sul, cyn gliried â chloch, a'i thad yn sythu o falchder. Roedd ei golli o wedi bod yn ergyd drom iddi a hithau'n ddim ond plentyn.

Dewis aros ar dir diogel wnaeth y gweinidog drwy sôn am y Maud Parry honno a'i gofal dros ei brawd. Ond pan glywodd enwi Georgie, dechreuodd Nel Parry oernadu dros y capel gan siglo'n ôl a blaen, a gorfodwyd y gweinidog i gloi ei air o goffa â gweddi.

Y daith fer o'i sêt i'r sêt fawr oedd yr un galetaf i Tom ei throedio erioed. Safodd yno'n wynebu'r gynulleidfa am rai eiliadau, heb allu dweud gair. Yna, agorodd y Beibl a gadael i'r Pregethwr siarad drosto ef a Maud:

'Cofia yn awr dy Greawdwr yn nyddiau dy ieuenctid, cyn dyfod y dyddiau blin, a nesáu o'r blynyddoedd yn y rhai y dywedi, Nid oes i mi ddim diddanwch ynddynt:

Cyn tywyllu yr haul, a'r goleuni, a'r lleuad a'r sêr, a dychwelyd y cymylau ar ôl glaw.

Cyn torri y llinyn arian, a chyn torri y cawg aur, a chyn torri y piser gerllaw'r ffynnon, neu dorri yr olwyn wrth y pydew.

Yna y dychwel y pridd i'r ddaear fel y bu, ac y dychwel yr ysbryd at Dduw, yr hwn a'i rhoes ef.'

Oedodd cyn dod at yr adnod olaf, yr un y bu i Daniel ei hepgor, yn fwriadol, o'i ddarlleniad yn angladd Robert Evans.

'Gwagedd o wagedd, medd y Pregethwr; gwagedd yw y cwbl.'

Roedd Nel Parry yn aros amdano ym mhorth y capel.

'Eich syniad chi oedd y gwasanaeth 'na, Tom Evans?' gofynnodd gan lygadrythu arno.

'Dydach chi ddim yn grwgnach hynny i Maud, siawns?'

'Mi fydda'n rheitiach i chi fod wedi rhoi sylw iddi pan oedd hi'n fyw. Wn i ddim sut oedd ganddoch chi'r wynab i sefyll yn y sêt fawr 'na.'

'Am 'y mod i wedi tyngu llw i fod yn ffyddlon iddi hyd anga, Nel Parry.'

'Mi dach chi'n rhydd i neud fel y mynnwch chi rŵan.'

Gwthiodd Mrs Puw Bryniau Terrace ei chorff gwydn rhyngddynt.

'Dydi heddiw mo'r dwrnod i greu helynt, Nel Parry.'

Gafaelodd ym mraich Tom a'i arwain o'r neilltu.

'Peidiwch â gadal i honna'ch 'styrbio chi. Mae pawb yn gwbod eich bod chi 'di gneud eich gora i'w merch hi. Wyddoch chi 'i bod hi wedi deud wrth bawb y bydd hi'n barod i dderbyn rhoddion er cof am Maud?'

'Croeso iddi 'u ca'l nhw. Newch chi ddeud wrth Elsi 'mod i'n ddiolchgar iawn iddi? Do'n i ddim o gwmpas 'y mhetha'n yr ysbyty.'

'Mi dw i'n falch eich bod chi wedi ca'l y cyfla i ffarwelio.'

Lle'r oedd Elen Evans na fyddai hi yma'n gefn i Tom pan oedd o fwyaf o'i hangan? Ni fyddai hi wedi cymryd y byd â gadael i'r un o'i phlant wynebu hyn ar ei ben ei hun. Ond nid oedd dim y gallai ei wneud ond gwasgu'i law a rhannu'r gred oedd wedi'i chynnal hi drwy sawl storm.

'Mae gofyn i chi roi'r dyddia blin o'r tu cefn i chi

rŵan, Tom. Dydi bywyd ddim yn wagedd i gyd, ar waetha'r hyn mae'r hen bregethwr 'na'n 'i haeru.'

Safai Tom ar lan y bedd ym mynwent St Ann. Roedd y dynion a arferai fod mor ffraeth wedi bod yn mesur eu geiriau'n ofalus heddiw, a phawb yn awyddus i wasgaru gynted ag oedd modd. Pawb ond Defi John, oedd wedi glynu wrtho ers iddyn nhw adael y capel. Trodd at ei ffrind a gofyn,

'Oes ganddyn nhw ryw syniad pwy 'nath hyn iddi hi?'

'Ddim hyd yn hyn, ac mae'n beryg na chawn ni byth wbod. Penderfynu peidio dŵad i'r capal ddaru dy fam, ia?'

'Neith hi byth fadda i Maud, 'sti.'

'Be amdanat ti?'

'Mi fydd raid i mi ddysgu madda i mi fy hun gynta. Glywist ti be ddeudodd Nel Parry?'

'Do. Edrych adra ddyla honno. Fe fydda dy dad wedi bod yn falch iawn ohonat ti heddiw, Tom.'

'Tybad?'

'Tyd, cyn i ni rewi'n gorn a methu symud odd'ma.'

Dilynodd y ddau y llwybr am y giât gan adael ôl eu traed yn yr eira oedd eisoes yn dechrau dadmer.

'Fi sy'n gneud y gadal heddiw, Defi John.'

'O reidrwydd, 'te?'

Ond onid rheidrwydd a barodd i Maud geisio cysur ym mreichiau Now, a'i harwain tuag at ei diwedd? Erbyn nos, byddai'r ôl traed a'i cydiai wrth ei bedd wedi diflannu, ond gwyddai nad oedd ganddo ddewis ond mynd â'r dyddiau blin i'w ganlyn.

# 18

Er ei bod yn ysu am weld Dan, rhyddhad i Laura oedd cael rhoi gwybod i Grace nad oedd Ted Jones, Maes Garage, yn fodlon mentro mynd â'i gar ymhellach na'r Llan nes bod y tywydd wedi setlo. Am rai misoedd, wedi i Dan fynnu ei bod yn bryd dadlennu peth o'r gwir ac iddi gael ar ddeall gan Ifan fod Ruth wedi bod yn holi Annie, bu'n byw ar bigau'r drain. Ond erbyn hyn, roedd Ruth yr un mor ddiwyd efo'i llyfrau, diolch i Miss Watkins, ac yn gymaint o ferch iddi hi ag erioed.

Byddai hyn yn rhoi taw ar Anna, am y tro o leia. Byth ers iddi sôn am ei bwriad o fynd i weld Dan, bu'n swnian yn ddi-baid am gael mynd efo hi. Roedd hi wedi bod yn sobor o anodd ei thrin wedi i'w thad adael. Gwrthodai'n lân â gwneud unrhyw beth a ofynnai iddi, gan ei herio dro ar ôl tro.

Un noson, yn hytrach na mynd i'r cyfarfod Ymgyrch Moes a Chrefydd yng nghapel Maenofferen efo Ruth a hithau, roedd Anna wedi treulio'r min nos yn sinema'r Assembly Rooms yn gwylio'r Charlie Chaplin gwirion 'na yn mynd drwy'i gampau. Haerai un a'i galwai ei hun yn 'Ymwelydd' yn *Y Rhedegydd* fod rhai o bobol orau'r wlad yn gweld ac yn cydnabod daioni y Sinema a bod presenoldeb gŵyr Parchedig ynddyn nhw yn puro'r awyrgylch. Roedd sobrwydd a dirwest ar eu mantais, meddai, ar gyfrif chwaeth dda y darluniau. Nid oedd ganddi hi na'r gallu na'r wybodaeth i fynd yn groes i hwnnw, pwy bynnag oedd o, er iddi geisio egluro i Anna mor siomedig fyddai ei thad petai'n gwybod ei bod wedi gwario'r pres casgliad ar ryw lol felly. Syrthio ar glustiau byddar wnaeth hynny, fel popeth arall. Roedd hi wedi gwneud ei gorau glas i fod yn driw i'r hyn yr oedd Dan yn ei gredu oedd yn iawn, ond doedd hi'n da i ddim hebddo.

Yma efo hi y dylai fod, nid yng ngofal dieithriaid. Ond ei methiant hi i ofalu amdano fel y dylai oedd wedi achosi hynny. Roedd ei mam yn llygad ei lle pan ddwedodd na fyddai twpsan fel hi o unrhyw werth fel gwraig gweinidog. Dylai fod wedi gwrando ar Dan y diwrnod hwnnw ar gwr Stryd Ucha pan roddodd o'r cyfla iddi gyfarfod rhywun arall. Gallai gofio ceisio cadw'r dagrau'n ôl rhag rhoi rhagor o ofid i Huw, ei brawd bach. A geiriau'r Dan oer, diarth yn atseinio'n ei chlustiau, nid oedd dim y gallai ei wneud ond dal i'w garu, am na wyddai sut i beidio. Ac roedd hynny'r un mor wir heddiw.

*   *   *

Methiant hefyd fu ymdrech Grace i gelu'i rhyddhad wrth dorri'r newydd i'w thad. Syllodd yn amheus arni a gofyn am gael gweld llythyr Laura. Ond ni lwyddodd hynny i'w fodloni chwaith. Ni fyddai'n ddim ganddo, meddai, ysgrifennu at y Ted Jones yma i'w atgoffa mai dyletswydd unrhyw ŵr busnes oedd rhoi gwasanaeth i'w gwsmeriaid. Mygodd Grace ei hawydd i ddweud, 'Gnewch fel mynnwch chi.' Rŵan ei bod wedi cael ei harbed, petai ond dros dro, gallai fynd ati i roi ei bwriadau ar waith.

Ni soniodd Tada air am Maud. Iddo fo, cosb haeddiannol fyddai'r diwedd truenus, ac nid oedd disgwyl iddo allu cydymdeimlo ag un oedd wedi'i dedfrydu ei hun i uffern. Cofiodd fel y bu i Elen Evans ddweud mai hi oedd yn gorfod byw efo Maud. Ond go brin fod Maud wedi ei chael yn hawdd byw efo hithau chwaith. Nid oedd amser wedi lleddfu dim ar ei dicter hi tuag at yr hen wraig oedd wedi ei chyhuddo o ddinistrio bywyd Tom. Onid oedd hithau wedi gwneud ei siâr o hynny? Ar un adeg, achos edmygedd, a pheth cenfigen, oedd y berthynas glòs a ffynnai ar aelwyd rhif ugain Llwybrmain. Cariad anhunanol, nad oedd yn gofyn dim yn ôl, oedd un Elen tuag at Robert, ond wedi iddo ef ei gadael fe drodd hwnnw'n gariad gormesol oedd yn gofyn cymaint, os nad mwy, ag oedd o'n ei roi. Doedd ryfedd fod Ifan wedi dewis torri'n rhydd.

Rŵan, a hithau heb neb ond Tom, byddai ei fam yn glynu wrtho fel gelen, ac yntau'n fwy clwm nag erioed. Yn ei feio ei hun am achosi'r fath loes iddi, yn ei gwarchod, yn mesur ei eiriau rhag tramgwyddo. Ac Elen Evans yn derbyn y cwbwl oedd ganddo i'w gynnig, heb ystyried fod arno angen mwy na bwyd yn ei bryd a dillad glân. Y fam yn Llwybrmain a'r tad yn Bristol House, yr un mor ddall i anghenion eu plant a'r un mor barod i gymryd. A'r plant, bellach yn ganol oed, yn dal i roi.

\* \* \*

Tynnodd Magi ei chôt a'i thaflu ar gefn cadair. Safodd a'i chefn at y tân gan ddwyn ei wres i gyd.

'Mae'r Douglas Hill 'ma'n lle sobor o oer, Nain. Pam na symudwch chi lawr i'r pentra?'

'Yma bydda i bellach. Sut mae'r teulu?'

'Siort ora, ac yn cofio atoch chi.'

'Mae hynny'n well na dim. Stedda, Magi.'

'Rhowch gyfla i mi g'nesu gynta. Wedi dŵad i ddeud wrthach chi y bydda i'n priodi 'mhen y mis yr ydw i.'

'O ddewis 'ta o orfod?'

Ffromodd Magi.

'A dyna ydach chi'n 'i feddwl ohona i?'

'Fasat ti ddim gwahanol i'r rhan fwya o'r teulu.'

'Mi dw i'n credu mewn gneud petha'n iawn.'

'Go dda chdi, hogan. A pwy ydi'r dyn lwcus?'

'Deio Richards. Mae o'n gweithio yn offis y Cyngor.'

'Bobol annwyl, mi w't ti 'di ca'l daliad go dda, 'lly. Mi fyddi di'n gadal y siop, debyg?'

'Bydda. Byw efo teulu Deio fyddwn ni am sbel, ond fi sy fod i edrych ar 'i ôl o, 'te?'

'Mi fydd yn chwith i Grace Ellis.'

'Argian, bydd. Wn i'm sut mae hi'n mynd i neud hebdda i, yn enwedig rŵan.'

'Be sy? 'I thad hi'n cwyno, ia?'

'Dydi o'n gneud dim byd arall. Wedi ypsetio mae hi, ar ôl clywad am Maud.'

'Deud ti. Elsi ni ddaru 'i nabod hi, 'sti, pan aethon nhw â hi i'r hospitol, a rhoi gwbod i Defi John plismon. A Tom druan yn gorfod mynd yno, i neud yn siŵr.'

'Ydach chi'n meddwl y gneith o briodi eto?'

'Dos i neud panad i ni, da chdi, a paid â rwdlan.'

Roedd Magi'n gyndyn o symud oddi wrth y tân ac yn fwy cyndyn fyth o adael y sgwrs ar ei hanner. Brysiodd i gasglu pethau at ei gilydd, ei meddwl yn gawdel o gwestiynau yr oedd hi'n benderfynol o gael ateb iddyn nhw. Roedd y cyntaf o'r rheiny wedi'i ofyn cyn iddi wlychu'r tebot.

'Mae o'n rhydd i neud hynny rŵan, dydi?'

'Meddwl am Grace Ellis w't ti?'

'Does ganddi hi neb arall i feddwl amdani. Mae hi'n dal mewn cariad efo fo, Nain.'

'Ac mi w't ti'n deall y cwbwl am hynny, rŵan dy fod ti'n hwylio i briodi?'

'Ydw, tad.'

''I droi o heibio ddaru hi, 'te?'

'Wn i. Ond mae hi'n difaru ac isio gneud i fyny am yr amsar mae hi 'di wastraffu.'

'Hi ddeudodd hynny?'

'Ia. Ydach chi'n meddwl 'i fod o'n dal i'w licio hi?'

'Be wn i? Digalon iawn ydi o, mae arna i ofn.'

'A hitha. Efo'i gilydd dylan nhw fod, fel Deio a fi. Liciwn i 'tasa 'na rwbath allwn i neud i helpu.'

'Gadal hynny i drefn rhagluniaeth ydi'r peth doetha, Magi.'

'Be 'di hwnnw?'

'Arfaeth Duw.'

'Mi dach chi'n siarad fel pobol Jerusalem rŵan. Mi ge's i 'nerbyn yn aelod o'r seiat, 'chi, ond fedrwn i'm diodda mynd yno ar ôl i'r dyn bach gweld-bai-ar-bawb fygwth taflu Grace Ellis allan.'

Cyn i Magi adael Bryniau Terrace y prynhawn hwnnw, roedd ei phapur pawb o nain wedi cael gwybod popeth a wyddai Magi am y bygythiad o gosb am bechod, ac wedi dod i'w chasgliad ei hun. Ond roedd Magi druan gymaint yn y niwl ag erioed.

\*   \*   \*

Bu Tom yn loetran nes gwneud yn siŵr fod yr olaf o ddynion Douglas Hill wedi gadael y chwarel cyn mynd i ddilyn y llwybr am Hirdir. Ni allai oddef gwrando arnyn nhw'n herian ei gilydd ac yn dadlau hyd at daro am bethau cwbwl ddibwys. Doedd 'na ddim llonydd i'w gael, ym Mraich y Cafn nag yn Llwybrmain; Jo a Bob bach yn clebran yn ddi-baid a'i fam yn siarad pymtheg y dwsin, heb fod ganddi ddim byd gwerth ei ddweud. Pan ddaeth adref un diwrnod, cafodd nad oedd yn weddill o ychydig eiddo Maud ond dyrnaid o lwch ac arogl mwg. Roedd ei fam yn ymddwyn fel petai'r ddwy flynedd ddiwethaf erioed wedi bod. Oedd hi'n credu, mewn difri, y byddai'r llosgi'n eu dileu o'i gof yntau?

Gallai deimlo pwysau'r tun bwyd yn ei boced er bod hwnnw'n wag. Âi ei fam ati i'w lenwi bob bore, gan osod y brechdanau'n ofalus rhwng y tolciau, a'r wên falch ar ei hwyneb yn ei atgoffa o'r wraig fywiog honno oedd yn frenhines ar ei haelwyd. A rŵan, roedd hi wedi cael yr aelwyd honno'n ôl ac adennill ei hawl arni. Byddai'n disgwyl yn eiddgar amdano, yn ei annog at y bwrdd, yn ei wylio'n bwyta. Ac yntau'n canmol, yn diolch, ac yn ceisio'i baratoi ei hun ar gyfer min nos hir arall.

Arafodd ei gamau wrth iddo nesu at Allt Rocar. Doedd fiw iddo oedi'n rhy hir, ond siawns na allai fforddio cymryd pum munud bach. Eistedd ar garreg yr oedd o a'i lygaid ar gau'n dynn, yn blasu'r tawelwch, pan glywodd lais yn sibrwd ei enw. Tybiodd i ddechrau mai ei ddychymyg oedd yn chwarae castiau. Onid oedd wedi clywed y llais hwnnw'n galw arno ganwaith yn ystod y nosau di-gwsg?

Agorodd ei lygaid yn araf i weld perchen y llais yn sefyll rhyngddo a'r awyr lwyd, ei gwallt ar chwâl a mwd yn glynu wrth odre'i sgert a'i hesgidiau.

'Grace! Be w't ti'n 'i neud yma?'

'Aros amdanat ti, 'te. Lle buost ti mor hir? Mae pawb arall wedi hen fynd. Mi dw i 'di bod yn cuddio tu ôl i'r clawdd 'na ers hydoedd. Wn i'm be fydda gan bobol Pesda i'w ddeud 'tasa rhywun wedi digwydd taro arna i.'

'Meddwl dy fod ti'n dechra drysu, mae'n siŵr.'

'Waeth gen i amdanyn nhw. Ofn oedd gen i na fyddat ti isio 'ngweld i.'

'Be 'nath i ti feddwl y fath beth? Dydw i rioed wedi bod isio neb ond chdi. Dyna o'n i am 'i ddeud wrthat ti'r noson y dois i acw i ymddiheuro ar ran Mam.'

Eisteddodd Grace wrth ei ochr ar y garreg.

'Mi es i draw i'w gweld hi wedyn, 'sti. Ro'n i am egluro iddi pam yr anfonais i'r hen lythyr 'na, ond roedd hi'n rhy hwyr, medda hi.'

'Doedd ganddi ddim tamad o hawl deud hynny chwaith.'

'Ond falla mai dyna fyddi ditha'n 'i gredu pan glywi di be sydd gen i i'w ddeud.'

Roedd Tom ar fin ei sicrhau na wnâi beth bynnag oedd o rithyn o wahaniaeth pan dorrwyd ar y tawelwch gan gyfarthiad ci, yn cael ei ddilyn â bloedd a rheg. Cododd Grace yn frysiog.

'Tyd draw acw tua deg nos Sadwrn. Mi fydda i 'di gadal y drws cefn yn gorad.'

Roedd Grace wedi diflannu a Tom yn dal yn ei unfan pan ddaeth Ned Hirdir heibio.

'Peils gei di'n ista yn fan'na,' rhybuddiodd.

'Mae 'na betha gwaeth, Ned.'

'Oes, ran hynny. Ac mi w't ti 'di ca'l dy siâr ohonyn nhw, yn do? Siawns nad w't ti'n haeddu dipyn o lwc bellach.'

Gadawodd Tom iddo ef a'i gi fynd gryn bellter cyn ailgychwyn ar ei daith am Lwybrmain i geisio cymryd arno roi clust i'r prygowthan arferol ac i gyfri'r oriau tan nos Sadwrn.

*   *   *

Llusgodd Annie ei thraed am y gegin, yn ysu am gysur y gadair a fu unwaith yn garchar iddi. Dyma'r seibiant cyntaf iddi ei gael heddiw. Diolch byth fod yr ynadon wedi gwrthod gwrando ar y ddau Sais ddaeth i'r Blaenau i brotestio fod cau'r tafarnau am naw o'r gloch yn gam â'r fasnach. I feddwl fod gan Ben yr wynab i gytuno efo'r petha estron 'na a fynta, rŵan ei fod o'n dad, fel petai wedi anghofio fod ganddyn nhw fusnas i'w redag ac yn gadael ei waith ar ei hannar i dendio ar Siôn Ifan. Doedd dim angan iddo ruthro i'w godi bob tro y bydda fo'n rhoi gwich, na hofran uwch ei ben pan oedd o'n cysgu, i wneud yn siŵr ei fod o'n anadlu medda fo. Dim ond amsar bwydo yr oedd hi'n cael cyfla i fwytho'r un bach. A byddai Ben yn gwneud hynny hefyd petai'n bosib.

Doedd Ifan fawr gwell. Y ddau ohonyn nhw'n cystadlu am sylw'r bychan, yn dadlau hyd at daro pa un ohonyn nhw oedd wedi cymell ei wên ac yn filain efo hi am ddweud mai gwynt oedd arno fo. Roeddan nhw wedi gwirioni cymaint fel nad oedd na gwg na cherydd yn mennu dim arnyn nhw. 'Lle i ddiolch sydd ganddoch chi,' meddai Nyrs Davies pan fu'n ddigon gwirion i ddweud ei chŵyn wrthi. 'Petha i anghofio amdanyn nhw ydi plant i'r rhan fwya o dadau.' Roedd hi wedi troi tu min ar honno am fod mor haerllug â rhestru be ddylai hi ei wneud, a'i hatgoffa fod ganddi flynyddoedd o brofiad y tu cefn iddi.

Wrthi'n magu'i gofidiau yr oedd hi pan alwodd Laura, ac nid oedd ganddi'r awydd lleiaf i ddal pen rheswm â hi, mwy na neb arall.

'A lle mae Siôn Ifan heddiw?'

'Mae'r ddau yna wedi mynnu mynd â fo allan er mwyn 'i ddangos i bawb. Ond welan nhw fawr mwy na'i drwyn o ac ynta wedi'i lapio fel nionyn.'

'Mae ganddyn nhw fyd garw efo fo.'

'Oes, gormod.'

Bu'r un sylw hwnnw'n ddigon i beri i Laura sylweddoli mai troi'r stori fyddai'r peth doethaf.

'Ddeudodd Ruth wrthach chi 'i bod hi am gystadlu ar yr adrodd yn Steddfod Gwylfa?'

'Do, ac adrodd y darn i mi.'

'Mae hi wedi bod yn trio 'mherswadio inna i roi cynnig ar yr her unawd. Ond fedra i ddim, Annie.'

'Pam, 'neno'r tad?'

'Fydda Dan ddim yn fodlon.'

'A be sy o'i le ar ganu, mewn difri? On'd ydi ynta'n gneud hynny'n y capal bob Sul?'

'I roi mawl i Dduw, 'te? Trio ennill clod iddo'i hun mae rhywun wrth gystadlu.'

Geiriau gweinidog y Capal Mawr oedd rheina. Doedd y Laura fach 'ma ddim mwy na charrag atab iddo fo.

'Mi dw i'n eich cofio chi'n deud eich bod chi'n hoff iawn o ganu 'stalwm.'

'O, mi o'n i . . . wrth 'y modd.'

'Pam na newch chi'n fawr o'r cyfla i neud hynny eto? Fydda ddim rhaid i Mr Ellis wbod dim.'

Roedd Laura'n rhythu arni fel petai wedi cymryd enw Duw yn ofer.

'Ond pechod fydda celu hynny.'

'Gnewch chi fel mynnwch chi, Laura.'

Dyna oedd hi wedi'i ddweud wrth y pen mul Ifan 'na. Ac roedd hon, yn ei ffordd dawal ei hun, mor ystyfnig â hwnnw. Faint gwell oedd hi o geisio darbwyllo a chymell? Roedd Duw wedi rhoi rhyddid ewyllys i bawb, a doedd 'na ddim byd y gallai hi ei wneud ond gadael iddyn nhw wneud eu dewis a wynebu'r canlyniadau.

'Dydach chi ddim yn teimlo'n dda, Annie?'

'Blindar, 'na'r cwbwl.'

'Mi alwa i rywdro eto.'

Ni fu iddi ei hannog i aros. A dyna hi rŵan wedi llwyddo i darfu Laura, o bawb. Poen meddwl oedd i gyfri am hynny. Roedd modd bwrw blindar, a siawns na fyddai'r ddau wirion 'na yn callio cyn bo hir. Ond sut oedd dygymod â'r euogrwydd a deimlai o fod wedi amddifadu Siôn Ifan o'r hawl i gael ei fedyddio? Hi oedd wedi dewis byw mewn pechod, ond y bychan diniwad fyddai'n gorfod dioddef y canlyniadau.

\*    \*    \*

Gwthiodd Tom ei ffordd drwy'r criw swnllyd oedd yn sefyll y tu allan i'r King's Head. Adnabu un o'r lleisiau. Bob bach, wedi'i ddal hi'n racs, ac yn ysu am frwydr. Now Morgan arall, yr un mor uchel ei gloch a'r un mor barod ei ddyrnau.

Gan na allai feiddio gadael y tŷ heb yn wybod i'w fam, bu'n rhaid iddo balu celwydd a dweud ei fod wedi addo galw i weld Joseff, ei bartner. 'W't ti ddim yn gweld digon ar hwnnw'n y chwaral?' holodd hithau. Doedd ganddi fawr o feddwl o'r Jo oedd yn fwy na pharod i godi'i fys bach. Drwy drugaredd, roedd o wedi llwyddo i ddianc cyn i'r un celwydd arwain at ragor o gelwyddau. Fe'i clywodd yn dweud wrth iddo adael, 'Cadw di draw o'r pentra 'na, 'ngwas i.'

Ond er cymaint ei chas at y 'ddiod gadarn', byddai'n well ganddi ei weld yn troi i mewn i'r King's Head nag yn croesi at ddrws cefn Bristol House. Roedd hwnnw'n gilagored. Eisteddai Grace wrth y bwrdd a'i chefn ato.

'Mi w't ti 'di dŵad, 'lly.'

'Fuo 'na rioed ddeuddydd cyn hirad.'

'Naddo.'

Eisteddodd Tom gyferbyn â hi. Roedd golau'r lamp yn isel ac ni allai weld ei hwyneb yn glir.

'Ga i droi'r fflam 'ma i fyny?' holodd.

'Na, gad hi. Mi dw i am i ti wbod nad oedd gen i ddim dewis ond sgwennu'r llythyr 'na.'

'Be 'di'r ots am hwnnw bellach? Dim ond un peth ydw i isio'i wbod. W't ti'n meddwl 'i bod hi'n rhy hwyr?'

'Gen ti mae'r hawl i benderfynu hynny.'

'W't ti, Grace?'

Tynnodd y lamp yn nes. Plethodd hithau ei bysedd dros ei llygaid wrth i'r golau ei dallu.

'Paid â chuddio oddi wrtha i.'

Gwyrodd ymlaen a dadblethu'i bysedd.

'Mae'n rhaid i mi ga'l deud, Tom.'

'Ac mi wrandawa inna wedi i ti atab 'y nghwestiwn i.'

'Mi dw i'n gobeithio nad ydi hi ddim.'

'Mae hynny'n ddigon i mi.'

Er ei bod wedi ail-fyw'r misoedd rheiny ddegau o weithiau yn ystod y blynyddoedd, dyma'r tro cynta iddi geisio troi darluniau'r cof yn eiriau. Cofio dychwelyd adra wedi postio'r llythyr, a thician y cloc yn y cyntedd fel cnul marwolaeth. Cofio'r Sera honno'n ei llygadu ac yn dweud yn awgrymog, 'Sâl eto bora 'ma, Grace Ellis?' Yr anobaith a barodd iddi rannu'i chyfrinach â Hannah a derbyn ei chyngor. Yr wythnosau a dreuliodd rhwng muriau'r ystafell yn y Blaenau heb allu mentro allan ond wedi nos. Tosturi Laura a chondemniad Daniel. A'r daith erchyll honno'n ôl i Fethesda, ei chorff yr un mor wag â'i breichiau. Gorfod byw ar y briwsion newyddion yn llythyrau Laura oherwydd y llw a wnaethai na fyddai hi byth yn dychwelyd i'r Blaenau. Cofio John Williams yn dweud nad oedd modd cyfiawnhau yr hyn yr oedd hi'n euog ohono, y munudau rheiny yn y seiat pan gredai fod ei byd ar fin chwalu'n chwilfriw, ac fel y bu i Magi ei harbed rhag colli popeth.

Gwrandawodd Tom ar y cyfan heb yngan gair. Yna gwyrodd tuag ati a dweud, a dagrau'n ei lygaid,

'Be dw i 'di'i neud i ti, 'mach i?'

'Fydda gen i ddim byd gwerth 'i gofio oni bai amdanat ti.'

'Mi fyddwn i wedi edrych ar d'ôl di, 'sti.'

'Wn i.'

'Fe allan ni fod wedi gadal y lle 'ma . . . dechra o'r newydd.'

'Fedrat ti na finna byth fod wedi achosi'r fath loes i Tada a dy fam, na throi ein cefna arnyn nhw. Mi dw i am i ti addo i mi na chaiff yr un o'r ddau byth wbod.'

Cododd ac estyn llun o ddrôr, un wedi'i dynnu mewn stiwdio yn y Blaenau o deulu'r Parchedig

Daniel Ellis – ef yn sythu ac yn ymddangos yn fwy anghyffwrdd nag erioed, a Laura'n gwenu'n addolgar arno. Un ferch fach wallt golau yn wynebu'r camera'n llawn hyder a'i thad yn pwyso'i law ar ei hysgwydd, a'r llall yn sefyll ychydig o'r neilltu a golwg sobor o ddifrifol arni.

'Ruth ydi hon, Tom.'

Symudodd Tom y lamp yn nes a thynnu'i fys dros yr wyneb oedd mor debyg i un Grace.

'Ein hogan fach ni.'

'Merch Laura a Daniel ydi hi rŵan. Does ganddon ni mo'r hawl arni. Roedd hynny'n rhan o'r llw. Dydi Ruth yn gwbod dim amdanon ni.'

Wrthi'n cadw'r llun yn y ddrôr yr oedd hi pan deimlodd freichiau Tom yn cau amdani a'i glywed yn dweud,

'Roedd y penillion bach 'na am y ddau aderyn yn deud y cwbwl, felly?'

'Oeddan, a dy nodyn ditha.'

Roedd Magi wedi clywed gwich y giât gefn ac wedi codi i'r ffenestr mewn pryd i weld Tom yn cyrraedd. Er ei bod bron â rhynnu ac wedi cyffio'n lân, arhosodd yno nes ei fod yn gadael. Anghofiodd bopeth am y rhyndod a'r boen yn ei haelodau pan welodd y ddau yr oedd hi mor sicr iddyn nhw fod yn fwy na ffrindiau yn sefyll yno ym mreichiau'i gilydd. Ac roedd hi yn llygad ei lle hefyd. Dim ond dau gariad fydda'n cusanu fel'na, fel 'tasa 'na neb yn y byd ond nhw ill dau. Dychwelodd i'w gwely, yr un mor sicr ei meddwl fod y tân ar hen aelwyd wedi'i ailgynnau. Byddai pob dim yn iawn rŵan, a hithau'n rhydd i briodi Deio heb deimlo'n euog o adael Grace Ellis heb neb yn gefn iddi.

# 19

Bu Laura'n troi a throsi geiriau Annie yn ei meddwl am ddyddiau. Ond ni fyddai wedi ildio i berswâd Ruth oni bai i Dan, mewn ateb i'w llythyr, ddymuno'r gorau iddi os mai dyna'i dewis hi.

Annie hefyd oedd wedi awgrymu fod Ifan yn mynd i'r steddfod – 'i gefnogi'r hogan fach 'na'.

'A be am yr holl waith sydd angan 'i neud?' holodd yntau.

'Mi wnaiff les i chi ga'l amsar i chi'ch hun yn lle bod â'ch trwyn ar y maen yn fan'ma o fora tan nos.'

'Fedra i ddim gadal y cwbwl i Ben.'

Roedd hynny wedi cynhyrfu Annie.

'Pwy sy'n rhedag y lle 'ma, Ifan?'

'Chi, Annie. Ond does dim disgwyl i chi allu dŵad i ben â'r gwaith a gofalu am y bychan.'

'Rydw i ddigon abal. A waeth i chi aros i'r cwarfod nos ddim. Mi fedrwch neud efo dipyn o ddiwylliant.'

Roedd Ruth wedi cael ei chanmol i'r cymylau gan y beirniad. Cofiodd Ifan fel y bu i'r penillion a adroddodd am y gardotes fach amddifad godi gwrychyn Daniel a'i arwain ef i feddwl am y diwrnod hwnnw yn Bristol House pan ofynnodd i Anna pam nad oedd ei chwaer fach efo nhw.

Ceisiodd ddwyn ei hateb i gof. 'Dydi *hi* ddim yn ca'l dŵad yma' – ia, dyna oedd o.

Fin nos, ac yntau wedi diflasu ers meitin, penderfynodd ei fod wedi cael digon o ddiwylliant am un diwrnod. Llithrodd o'i sêt ac anelu am y drws. Ond roedd hwnnw wedi'i gau a'r arweinydd yn galw am dawelwch gan fod cystadleuaeth yr her unawd ar fin dechrau.

Wrth i un canwr ar ôl y llall ganmol rhinweddau'r ynys dros y lli, ciliodd Ifan i'w fyd bach ei hun. Ond torrwyd ar ei feddyliau gan lais clir oedd yn treiddio i bob cwr o'r capel; y llais y cawsai ei swyno ganddo ar stryd fawr Pesda ar sawl nos Sadwrn, a'r un barodd iddo ef oedi'n rhy hir yn stesion Diffwys ac ildio'i ryddid.

> Yr ynys ddedwydd dros y lli,
> Does neb yn marw ynddi hi . . .

Laura Penbryn, a gredai fod canu'n gwneud i rywun anghofio hen betha cas, oedd hon, nid gwraig gweinidog y Capel Mawr. Ac eto roedd hi mor bell o'i afael ag erioed. Diolch i'r drefn nad oedd hi wedi amau ac na wyddai neb ond Annie fel y bu ond y dim iddo â gwneud ffŵl ohono'i hun a mentro dinistrio'r cyfeillgarwch a fu.

Arhosodd yn ddigon hir i glywed y feirniadaeth ac i weld Laura yn derbyn y wobr a'r clod. Yna, manteisiodd ar y gymeradwyaeth i sleifio allan. Safodd yn y cysgodion a thanio sigarét. Efallai y dylai aros am Laura a'r merched, a'u danfon adref.

Ceisio gwneud iawn am gadw draw a'i orfodi ei hun i dderbyn na allai byth obeithio am ddim mwy na'r cyfeillgarwch hwnnw.

'Noswaith dda, Mr Evans.'

Damio unwaith, dylai fod wedi hel ei draed o'r lle 'ma ac yntau'n gwybod ei fod ymhell o fod yn barod i hynny. Ond nid oedd yn barod i'w roi ei hun ar drugaredd y Miss Watkins 'ma chwaith. Gan fwmblan ei 'nos da', croesodd at y giât.

'Ar eich ffordd adra yr ydach chi?'

'Ia.'

'A finna. Waeth i ni gadw cwmni i'n gilydd ddim. Glywsoch chi Mrs Ellis yn canu?'

'Do.'

'Dyna be oedd gwledd i'r glust, yntê?'

'Mi fydda hi'n arfar canu cryn dipyn ers talwm.'

'Cyn i ofalon gwraig gweinidog gymryd drosodd, ia?'

Brathodd Ifan ei dafod rhag ateb a'i roi ei hun yn agored i ragor o gwestiynau.

Roedden nhw wedi cyrraedd cwr y dref, a hynny heb air pellach rhyngddynt, pan ddwedodd Miss Watkins,

'Rydw i'n credu 'i bod hi'n bryd i ni glirio'r awyr, Mr Evans. Mi wnes i'ch tarfu chi y diwrnod hwnnw y daethoch chi draw i 'ngweld i, yn do?'

'Roedd o'n waeth profiad na bod o flaen y tribiwnlys.'

'Falla y dylwn i ymddiheuro am hynny.'

Ac yntau'n sylweddoli nad peth hawdd i un fel hi oedd gorfod ymostwng i syrthio ar ei bai, meddai Ifan yn ddigon grwgnachlyd,

274

'A falla y dylwn i fod wedi diolch i chitha am helpu Ruth.'

'Chi roddodd y cyfla i mi. Dydw i ddim yn ceisio f'esgusodi fy hun, ond roedd byw efo'r Miss Jones 'na'n ddigon i neud satan o sant.'

'Rydach chi wedi symud allan?'

'Do, drwy drugaradd, i hen gartra'r teulu yn Bowydd Street.'

Erbyn iddynt wahanu, roedd yr awyr ryw gymaint yn gliriach. Cafodd Ifan wahoddiad i alw i weld y cartref newydd, a sicrwydd nad oedd raid iddo wrth gysylltiad â'r un o dduwiau cig a gwaed Miss Jones i gael mynediad i hwnnw. Ond wrth iddo ddilyn y stryd fawr am y Commercial, roedd yn falch na fu iddo ei glymu ei hun wrth unrhyw addewid.

\* \* \*

Ddydd Mawrth, Chwefror 28, pan oedd pobl yn tyrru wrth eu miloedd i wylio'r Dywysoges Frenhinol, Victoria Alexandra Alice Mary, yn gadael Palas Buckingham i briodi Henry Charles George Lascelles yn Abaty Westminster, gadawodd Margaret Roberts Bristol House i'w phriodas hithau yng nghapel Jerusalem.

'Sut ydw i'n edrych, Grace Ellis?' holodd yn bryderus.

'Gystal ag unrhyw dywysoges. Ac mae Miss Vaughan wedi cael hwyl arbennig ar neud y ffrog 'ma.'

'I feddwl fod 'na gymaint ohona i, 'te? Ond does 'na ddim gormod o beth da i'w ga'l, medda Deio.'

Ymlwybrodd y ddwy yn ara bach am y capel a Magi'n oedi i gydnabod pob dymuniad da.

'On'd ydi pawb yn glên?'

'Ydyn, ond mi fydda'n well i chi roi'ch troed ora'n flaena.'

'Mae'r ddau droed cyn waethad â'i gilydd yn y sgidia seiat 'ma. P'un bynnag, does 'na ddim brys.'

'Ond be 'tasa Deio'n dechra ofni eich bod chi wedi ailfeddwl?'

'Mae o'n gwbod y bydda i yno. Ewch chi dros y geiria efo fi eto, Grace Ellis?'

Sawl 'yr wyf fi' yn ddiweddarach cyrhaeddodd y ddwy gyntedd y capel, lle'r oedd tad Magi'n aros amdanynt. Estynnodd ei fraich i'w ferch gan ddweud,

'Mi w't ti ddigon o ryfeddod, hogan. Diolch i chi am edrych ar 'i hôl hi, Miss Ellis.'

'Hi sydd wedi bod yn edrych ar f'ôl i. Mi fydd yn chwith iawn i mi hebddi.'

Cydgerddodd y tad a'r ferch i lawr yr eil, ef yn sythu o falchder yn ei siwt fenthyg a lili wen fach yn ei laped, a hithau'n nodio ac yn gwenu i'r chwith a'r dde. Roedden nhw i gyd yno. Ei mam, oedd eisoes wedi derbyn Deio yn un o'r teulu, Nain Douglas Hill a gawsai ei harbed rhag priodas glec arall, diolch i wyres oedd yn credu mewn gwneud pethau'n iawn, a'r rhai bach, pob un wedi'i sgrwbio ac fel pìn mewn papur. Clywodd rhywun yn sibrwd, 'Pob bendith i ti, 'mach i.' Jane Lloyd, wedi mentro llid ei gŵr er mwyn dymuno'r gorau i un oedd wedi bod mor barod ei gwên a'i chydymdeimlad.

Ond unwaith yr oedd hi wedi gollwng braich ei thad ac yn wynebu'r gweinidog, gallai deimlo'i llwnc yn cau. Beth petai hi'n methu deud gair? Fydda Edward Ellis a John Williams ddim wedi gadael iddi ddŵad yn agos i'r lle 'ma oni bai fod ganddyn nhw feddwl uchal o Deio.

Roedd y gweinidog wedi peri i'r gynulleidfa eistedd ac yn estyn croeso i bawb. Llyncodd Magi ei phoer a chlirio'i gwddw. Doedd fiw iddi neud llanast o betha a chodi cwilydd ar ei theulu a Grace Ellis. Na rhoi cyfla i'r ddau yna ddifaru eu bod nhw wedi cytuno i'w gadal hi i mewn yn sgil Deio.

'Ydach chi'n barod?'

Rhoddodd Magi gynnig ar yr 'ydan'. Er bod ei llais yn swnio'n gras, bu hynny'n ddigon i brofi iddi na fyddai'n rhaid iddi siomi neb. Llwyddodd i adrodd y geiriau heb yr un llithriad. Teimlai Grace cyn falched ohoni â phetai'n ferch iddi. Rhyw ddiwrnod, byddai Ruth yn tyngu'r un llw i fod yn ffyddlon hyd angau, ond ni châi hi fod yn dyst o hynny. Brwydrodd i gadw'r dagrau'n ôl. Diwrnod Magi oedd hwn. Roedd 'na si yn mynd o gwmpas, yn ôl y papurau, mai rhieni'r Dywysoges Mary oedd wedi trefnu'r briodas a bod Edward, ei brawd, yn anfodlon iawn ei gweld yn priodi un nad oedd hi'n ei garu. Ond cawsai Magi, fel hithau, y rhyddid i wneud ei dewis. Roedd Magi wedi'i dderbyn â breichiau agored, ond ei wrthod wnaeth hi. Gallai gofio Tom yn dweud ei fod wedi gobeithio ar un adag y gallan nhw fod yn fwy na ffrindiau a hithau'n cyfaddef, 'Biti na faswn i wedi rhoi cyfla i ti'. Er bod y cwbwl wedi'i ddweud bellach a'r ddau'n cytuno nad oedd hi'n rhy hwyr, onid oedd y naill a'r llall yr un mor gaeth i aelwyd a rhiant?

Roedd hi'n sefyll yng nghwrt y capel yn hel meddyliau pan ddaeth Magi ati.

'Sut gnes i, Grace Ellis?' holodd.

'Allach chi ddim fod wedi gneud yn well, Mrs Richards.'

'Dyna ydw i rŵan, 'te? Diolch fod hynna drosodd. Eich tro chi nesa.'

'Go brin.'

Cymylodd wyneb Magi.

'Ond mi fyddwch chi'n iawn, yn byddwch, Grace Ellis?'

'Rydw i'n credu y bydda i.'

\* \* \*

Aeth dyddiau heibio cyn i Ifan allu magu plwc i wynebu Laura. Byddai'n ymddiheuro am fod mor ddiarth ac yn ei llongyfarch ar ei champ. Ceisio ymddwyn mor naturiol ag oedd modd, osgoi sôn am yr ers talwm, a'i orfodi ei hun i ddangos ryw gymaint o gonsýrn am ei gŵr.

Aeth at y drws cefn, a chodi'r gliced. Ond roedd hwnnw'n amlwg wedi'i folltio o'r tu mewn. Bu'n rhaid iddo guro ddwywaith cyn clywed y bollt yn cael ei ryddhau. Agorwyd y drws ychydig fodfeddi a gwelodd ddau lygad dyfrllyd yn cewcian arno heibio i'w gil.

'Ydw i am ga'l dŵad i mewn gen ti? Mi dw i bron
â rhynnu.'

'Na, fiw i ti.'

Teimlai Ifan fel petai wedi cael ei daro ym mhwll
ei stumog. Roedd y cwbwl yn ofer a'i ymdrech i'w
gosbi ei hun drwy gelu'i deimladau oddi wrthi wedi
bod yn fethiant llwyr. Ond er ei bod wedi sylweddoli
hynny, bu'n fwy na pharod i wneud defnydd ohono.

'Does 'na ddim croeso i mi yma, felly?'

Roedd o wedi aberthu'i ryddid er ei mwyn hi,
wedi gwneud popeth o fewn ei allu i fod yn gefn
iddi. Ei orfodi'i hun i rannu aelwyd â dyn oedd yn
ffiaidd ganddo, byw drwy hunllef yr haf a'r hydref
yn arswydo rhag y storm oedd i ddod, a chytuno i
adael, heb air o brotest, pan ddwedodd Laura na
fyddai'n weddus iddo aros yno.

'Faswn i ddim yn madda i mi fy hun 'tasat ti'n dal
yr hen ffliw 'ma.'

A dyna'i hesgus hi, ia? Nid Laura Penbryn oedd
hon, mor onest â'r dydd a heb dwyll yn ei chalon,
ond un oedd yn hen law bellach ar ffugio a chelu.
Ond roedd hi wedi cael athro da, o ran hynny.

'Waeth i ti gyfadda ddim.'

'Cyfadda be?'

'Nad oes arnat ti mo f'angan i.'

'Fedrwn i ddim fod wedi gofyn am well ffrind,
Ifan.'

'Falla dy fod ti'n fodlon ar hynny, ond dydw i
ddim. A' i ddim i dy boeni di eto.'

Wrth iddo groesi'r iard, tynnwyd ei sylw gan sŵn
tapian ar wydr. Safai Ruth yn ffenestr y llofft a'i

gwallt tywyll yn fframio'i hwyneb gwelw. Cododd ei law arni cyn troi ei gefn ar dŷ'r gweinidog a mynd i ddilyn ei drwyn, heb hidio dim i ble.

Fe'i cafodd ei hun ar Garreg y Defaid, lle gallodd gredu unwaith fod y fath beth â gwyrth yn bod. Clywodd eto'r geiriau y llwyddodd i'w dwyn i gof noson yr eisteddfod. Cydiodd yr adlais hwnnw wrth adleisiau eraill:

'Cytuno i'w magu hi fel fy mhlentyn fy hun . . . fydda Ruth byth wedi ca'l gwbod o'm rhan i . . . wedi difaru ganwaith . . . fy merch i a Dan, dyna pwy ydi hi . . . dydach chi ddim yn deall, yn nag ydach, mwy na neb arall . . . mi 'dan ni i gyd angan gwbod pwy ydan ni.'.

'Dydi *hi* ddim yn ca'l dwâd yma.' Sut y bu iddo fod mor ddall, mor uffernol o dwp? Ond tybed nad ofn wynebu'r gwir oedd wedi peri iddo ddal yn ôl rhag holi rhagor? Ei argyhoeddi'i hun nad oedd a wnelo hyn ddim â fo, gan na allai oddef meddwl fod un yr oedd wedi ei hedmygu er pan oedd yn hogyn wedi troi ei chefn ar ei phlentyn.

Oedodd yno'n hir a'r gwynt deifiol yn treiddio drwyddo, yn melltithio'r diwrnod y bu iddo adael i'r hiraeth a'r eisiau ei drechu. Oni bai am hynny, efallai y gallai fod wedi symud ymlaen a dod o hyd iddo'i hun. Ond roedd y ddwy y tybiodd unwaith y gallai ymddiried ei fywyd iddynt wedi dinistrio'r hyn oedd yn weddill o'i ffydd bregus a'i adael ar dir estron heb na gobaith na chariad i'w gynnal.

\* \* \*

Oedi wnaeth Magi hefyd, nes bod y pellter rhyngddi a John Williams wedi ei gwneud yn ddigon diogel iddi droi am Gae'r-berllan. Hyd yn oed wedyn, ni allodd ei hatal ei hun rhag edrych dros ei hysgwydd bob yn ail gam.

Erbyn iddi gyrraedd y tŷ roedd hi'n foddfa o chwys ar waetha'r oerni. Beth petai John Williams wedi ailfeddwl ac ar ei ffordd yn ôl? Gan daflu cipolwg arall i gyfeiriad y lôn bost, gwthiodd y drws yn agored a galw,

'Hannah Williams!'

'Dowch i mewn, pwy bynnag ydach chi.'

Roedd y cyrten wedi'i gau'n dynn dros ffenestr fach y siambar. Craffodd Hannah arni fel drwy niwl.

'Magi . . . chi sy 'na?'

'Ia. 'Di dŵad â darn o'r deisan briodas i chi dw i.'

'Diolch i chi am feddwl amdana i.'

'Grace Ellis ddaru'i hordro hi o'r Becws. A hi dalodd am ga'l gneud fy ffrog i hefyd.'

'Ffeind iawn.'

Sylwodd Hannah fod llygaid Magi'n crwydro i gyfeiriad y ffenestr.

'Mi gewch agor y cyrtan os liciwch chi.'

Petrusodd Magi. Dim rhyfadd nad oedd Hannah Williams eisiau edrych allan ar betha nad oedd ganddi obaith cyrraedd atyn nhw. Fe fydda hynny fel ffansïo rwbath mewn ffenast siop heb sentan i'w wario.

'Na, mae hi'n glyd yma fel'ma, dydi?'

Gollyngodd ei hun ar y gadair wrth erchwyn y gwely. Dyma lle bydda'r dyn bach gweld-bai-ar-bawb yn ista, a'r ddynas druan 'ma heb ddewis ond gwrando arno fo.

'Roedd Grace Ellis yn deud y daw hi i'ch gweld chi'n o fuan.'

Doedd hi ddim wedi deud y ffasiwn beth, ond mae'n bosib y bydda hi petai'n gwbod ei bod hi, Magi, yn dŵad yma.

'Dydi hi ddim efo ni ar hyn o bryd.'

'Lle mae hi, felly?'

'Lle bynnag bydd hi'n mynd ar adega. Ond o leia mae o'n lle braf i fod tro yma.'

Go drapia, roedd hi wedi rhoi gormod o leisans i'w thafod unwaith eto. Byddai Hannah Williams yn meddwl mai wedi dŵad yma i gario straeon yr oedd hi i ganlyn y deisan. Ond falla y bydda newydd da yn codi rywfaint ar galon y gryduras.

'Ydach chi'n nabod hen gariad Grace Ellis?' holodd.

'Y dyn o'r Bala oedd yn dysgu yn Ysgol Bodfeurig?'

'Mi ddeudodd wrth hwnnw lle i fynd, yn do? Tom Evans . . . 'i chariad iawn hi, 'te? Maen nhw'n ôl efo'i gilydd.'

A hithau wedi'i gorfodi ei hun i dderbyn nad oedd unrhyw wellhad i'r boen meddwl, mwy na'r gwynegon, meddai Hannah,

'Be sy'n gneud i chi feddwl hynny?'

'Gwbod, nid meddwl. Mi dw i mor falch.'

'A finna, Magi.'

Roedd hi wedi gneud yn iawn drwy ddeud, felly. Y peth calla iddi rŵan oedd hel ei thraed odd'ma cyn iddo fo gyrradd a thaflu dŵr oer ar bob dim.

'Mae'n rhaid i mi 'i chychwyn hi, Hannah

Williams. Mi dw i 'di addo cwarfod Deio amsar cinio. 'Na'r unig gyfla ydan ni 'i gal i fod efo'n gilydd. Oes 'na rwbath alla i neud i chi cyn mynd?'

'Agor y cyrtan 'na.'

'Os dach chi'n siŵr.'

Tynnodd Magi'r llenni'n ôl. Doedd 'na fawr i'w weld, ond roedd hynny'n well na dim, debyg.

'Peidiwch ag anghofio'r deisan. Mae 'na ddarn i John Williams hefyd. Ro'n i o 'ngho efo fo am ypsetio Grace Ellis, ond mae bywyd yn rhy fyr i ddal dig, dydi?'

Er bod y gwynegon yn brathu yr un mor egar, teimlai Hannah fel petai wedi camu allan o niwl i olau dydd. Pan ddeuai John adra, byddai'n ei gymell i eistedd yma efo hi yn hytrach na throi ei hwyneb oddi wrtho. Rŵan, a chyn lleied o fywyd yn weddill, ni allai fforddio colli gafael ar y gorffennol. Efallai bod modd iddi hi, fel Grace a Tom, ei gydio wrth yr heddiw fel y gallai ddweud, cyn ei bod hi'n rhy hwyr, fod John a hithau'n ôl efo'i gilydd.

\*   \*   \*

Yr eiliad y cafodd gefn Laura, brysiodd Annie drwodd i'r bar. Eisteddai Ben yng nghanol llanast y noson cynt a Siôn Ifan yn ei gôl. Cipiodd Annie'r bychan oddi arno a dechreuodd hwnnw sgrechian.

'Mi w't ti 'di ddychryn o, Annie. On'd oedd o'n cysgu'n braf?'

Brasgamodd Annie'n ôl am y gegin a Ben yn trotian wrth ei sawdl.

'Fasa'm yn well i ti fynd ati i glirio?'

'Mewn dau funud.'

Doedd o ddim am symud cam nes cael gwybod be oedd wedi corddi Annie.

'Mi fuo Laura yma gynna.'

'Pam na fasat ti 'di galw arna i? Roedd hi'n siŵr o fod isio gweld Siôn bach.'

'Dim ond picio i mewn i ddeud 'i fod o'n ca'l dŵad adra 'nath hi.'

'Dyna sy 'di dy gynhyrfu di, 'lly?'

'Waeth gen i am hwnnw. Am yr hogyn bach 'ma mae 'ngofal i. Mi dw i 'di bod yn poeni'n ddychrynllyd, Ben.'

'Poeni am be, mewn difri?'

'Ofn iddo fo ddal yr hen ffliw 'na. Mi ddaru'r hen gena hwnnw ladd sawl un, yn do?'

'Mae o drosodd rŵan. Be haru ti'n hel hen feddylia fel'na, d'wad? On'd ydi'r hogyn yn llond 'i groen?'

'Ond be 'tasa ni wedi'i golli o, ac ynta heb 'i fedyddio? Does gen i'm hawl gofyn hynny, yn nagoes, a Daniel Ellis wedi mynd â 'ngherdyn aelodaeth odd'arna i.'

'Doedd ganddo ynta ddim hawl dy droi di allan chwaith.'

'O, oedd. Ni sydd wedi dewis byw mewn pechod, Ben, a Siôn Ifan fydd yn gorfod diodda am hynny.'

'Mi wna i'n siŵr na chaiff y bychan byth gam. Yli, mi a' i â fo am dro i ti ga'l pum munud i ddŵad atat dy hun.'

'Na, mi dw i isio fo yma. Fi ydi'i fam o, 'te?'

'A chafodd 'run babi rioed well mam.'

Na gwell tad chwaith meddyliodd Annie. Ond 'heb Dduw, heb ddim'. Pa obaith oedd ganddyn nhw o allu gwneud iawn am hynny? Ni châi Siôn adrodd adnod ar fora Sul nac ymuno i ganu, 'Plant bach Iesu Grist ydym ni bob un'. Ni châi hi'r plesar o'i weld yn gorymdeithio ar ddiwrnod Cymanfa ac yn derbyn ei wobr am ddysgu'r maes llafur. Hogyn tŷ tafarn, na fyddai arno angan na dillad Sul na Beibl bach fel yr un gafodd hi gan ei thad, wedi'i dynghedu i fod ar y cyrion, am byth. Ac fe wyddai hi, o brofiad, lle mor oer ac unig oedd y fan honno.

\* \* \*

Er nad oedd gan Ifan y diddordeb lleia mewn gwylio dynion yn eu hoed a'u synnwyr yn ymlid pêl o un pen y cae i'r llall, cytunodd i fynd efo Ben i'r Ddôl lle'r oedd y Ffestiniog Comrades yn chwarae yn erbyn Trawsfynydd. Doedd 'na fawr o hwyl wedi bod ar hwnnw er pan ddwedodd Annie wrtho ei bod hi'n bryd iddo adael magu Siôn iddi hi.

'Gweld bai arna i mae hi,' cwynodd wrth Ifan.

'Bai am be?'

'Fod Daniel Ellis wed'i throi hi allan o'r capal. Ond fedrwn i ddim fod wedi'i phriodi hi, yn na fedrwn, a'r bastad gŵr 'na'n dal o gwmpas? A rŵan mae hi'n deud nad oes ganddi hi hawl bedyddio'r hogyn bach ac ma' fo fydd yn gorfod diodda.'

Roedd Ifan wedi amau fod rhywbeth yn poeni Annie. Gallai ef, fel un oedd wedi arswydo unwaith rhag digio'r Duw oedd yn gweld ac yn clywed y cwbwl, ddeall maint ei gofid. Ond ni fyddai damaid elwach o geisio egluro hynny i Ben. Ac ni allai gynnig unrhyw gysur iddo chwaith. Oherwydd ei fethiant, roedd o wedi'i orfodi hun i ddioddef prynhawn o ddiflastod llwyr.

Crwydrodd ei lygaid i fyny llethr mynydd y Manod. Yno ar ben Graig Ddu, ddiwedd y ganrif ddiwethaf, roedd rhyw Thomas Jones o Amlwch wedi troi'n llofrudd. Roedd Ben, medda fo, wedi cael cip arno'n gadael y llys uwchben llyfrgell y Blaenau a gallai gofio un o'r ynadon yn dweud wrth i rywun ei holi be oedd y ddedfryd, 'Beautiful murder; beautiful murder'.

''Na ti be oedd gôl 'te, Ifan!'

'Welis i mo'ni hi, mae arna i ofn.'

'Paid â gadal i rhain dy glywad di'n deud hynna neu mi fyddan yn meddwl ma' un o chwain y Traws w't ti.'

Roedd pawb o'i gwmpas yn gweiddi'n orffwyll ac yn taflu'u hetiau a'u capiau i'r awyr.

'Fydda'm gwell i ni gychwyn am adra, Ben?'

'Dim ffiars o beryg!'

'Dydi o ddim yn deg gadal y cwbwl i Annie. Mi fydd y lle'n llawn dop gyntad bydd y gêm drosodd.'

'Ac yma bydda i tan hynny. Uffarn gols, be ma'r mochyn blêr 'na'n drio'i neud?'

Roedd Ben wedi colli arno'i hun yn lân ac yn bloeddio ar y creadur anffodus,

'Dos â dy draed chwartar i dri i'r efal i'w sythu, 'ngwas i.'

Teimlai Ifan nad oedd unrhyw ddiben cosbi rhagor arno'i hun na cheisio tynnu sylw Ben i ddweud ei fod yn gadael. Roedd hwnnw'n amlwg wedi anghofio'r cyfan am ofid Annie a'i fodolaeth yntau. Gwthiodd ei ffordd drwy'r dyrfa. Yn sydyn, daeth wyneb yn wyneb â horwth o ddyn.

'A lle w't ti'n mynd?' holodd yn fygythiol.

'Odd'ma.'

'Y cachgi uffarn. Methu diodda colli, ia?'

Rhythodd arno fel tarw'n paratoi i ymosod, ond cafodd Ifan ei arbed rhag peniad a fyddai wedi'i lorio pan saethodd un o'r Comrades y bêl i gefn y rhwyd a gyrru'r dyrfa'n wyllt ulw unwaith eto.

Llwyddodd i ddianc a'i groen yn iach gan dyngu nad âi i'r fath le anwaraidd byth eto. Pan oedd gyferbyn â mynedfa stesion London, clywodd sŵn cloch y Frigâd Dân. Cyflymodd ei gamau, a chyrraedd Bwlch y Gwynt mewn pryd i weld y cerbyd yn diflannu i fyny Stryd yr Eglwys a fflyd o blant wrth ei gwt. Roedd un o'r hen ffyddloniaid yn hofran wrth ddrws y Commercial.

'Be oedd y sgôr, Ifan?'

'Y Comrades yn ennill o dair i ddim, a deg munud i fynd.'

'Go dda nhw. Dydyn nhw ddim 'di colli'r un gêm leni.'

'Lle mae'r tân, Lewis Jones?'

'Y?'

'Y tân.'

'Yn Bowydd Street, 'te, hen gartra Rowland Watkins, heddwch i'w lwch o. Dyna i chi chwaraewr oedd hwnnw. Cic fel mul ganddo fo. Mi dw i'n cofio . . .'

Cyn pen dim, nid oedd ond arogl mwg lle bu'r tân. Dychwelodd y cymdogion i'w tai i gnoi cil ar be allai fod wedi digwydd petai ac oni bai. Oedodd Ifan, yn gwylio criw o blant yn slotian yn y pyllau dŵr ac yn dadlau ag ef ei hun a ddylai alw i weld Miss Watkins ai peidio. Newydd benderfynu ei bod hi'n ddigon tebol i allu ymdopi â thân uffern, hyd yn oed, yr oedd o pan ddaeth llais o'r cyntedd.

'Mae'r sioe drosodd, Mr Evans. Dowch i mewn, da chi, yn lle sefyllian yn fan'na yng ngolwg pawb.'

Nid oedd ganddo ddewis ond ufuddhau.

'Dydach chi ddim gwaeth, gobeithio?'

'Nag ydw, ond mae'r parlwr.'

'Be ddigwyddodd?'

'Wrthi'n llosgi rhyw hen bapura yn y grât yr o'n i pan aeth y simna ar dân.'

'Peth peryg i neud.'

'Mi dw i'n sylweddoli hynny rŵan. Ond heb ei fai, heb ei eni, yntê?'

'Mae'n gysur gwbod fod ganddoch chitha'ch gwendida.'

'Wedi dod yma i gydymdeimlo ynta i 'meirniadu i ydach chi, Mr Evans?'

''Run o'r ddau. Do'n i ddim yn bwriadu galw.'

'Fe wyddoch be i neud felly.'

Roedd hi'n rhythu arno fel y tarw basan ar gae'r Ddôl, a dim ond gwyn ei llygaid i'w weld mewn wyneb oedd cyn dued ag un coliar. Heb droi blewyn, meddai Ifan a gwên ar ei wyneb,

'Cymerwch olwg yn y drych cyn mentro allan, rhag ofn i chi ddychryn y plant bach 'na.'

Pan ddychwelodd i'r Commercial, roedd Lewis Jones wedi cael clust cynulleidfa i'w 'mi dw i'n cofio' a pheint o'r cwrw gorau i ddathlu buddugoliaeth o bedair gôl i ddim. Ond wrth iddo gymryd ei le y tu ôl i'r bar, roedd blas ei fuddugoliaeth fach ei hun yn ddigon i fodloni Ifan.

# 20

Safai Elen Evans a'i phwys ar giât rhif ugain, Llwybrmain. Daeth criw o chwarelwyr heibio a'i chyfarch â'u 'pnawn da' a 'sut dach chi heddiw?' Pawb ond un. Troi ei ben draw wnaeth Idris Cefnan. Nid oedd wedi torri gair â hi ers iddo ddweud, pan alwodd yno i gydymdeimlo â'r teulu, 'Mi ddaw eich Ifan chi adra, Elen Evans, ond ddaw fy hogyn i ddim'. Yr Emrys bach hwnnw yr oedd Ifan ac yntau'n gymaint o lawia, a'r ddau am y gorau'n ateb cwestiynau yn y cyfarfod darllen. Emrys yn dewis mynd i ymladd, ac Ifan yn gwrthod. Y naill heb fedru dod adra, a'r llall yn dewis peidio.

Ond roedd ganddi hithau fab a ddewisodd fynd i ymladd; un ddaeth yn ôl adra.

Byddai'n gweld bai ar Maud am fethu gwneud dim i dawelu Tom, a'i rhwystro hi rhag gwneud hynny. Ond rŵan fod y cyfle ganddi, roedd hithau yr un mor ddiymadferth. Neithiwr, a'r hunllef ar ei gwaethaf, ni allodd ond eistedd wrth ei wely, yn gwylio a gwrando, ond heb obaith gallu rhannu'i wewyr. Roedd yr hen ryfal 'na wedi dwyn y ddawn i ddeall a chynnig cysur oddi arni fel yr oedd y streic wedi'i hamddifadu o'r gallu i ddal ei gafael ar Robat. Arhosodd yno nes bod y cyfan drosodd a diwrnod newydd wedi gwawrio. Cysgai Tom mor dawel â phlentyn. Haerai Maud nad oedd o'n cofio dim am yr hunllef trannoeth, ond fe wyddai hi'n amgenach.

Y peth cyntaf a wnaeth Tom fore heddiw oedd ymddiheuro iddi. Pan ddwedodd hi nad oedd angen hynny ac mai amser oedd y meddyg gorau, meddai,

'Nid ymddiheuro am neithiwr yr ydw i, ond am eich twyllo chi.'

''Y nhwyllo i?'

'I gredu fod pob dim drosodd rhwng Grace a finna.'

'Dydw i ddim isio clywad gair yn rhagor am honno.'

Ond roedd Tom wedi'i gorfodi i wrando. Cyn cychwyn am Fraich y Cafn, gadawodd y llythyr hwnnw y gallodd ei pherswadio ei hun nad oedd dim i'w ofni ynddo ar y bwrdd gan ddweud,

'Darllenwch y penillion 'ma, Mam, ac mi gewch chi'r atab.'

Rywdro yn ystod y prynhawn, mentrodd Elen Evans gymryd cip ar y dudalen. Roedd yr ysgrifen bowld yn llen rhyngddi hi a'r geiriau, a bu'n rhaid iddi roi sawl cynnig arni. Yna'n raddol, trodd y geiriau ar bapur yn ddarluniau yn y cof.

Y tŷ gorlawn yn Stryd Ogwen, lle bu'n treulio'r dyddiau'n dyheu am gael ei haelwyd ei hun ac yn ysu am y nos pan oedd Robat yn eiddo cyfan iddi hi. Diwrnod gwireddu breuddwyd, a Robat yn rhoi allwedd rhif ugain Llwybrmain yn ei llaw. Hithau'n agor y drws ac yn camu i mewn i'w theyrnas fach. Gweld y gegin am y tro cyntaf a rhyfeddu at ei maint, dotio at allu ei chroesi heb sathru traed, o fod â'r hawl i gyffwrdd. A gwybod, wrth i Robat blethu'i freichiau amdani liw dydd golau, na fyddai'n rhaid iddi byth ei rannu eto.

Roedd o yno ym mhob llun, ei lygaid a'i wên fach gynnil yn cyfleu mwy na'i eiriau prin. Cysgodion yn y cefndir oedd y bechgyn, yn gwibio i mewn ac allan. Gallodd greu cartref i'r ddau, gofalu eu bod yn lân a chynnes, eu cymell i ddysgu adnodau ac i ddweud eu pader, a chredu mai dyna'r cyfan yr oedden nhw ei angen. Cofiodd fel y bu i Grace ddweud pan gollodd Robat, 'Mi wn i na fedar neb gymryd 'i le fo, Elen Evans, ond mi dach chi'n lwcus fod Tom ac Ifan yma'n gwmni i chi'. Er ei bod yn gwybod na fyddai ond un Robat iddi hi, roedd wedi gobeithio y gallen nhw gynnig mwy na chwmni. Ond roedd eu byd hwy'n ymestyn y tu hwnt i ffiniau Llwybrmain.

Troi ei gefn arni wnaeth Ifan, a gadael am y byd hwnnw nad oedd hi erioed wedi dymuno bod yn rhan ohono. Ni fyddai ef byth wedi ennill yr hawl i'r gadair wag ar yr aelwyd na'r tun bwyd a'r llythrennau R.E. wedi'u sgriffio ar y caead. Ond roedd Tom wedi profi ei fod cystal dyn â'i dad. Y

Tom ffeind oedd wedi troi'n fradwr am na allai oddef gweld Ifan a hithau'n dioddef; un oedd wedi mynd yn brin ei hun er mwyn iddi hi gael cadw'i chartref. Y Tom diniwed oedd wedi credu celwyddau Maud a thyngu na allai dorri'r llw a wnaethai gerbron Duw; wedi maddau i'r un oedd yn gyfrifol am ddinistrio'i fywyd. Efallai fod bai arno'n cymryd ei ddenu ganddi, ond roedd hi wedi bod yn dyst sawl tro o allu Grace Ellis i'w droi o gwmpas ei bys bach. O'r dyddiau cynnar, hi fyddai'n arwain a Tom yn ei dilyn fel ci ar dennyn.

Pan ddwedodd Tom y bora 'ma nad oedd o'n bod i'w ferch fach, roedd hi wedi mynnu nad oedd gan Grace yr hawl i gelu'r gwir a mynd â'i blentyn oddi arno.

'Be arall alla hi fod wedi'i neud?' holodd yntau.

'Ond mi fyddat ti wedi bod yn gefn iddi.'

Dyna pryd y gofynnodd o'r cwestiwn oedd wedi ei llorio'n llwyr,

'Fyddach chi ac Edward Ellis wedi bod yn barod i neud hynny, Mam?'

Nid oedd y criw chwarelwyr ond smotiau llwyd yn y pellter pan ddaeth Tom i'r golwg heibio i'r tro, ar ei ben ei hun, fel arfar. Fe'i gwyliodd yn nesu tuag ati, ei ystum a'i gerddediad yr un ffunud â'i dad. Ond Tom oedd hwn, nid Robat. Sut y gallai warafun iddo'r llawenydd a'r llawnder o fod yn un o ddau? Pa ddewis oedd ganddi ond bodloni ar gael ei gwmni dros dro, a cheisio llacio'i gafael fesul tipyn? Er bod meddwl am orfod gwneud hynny'n ddigon i'w fferru, agorodd y giât i'w dderbyn â gwên ar ei hwyneb.

* * *

Camodd Ifan yn ôl i edmygu'r wal oedd wedi'i hadfer i'w lliw gwreiddiol.

'Mi wyddoch be mae'r Beibil yn 'i ddeud am y seithfed dydd, Miss Watkins?'

'"Na wna ynddo ddim gwaith".'

'Yn hollol. Gobeithio eich bod chi'n sylweddoli'r draffarth ydach chi wedi'i achosi drwy chwara efo tân.'

'Ofynnais i ddim am eich help chi.'

'Na'i wrthod o chwaith.'

'Mi dala i i chi am eich amsar, os mai dyna sy'n eich poeni chi.'

'Fe fydda gair o ddiolch yn ddigon o dâl.'

Cododd Miss Watkins ar ei thraed a dweud, mor ddefosiynol â blaenor mewn sêt fawr,

'Mi hoffwn i ddal ar y cyfle i ddiolch o galon i chi am eich cymwynas ac i'ch sicrhau fy mod i'n gwerthfawrogi hynny'n fawr.'

Gollyngodd ei hun yn ôl i'w chadair gan ychwanegu,

'Wel, oedd hynna'n gneud y tro?'

'Am rŵan. Ond mi fydda i'n disgwyl gwell tro nesa.'

'Tro nesa?'

'Mae 'ma dair wal arall. Falla y byddwn ni wedi llwyddo i glirio'r awyr erbyn i mi orffan.'

293

'Mae hynny'n dibynnu arnoch chi, Mr Evans.'

'Ddim mwy nag arnoch chi, Miss Watkins.'

'Ydach chi'n meddwl y bydda petha'n haws 'tasa chi'n fy ngalw i'n Dora?'

'Mi fydda'n gam i'r cyfeiriad iawn, fel maen nhw'n ddeud. A gan nad ydach chi'n bwriadu maeddu'ch dwylo ar eich llanast eich hun, mi gewch neud panad i mi.'

Lledodd gwên dros wyneb Dora Watkins ac meddai,

'Oes 'na rywun wedi deud wrthach chi dyn mor blagus ydach chi, Ifan?'

'Sawl un. Oes 'na rywun wedi meiddio deud peth tebyg wrthach chi?'

'Ddim tan heddiw.'

Ailafaelodd Ifan yn y brws sgwrio. Ymddangosodd clytiau bach gwynion yn y du, fel haul yn torri drwy gwmwl. Clywodd lais ei fam yn dweud, cyn gliried â phetai'n sefyll yno wrth ei ysgwydd, 'Cofia'r dydd Sabath i'w sancteiddio ef'. Roedd o'n ôl yn Llwybrmain a hithau'n mynnu fod yn rhaid iddo ymddiheuro i Joni Mos am fygwth cweir iddo ar y Sul, o bob diwrnod. Ond nid yr hogyn bach oedd wedi credu unwaith ei fod yn gymaint o blentyn y diafol â phlant eglwyswrs mohono heddiw. Gwrthod ymddiheuro i Joni wnaeth o, er iddo ildio i berswâd Tom a dweud 'mae'n ddrwg gen i' wrth ei fam. Ond ni fyddai iddo byth eto gyfaddef bai ond o ddewis. Dechreuodd fwmian canu:

Cudd fy meiau rhag y werin;
Cudd hwy rhag cyfiawnder ne' . . .

294

Geiriau Mr William Williams, Pantycelyn, na allai'r hogyn bach hwnnw roi tafod iddyn nhw heb ofni'r Duw oedd yn bresennol ym mhob man ac yn gweld y beiau i gyd.

'Eich te chi, Ifan. Mi dw inna am gymryd panad yn gwmpeini i chi, er nad ydw i'n 'i haeddu hi. Ro'n i'n meddwl i mi'ch clywad chi'n siarad efo rhywun gynna.'

'Ysbrydion o'r gorffennol.'

A dyna'r cwbwl oeddan nhw bellach. Teimlodd gyffyrddiad bys ar fys wrth i Dora estyn ei gwpan iddo, yn addewid bach o'r gwell oedd i ddod. Ond digon i'r diwrnod ei dda ei hun, am rŵan.

*  *  *

Yn llonyddwch tawel cegin y Commercial, roedd Ben wedi cael mwy na digon ar geisio ufuddhau i orchymyn y seithfed dydd. Moses oedd wedi sgwennu'r deg gorchymyn ar ddwy lechan, yn ôl Annie. Gallai gofio meddwl eu bod nhw'n glamp o lechi pan ddarllenodd hi'r stribad adnoda iddo fo. A rhyfeddu fel roedd o wedi llwyddo i gadw pob un heb wybod be oeddan nhw hyd yn oed.

Cyn bod Annie, ei ddiwrnod o oedd y Sul. Cael ysgwyd llwch y chwaral o'i ddillad a'i garthu o'i lwnc, a mynd i ddilyn yr hogia i lawr am Gwmbowydd ac i fyny am Lyn Manod neu Gwmorthin. Cyn bod Siôn Ifan, diwrnod Annie ac yntau oedd o. Ond y bychan oedd bob dim iddi hi rŵan. Roedd hi fel 'tasa hi'n cau arni'i hun fel draenog bob tro y bydda fo'n mentro'n rhy agos.

Waeth iddo fynd allan i dorri ychydig o goed tân ddim, yn hytrach na dal ei ddwylo yn fan'ma yn gwrando ar y cloc yn llusgo'i fysadd, a phob pum munud cyhyd ag awr. Ni fyddai cael ei alltudio i'r lleuad at yr hen ŵr hel priciau yn ddim o'i gymharu â chael ei daflu i fflamau tân uffern. Doedd o ddim wedi credu mewn na nefoedd nac uffern chwaith, cyn bod Annie. Nac wedi sylweddoli ei fod wedi torri un o'r gorchmynion ac andwyo dyfodol ei hogyn bach. 'Godineb', dyna oedd y Moses 'na wedi galw hynny. Be oedd a wnelo rhyw hen air hyll fel'na â'r byw braf oedd rhyngddyn nhw'u dau? A sut y galla neb ei gyhuddo fo o ddwyn gwraig rhywun arall pan oedd y cythral hwnnw wedi'i heglu hi a'i gadal yn gleisia drosti?

Cododd yn drwsgwl, a tharo'i goes ddrwg yn erbyn y gadair. Parodd clywed y rheg i Annie agor ei llygaid a chlecian ei thafod.

'Ddylat ti ddim rhegi yng nghlyw Siôn Ifan.'

'Brifo 'nghoes 'nes i.'

'Dydi hynny'n ddim esgus.'

Gwyrodd Annie dros y fasged wellt.

'Mae o'n cysgu, diolch am hynny. Ond dydw i'n hidio dim am yr hen gnec 'ma sydd ganddo fo.'

'Mae'r hogyn yn iawn. Paid â dechra moedro eto, bendith tad i ti.'

'Nid moedro rydw i, Ben. Ofn be ddaw ohono fo sydd gen i, 'sti.

'Ond dydi o ddim yn deg i ti 'meio i am neud iddo fo ddiodda. Do'n i ddim i wbod, yn nag o'n?'

'Gwbod be?'

''Mod i'n pechu, 'te? Isio edrych ar d'ôl di o'n i, dy helpu di i fendio.'

'Wn i. Dw't ti ddim yn dallt, nag wyt?'

'Nag'dw, yn dallt dim.'

Teimlodd Annie wynt Mawrth yn gwanu drwyddi wrth i'r drws gael ei agor; gwynt oer oedd yn darogan gwae ac yn chwyddo'i hofnau. Clywodd y cloc yn taro pump. Dyna pryd byddai ei mam a'i thad a hithau'n paratoi i gychwyn am y cyfarfod canu. Diwrnod wedi'i fesur wrth y cloc oedd y Sul yr adag honno – oedfa'r bora, Ysgol Sul, cyfarfod gweddi, oedfa nos. Y tri ohonyn nhw'n gallu gorffwyso'n dawal ar ddiwadd y dydd a rhannu'r teimlad braf o fod wedi rhoi a derbyn. Ond heddiw, nid oedd unrhyw wahaniaeth rhwng un awr a'r llall, na gorffwys i un oedd wedi dwyn yr hawl i'r cysur hwnnw oddi ar ei phlentyn ei hun.

\* \* \*

Roedd Edward Ellis ar ei liniau wrth erchwyn ei wely yn diolch i Dduw am fendithion Sabath arall pan glywodd sŵn lleisiau yn y cyntedd. Y Tom Evans 'na eto. Doedd 'na ddim ond tridiau er pan fuo fo yma o'r blaen. Be oedd ar ben Grace yn ei gymell, ac yntau wedi gwneud tro mor wael efo hi? Oedd hi wedi anghofio'r boen achosodd hynny iddi? Ac iddo yntau. Wedi wythnosau o orfod ei gwylio'n llusgo'i hun o gwmpas y lle roedd yn ryddhad ei gweld yn gadael am y Blaenau, er nad oedd hi mewn cyflwr i dendio ar neb. Faint o gollad oedd Tom Evans, mewn difri? Dyn nad oedd erioed wedi gwneud unrhyw ymdrach i'w wella ei hun ac na fydda  fo byth uwch bawd sawdl. Dyn heb owns o gydwybod, oedd nid yn unig wedi troi  Grace heibio ond wedi ei sarhau drwy briodi rhyw ffifflan o enath nad oedd gan neb air da iddi. Roedd honno, yn ôl y sôn, wedi derbyn cosb haeddiannol, a hwn wedi dianc heb fod damad gwaeth. Wedi dod yma i ddweud ei gŵyn yr oedd o, debyg, manteisio ar natur dda Grace. Ond fe wnâi ef yn siŵr na châi gyfle i wneud rhagor o ddifrod.

Wrth iddi arwain Tom i'r gegin, gallai Grace synhwyro'i gyffro. Oedodd i gau'r drws cyn gofyn yn bryderus,

'Be sy, Tom?'

'Rydw i wedi deud y cwbwl wrth Mam.'

'Ond mi ddaru ni gytuno na châi hi na Tada byth wbod.'

Gafaelodd Tom yn ei llaw a theimlo'r cryndod yn ei bysedd.

'Doedd gen i ddim dewis ond deud, Grace.'

Roedden nhw'n sefyll yno a'u dwylo ynghlwm pan agorodd y drws. A'i waed yn corddi, meddai Edward Ellis yn chwyrn,

'Wn i ddim sut mae ganddoch chi'r hyfdra i ddod yn agos i'r tŷ 'ma, Tom Evans.'

'Yma i 'ngweld i mae Tom.'

Trodd ei thad ati a'i lygaid yn fflachio.

'Sut medri di roi croeso i ddyn ddaru dy wrthod di?'

'Fi wnaeth y gwrthod, Tada.'

'Dw't ti rioed yn disgwyl i mi gredu hynny? Wedi llwyddo i dy berswadio di i gadw arno fo mae o, yntê, gneud defnydd ohonat ti?'

'Mae'n well i mi fynd, Grace.'

'Na, aros di lle'r w't ti.'

'Ga i dy atgoffa di mai 'nghartra i ydi hwn. Dydw i ddim eisiau'ch gweld chi yma eto, Tom Evans. Ydi hynny'n glir?'

'Ydi, Edward Ellis, yn berffaith glir.'

Yn hwyr y noson honno, gorweddai Grace yn y gwely mawr nad oedd modd cynhesu ynddo. Byddai wedi mynd i ddilyn Tada a chyfaddef y cyfan oni bai i Tom ei hatal drwy ddweud,

'Mae o wedi dy arbad di rhag gorfod gneud hynny, dydi?'

I fyny yn Llwybrmain roedd yr hen wraig, a oedd bellach yn gwybod y cwbl, wedi deall a derbyn, yn ôl Tom. Ond gwyddai na fyddai croeso iddi hi yno, mwy nag oedd 'na iddo fo yn Bristol House. Be oedd yn mynd i ddod ohonyn nhw, mewn difri? Gorfod cyfarfod ar y slei mewn rhyw gilfach neu'i gilydd, fel lladron liw nos, a gwneud y tro ar gymun o funudau.

Roedd y gwynt wedi gostegu. Cyn bo hir, byddai'r gwanwyn yn rhoi rhyddid iddynt grwydro am Lyn y Mynydd lle na fyddai'n rhaid wrth enfys i'w hatgoffa fod y trysor wrth ei throed yn eu gafael.

Llifodd gwres drwy'i chorff wrth iddi deimlo'r haul a breichiau Tom yn lapio amdani. Cofiodd fel y bu i Magi ofyn iddi ddiwrnod y briodas, 'Mi fyddwch chi'n iawn, yn byddwch, Grace Ellis?' a hithau'n ateb, heb fawr o argyhoeddiad, 'Rydw i'n credu bydda i'. Ond petai'n gofyn yr un cwestiwn eto, gallai ddweud ar waethaf popeth, a hynny heb betruso eiliad, 'Mi dw i'n gwbod y bydda i, Magi'.

* * *

Cerddodd Ifan heibio i Neuadd y Farchnad dros war y bont fel dyn ar ei ffordd i'r grocbren. Dora oedd wedi cael ar ddeall pan alwodd yn nhŷ'r gweinidog fod Daniel Ellis yn awyddus i'w weld. Roedd wedi llwyddo i fygu'r awydd i ddweud, 'Dydw i'n sicr ddim isio'i weld o', a chael ei holi'n dwll. Ar y pryd, nid oedd ganddo unrhyw fwriad i ateb yr alwad, ond wedi tridiau o betruso rhwng y mynd a'r peidio cafodd synnwyr dyletswydd y gorau arno. Ni allai'n hawdd anwybyddu'r dyn ac yntau wedi rhoi lloches iddo.

Gan gofio fel y bu i Laura ei wahardd rhag mynd i mewn y tro diwethaf iddo alw, dewsiodd fynd at y drws ffrynt a churo'n ffurfiol. Ond roedd hi, i bob golwg, wedi anghofio popeth am hynny.

'Mae'n braf dy weld di eto, Ifan. Tyd drwodd. Yn y parlwr yr ydan ni.'

Wrth iddo fynd heibio i'r stydi, cafodd gip ar y ddesg, ei hwyneb yn sgleinio o ôl cwyr, ac arni Feibl newydd sbon heb unrhyw ôl traul arno. Clywodd eto Doctor Jones yn dweud, 'O'nd ydi o'n beth od fod dyn yn dewis dinistrio'r hyn mae o'n ei garu?' Teimlodd yr hen ofn yn gwasgu arno a bu'n rhaid iddo ymladd am ei anadl.

'Yli pwy sy wedi dŵad i dy weld di, Dan.'

Cododd gweinidog y Capel Mawr o'i gadair wrth y tân a'i gyfarch yn siriol,

'Ro'n i'n gobeithio y byddach chi'n galw heibio, Ifan.'

'Mynd i baratoi te o'n i. Mi gymri di banad efo ni?'

Roedd Laura eisoes ar ei ffordd allan pan ddwedodd Daniel.

'Gad hynny am rŵan, 'mach chi. Mi dw i am i ti glywad be sydd gen i i'w ddeud.'

Arhosodd nes bod y tri ohonynt yn eistedd cyn clirio'i wddw fel petai ar fin traddodi pregeth.

'Rydw i wedi gwneud petha y mae gen i gywilydd ohonyn nhw, Ifan, cywilydd mawr.'

'Dw't ti rioed wedi gneud ond yr hyn oeddat ti'n 'i gredu oedd yn iawn, Dan.'

'Oedd annog bechgyn diniwad i fynd i ryfal yn beth iawn i'w neud? Diarddel rhai fel Thomas Hughes yn hytrach na cheisio achub ei enaid? Dy gyhuddo di o fod yn faen tramwydd i mi? Oedd hynny'n iawn? Oedd o, Ifan?'

Daeth Ifan o hyd i'w lais o'r diwedd.

'Nag oedd, Daniel.'

'Diolch i chi am fod yn onast. Dewis celu'r gwir ynglŷn â Ruth wnes i, yntê?'

'Ond doedd gen ti ddim dewis, a ninna wedi addo.'

Ni allai Ifan oddef rhagor. Oedden nhw'n meddwl, o ddifri, eu bod wedi llwyddo i daflu llwch i'w lygaid?

'Mi wn i pwy ydi hi, Laura. Merch Grace a Tom . . . a fy nith inna. Ond rydw i'n gobeithio na chaiff Ruth byth wbod nad oedd ar ei mam ei hun mo'i heisiau hi.'

Syllodd Laura'n gyhuddgar arno ac meddai,

'Feddyliais i ddim y clywn i chdi'n deud peth mor . . . mor greulon.'

'Rydw i'n gobeithio mai barnu mewn anwybodaeth yr ydach chi, Ifan, nid o ddiffyg goddefgarwch. Fe alla i'ch sicrhau chi mai o reidrwydd ac nid o ddewis y gadawodd Grace Ruth yn ein gofal ni.'

'A'ch gorfodi chi i'w derbyn hi.'

'Rydw i'n bwriadu gwneud iawn am hynny. Mi dw i'n siŵr fod Ifan, fel finna, yn barod i dorri'i syched rŵan, Laura.'

'Na, mae'n rhaid i mi fynd. Gwaith yn galw.'

'Diolch i chi am sbario'r amsar i ddod i 'ngweld i, yng nghanol eich prysurdab.'

Ni wnaeth Laura unrhyw ymdrech i godi. Roedd o wedi'i tharfu unwaith eto. Ond nid oedd hynny'n mennu dim arno bellach. Gwraig gweinidog y Capal Mawr oedd hon, un oedd wedi llwyddo i'w pherswadio'i hun bod modd gwireddu breuddwydion. Ac roedd hwnnw, er iddo gyfaddef cywilydd, yr un mor siŵr ohono'i hun â'r unben fu'n mynnu'r hawl i wneud yr hyn oedd o'n ei gredu oedd yn iawn.

Gadawodd y tŷ a brasgamu'n ôl dros war y bont i'w ystafell yn y Commercial. Rŵan ei fod wedi ufuddhau i'w synnwyr dyletswydd a chlirio'i ddyled, gallai yntau fod yr un mor sicr fod y cyffion wedi'u torri a'i draed yn rhydd. Estynnodd am y llythyr y bu iddo ei adael ar ei hanner. Y fath ryddhad fyddai gallu rhoi ateb i gwestiwn Peter Francis o'r diwedd, a chael dweud ei fod wedi dod o hyd i'r hyn yr oedd yn chwilio amdano.

# 21

Ildiodd gwyntoedd Mawrth eu lle i awelon ysgafn ac iddynt addewid o'r gwanwyn. Gadawodd Grace ddrws y siop yn llydan agored fel y gallai eu teimlo'n mwytho'i hwyneb. A'i meddwl wedi ei harwain ymhell y tu draw i ffin ei chownter, nid oedd yn ymwybodol o'r llygaid oedd yn sbecian arni drwy wydr y ffenestr. Croesodd Magi ei bysedd cyn camu i mewn. Gobeithio'r annwyl fod Grace Ellis lle'r oedd hi eisiau bod y tro yma.

'Ceiniog amdanyn nhw.'

Dychwelodd Grace o'i chrwydro i weld Magi'n syllu'n ofidus arni.

'Maen nhw werth llawar mwy na hynny.'

Gollyngodd Magi ochenaid fach o ryddhad.

'Sut ydach chi'n setlo yn eich cartra newydd, Magi?'

'Dydw i ddim. Does 'na'm dichon plesio'r ddynas 'na.'

'Mary Richards?'

'Ia, honno. Mae hi'n meddwl na fedar neb edrych ar ôl Deio ond hi. Ond fi ydi'i wraig o, 'te?'

'Methu gollwng gafael mae hi, debyg, fel sawl mam arall.'

'Ga i ddŵad yn ôl atoch chi, Grace Ellis?'

'Ond dydi hynny ddim yn bosib. Efo Deio mae'ch lle chi rŵan.'

Syllodd Magi o'i chwmpas. Roedd y tuniau ar y silff wedi'u gosod rywsut-rywsut a'r llawr angan ei frwsio'n sobor.

'Mi fedrach chi neud efo help. Dydach chi ddim 'di ca'l neb yn fy lle i, 'lly?'

'Ddim hyd yn hyn.'

'Be 'taswn i'n picio draw ryw ben bob dydd nes cewch chi rywun?'

'Ydach chi wedi trafod hyn efo Deio?'

'Do, tad. Faswn i'm yn gneud dim heb ddeud wrtho fo.'

'Ac mae o'n fodlon i chi weithio yma?'

'Helpu, 'te. Mi fydda i'n falch o ga'l bod allan o'r tŷ 'na am chydig.'

Wrth weld Grace yn petruso, meddai Magi wedi torri'i chrib,

'Falla nad ydach chi f'isio i'n ôl.'

'Wrth gwrs 'y mod i.'

'Dyna hynna 'di'i setlo, 'lly.'

'Os dach chi'n deud, Magi.'

304

'Waeth i mi ddechra rŵan ddim. Mi fedar y llawr 'ma neud efo sgrwbiad go dda. Mi ro i'r teciall i ferwi.'

'A gnewch banad tra byddwch chi wrthi. Eli'r galon, 'te?'

'Ond mae ganddon ni'n dwy well eli, does?'

'Oes, Magi.'

Tynnodd Magi ei chôt ac meddai wrth estyn am ei ffedog oddi ar y bachyn,

'On'd ydan ni'n lwcus?'

\*　\*　\*

Yn gynnar fore Llun, y cyntaf o Fai, llanwyd strydoedd y Blaenau â seiniau hyfryd bandiau Bethesda, Cynfi a Nantlle. Am ddau o'r gloch y prynhawn, roedd band y Royal Oakley ar lwyfan yr Hall yn rhoi agoriad teilwng i gyfarfod cyhoeddus Gŵyl Lafur Chwarelwyr Gogledd Cymru.

Gan nad oedd fawr o fwynhad i'w gael ar aelwyd y Commercial – Annie â'i phen yn ei phlu a Ben yn stelcian o gwmpas fel ci wedi cael cweir – penderfynodd Ifan dreulio'r prynhawn yn y Neuadd, ond diflasodd yn fuan ar wrando ar yr un hen gwynion. Roedd y meistri yr un mor ormesol, a'r gweithwyr yr un mor ddiymadferth ag oedden nhw ugain mlynedd yn ôl. Gallai gofio Tom yn haeru nad oedd y chwarelwyr yn bwriadu gadael i'r Lord eu sathru nhw a'i fam yn dweud, 'Mae'r Lord dipyn cryfach na chi, Tom. Ac mae arnoch chi lawar mwy o angan y chwaral na fo'.

Wedi iddo lwyddo i wthio'i ffordd allan drwy'r dyrfa, safodd yng nghysgod wal i danio sigarét.

'Ydi honna o ryw gysur i chi, Mr Evans?'

Adnabu'r llais cyn gweld yr wyneb.

'Rydw i'n credu 'i bod hi ar adega fel hyn, Mr Davies.'

'Cyfarfod digon digalon ydi o, yntê? Falla y bydda'n well pe bawn i wedi gadael ar y trên un, fel ro'n i'n bwriadu.'

'Felly ro'n i'n teimlo pan ddois i i'r Blaena 'ma gynta.'

'Ond aros wnaethoch chi?'

'Ia, diolch i'r drefn. Dydach chi ddim ar frys, gobeithio?'

'Does 'na'r un trên arall tan bedwar.'

'Mi hoffwn i i Annie a Ben Owens, sydd wedi bod yn gefn mawr i mi, gael eich cyfarfod chi, os nad oes ganddoch chi wrthwynebiad i ymweld â thŷ tafarn. Yno efo nhw yr ydw i'n byw ac yn gweithio.'

'Mi fydd yn bleser cael cyfarfod rhai y mae ganddoch chi air mor dda iddyn nhw.'

Nid oedd ond dyrnaid o'r hen ffyddloniaid yn y bar, slotwyr brwd yr ers talwm, oedd yn gorfod bodloni bellach ar wneud i beint bara am awr. Manteisiodd y pedwar ar y cyfle i fwyta a sgwrsio cyn i slotwyr heddiw ddychwelyd o'r neuadd i foddi'u gofidiau. Bu sylweddoli pwy oedd yr ymwelydd yn ddigon i beri i Annie dynnu'i phen o'i phlu a dweud, gyda balchder,

'Dau lyfr oedd gan Mam wrth erchwyn ei gwely,

Mr Davies, y Beibl a chofiant eich taid. Roedd ganddi feddwl mawr ohono fo.'

'Fel sydd gen inna.'

'Ac mae hi'n fraint eich cael chi yma efo ni. Ers pryd mae Ifan 'ma a chi yn nabod eich gilydd?'

Tra oedd George Davies yn adrodd hanes 'y ddau surbwch' ar y trên, ciliodd Ben i'r cyntedd a galw ar Ifan i'w ddilyn.

'Pregethwr ydi Mr Davies, Ifan?' holodd.

'Na, ond mae o yn pregethu.'

'Meddwl o'n i falla y bydda fo'n fodlon bedyddio'r hogyn bach 'ma.'

'Dim ond gweinidogion a phersoniaid sydd â'r hawl i wneud hynny.'

Rhythodd Ben arno, ei lygaid yn fawr a chlwyfus, ac meddai a'i lais yn floesg gan siom,

'Does 'na ddim byd fedra i neud i Annie, 'lly.'


Cyn i Mr Davies adael i ddal y trên, roedd Siôn Ifan wedi'i fendithio ac ofnau Annie wedi'u tawelu. Wrth iddo ei ddanfon i'r orsaf, ymddiheurodd Ifan am fod mor hy â mynd ar ei ofyn.

'Does dim angen ymddiheuro, Mr Evans. Mae'n dda gen i imi allu bod o ryw gymorth.'

'Pryderu oedd Annie mai'r bychan fydda'n dioddda oherwydd ei bod hi a Ben yn byw mewn pechod.'

'Dydw i ddim yn credu fod Iesu Grist wedi gosod unrhyw amodau pan ddwedodd o, "Gadewch i blant bychain ddyfod ataf i".'

Safodd y ddau ar y platffform yn syllu ar Fwlch y Gwynt.

'Mae'r hen graig yna'n gwneud i ni ymddangos yn fychan a dinod iawn.'

'Rydw i'n cofio meddwl mor fygythiol oedd hi y noson y cyrhaeddais i yma.'

'Ond rydach chi wedi dod i ddygymod â hi?'

'Ac â bod yn ddyn diarth.'

'Ewch chi ddim yn ôl i Fethesda, Mr Evans?'

'Na.'

'Oes ganddoch chi deulu yno?'

'Mam a brawd. Ond dydw i ddim wedi'u gweld nhw ers chwe blynadd.'

'Dydi o ddim yn beth hawdd codi gwreiddiau, yn nag ydi? "Cofion ar gofion gyfyd, o lwybrau mêl bore 'myd".'

Cyrhaeddodd y trên ac arbed Ifan rhag dweud nad oedd cofion a llwybrau mêl yn ddim ond rhwystrau. Ond roedd George Davies fel pe bai wedi synhwyro beth fyddai ei ateb ac meddai, wrth ddringo i'r cerbyd,

'Rydw i'n falch ein bod ni wedi cael cyfle i nabod ein gilydd yn well, Mr Evans. Gobeithio y gallwn ni'n dau ddal i gredu y daw ein breuddwydion i ben ryw ddiwrnod, yntê?'

Clywodd Annie a Ben y bonllefau o gymeradwyaeth a'r curo traed wrth i ddrysau'r neuadd gael eu hagor. Byddai'r cwsmeriaid yn fwy sychedig nag arfer heddiw.

Gwyrodd Ben uwchben y fasged wellt. Roedd y bychan yn cysgu'n braf.

'Mi fydd Siôn Ifan yn iawn rŵan, yn bydd, Annie?'

'Fedran ni ddim fod wedi ca'l neb gwell nag ŵyr John Jones Talysarn i roi'r cychwyn gora iddo fo.'

'Na neb gwell na chdi i edrych ar 'i ôl o.'

'Ni, 'te, chdi a fi . . . ac Ifan. Mae hwnnw, ryfeddad ydi o, yn un ohonon ni, dydi?'

\* \* \*

Yn sgil y gwanwyn, cafodd trigolion Bethesda a'r Blaenau nerth newydd i ymgodymu â'r byw bob dydd, ar waetha'r cymylau oedd yn crynhoi ar y gorwel. Ond erbyn y nos Sadwrn, a'r nerth hwnnw wedi'i drethu i'r eithaf, roedd y Sul a'i orffwys yn fwy derbyniol nag erioed. Mewn cyfarfod rhwng y Cyngor Dinesig a'r Cyngor Eglwysi Efengylaidd, haerodd un o'r cynghorwyr fod pobol yn cymryd gormod o hyfdra gyda dydd yr Arglwydd. Cytunwyd fod gwerthwyr llefrith i roi'r gorau i'w gwaith cyn bod yr oedfaon yn dechrau, o hynny hyd at ddiwedd yr haf, ac yn cael eu gwahardd rhag gwerthu llaeth ar y Sul yn ystod yr hydref a'r gaeaf.

Yn ôl ei arfer, pan ar wyliau'r Sulgwyn yn Nghricieth, daeth Lloyd George i ymweld â'i gyfaill, y meddyg Davies, a threulio'r Sul yn gwrando ar Dr Gwylfa Roberts yn pregethu yng nghapel Brynbowydd. Pan alwyd arno i annerch y gynulleidfa, dywedodd ei fod wrth ddychwelyd i Gymru yn teimlo'r cynhesrwydd o gael ei draed ar y ffendar.

Dychwelodd Daniel Ellis, yntau, i'w bulpud. Y Sul cyntaf, dewisodd ei destun o bennod y Gwynfydau, gan roi pwyslais arbennig ar y geiriau,

'Na fernwch, ac ni'ch bernir: na chondemniwch, ac ni'ch condemnir; maddeuwch, a maddeuir i chwithau.'

Ond gwyddai, wrth ddisgyn o'i bulpud i oerni'r sêt fawr, mor amharod oedd yr aelodau i'w dderbyn ef a'i genadwri. Nid oedd ond yn disgwyl clywed rhywun yn codi'i lais i ddweud,

'Dilynwch eich pregeth eich hun, Daniel Ellis.'

Camgymeriad oedd agor ei galon i'r Ifan hunan-dybus nad oedd y gwerthoedd a drysorwyd ar aelwyd Llwybrmain yn golygu dim iddo bellach. Ni allai fforddio gadael i neb arall fod yn dyst o'i wendid. Onid oedd wedi cael ei alw gan Dduw i fod yn was iddo, i osod esiampl i eraill a'u harwain o'r tywyllwch i'r goleuni? Cododd ar ei draed i ledio'r emyn olaf:

> Dilynaf fy Mugail trwy f'oes,
> > Er amarch a gwradwydd y byd;
> A dygaf ei ddirmyg a'i groes,
> > Gan dynnu i'r nefoedd o hyd;
> Mi rodiaf, trwy gymorth ei ras,
> > Y llwybyr a gerddodd Efe;
> Nid rhyfedd os gwawdir y gwas,
> Cans gwawd gafodd Arglwydd y ne'.

Wynebodd y dasg o ddadorchuddio'r gofeb yn y capel gyda'r un penderfyniad. Ar y plât pres yn ei ffrâm dderw, roedd enwau bechgyn yr eglwys a gwympodd yn y rhyfel mawr, a'r rhai a ddychwelodd. Cydymdeimlodd â'u teuluoedd a thynnu sylw at yr arysgrif ar y plât, 'Nid hunan ond arall', oedd yn crynhoi maint eu haberth. Diolchodd i aelodau'r pwyllgor apêl am eu gwasanaeth ac i bawb a gyfrannodd tuag at y gofeb hardd fel nad âi'r aberth hwnnw fyth yn angof. A hynny oll heb fradychu dim o'r euogrwydd o'i mewn.

Roedd gweinidog y Capel Mawr yn ôl wrth y llyw, ac yno i aros.

\* \* \*

Cyfrannodd trigolion ardal Bethesda yr un mor hael at eu cofeb hwythau, er bod y cymylau'n amlhau a sŵn terfysg yn yr awyr. Ym Mraich y Cafn, roedd y rhai ifanc eisoes yn hogi'u harfau ar gyfer y frwydr oedd i ddod.

'Streic fydd hi, gewch chi weld,' gwaeddodd Bob bach gan chwifio'i ddyrnau yn yr awyr.

A'r diwrnod y ceisiodd ei dad apelio ar chwarelwyr Ponc Twll Dwndwr i bwyllo yn fyw yn ei gof, meddai Tom,

'Dal yn ôl fydda'r peth doetha. Rhoi cyfla i'r gweithwyr a'r meistri drafod be sy bosib 'i neud.'

Crechwenodd Bob arno.

'Un o'r brain duon oeddach chi adag y streic fawr, 'te, Tom Evans?'

Gafaelodd Joseff yn ei war.

'Cau di dy geg, y llo cors. Be wyddost ti am ddim?'

'Does 'na'm disgwyl iddo fo wbod, Jo.'

Antur a her fyddai'r streic i Bob bach fel i'r bechgyn a ruthrodd i listio yn nyddiau cynnar y rhyfel, yn ysu am gael chwarae sowldiwrs. Fel i Now Morgan a gafodd ei ddial ar deulu'r gynffon drwy droi geiriau'n gerrig. Ond gwyddai Jo, oedd yn ei feio ei hun am farwolaeth ei frawd bach oherwydd iddo ef fynnu sefyll allan, a Tom, y bu i'w dad ei foddi ei hun yn llyn Allt Rocar am na allai ddygymod â'r segurdod, pa mor erchyll y gallai'r canlyniadau fod. Ugain mlynedd yn ôl, roedd tenantiaid y tŷ a rannwyd wedi gweddïo am nerth i'w ailadeiladu, garreg wrth garreg. Ond heddiw, ar waetha'r ymdrech a'r dioddef a fu, roedd y muriau'n bygwth dymchwel o'u cwmpas unwaith eto.

Y noson honno, eisteddai Elen Evans a Tom wrth y bwrdd yn rhif ugain Llwybrmain.

'Gymri di ragor, 'ngwas i?'

'Fedrwn i'm bwyta 'run tamad arall, er mor flasus ydi o.'

'Roedd hon drws nesa'n deud fod petha'n o ddrwg tua'r chwaral.'

'Ydyn, mae arna i ofn. Sôn am streicio mae'r dynion.'

'Be sy arnyn nhw, d'wad? Pam na fedar pawb fyw'n gytûn?'

'Rydw i'n gobeithio na ddaw hi ddim i hynny.'

'Fydda 'na ddim streic na rhyfal 'tasa pawb fel dy dad. Roedd o'n ddigon bodlon ar ga'l gweithio diwrnod gonast a dŵad adra at 'i deulu.'

'Ac mi gafodd neud hynny tan y cloi allan.'

'Do, drwy drugaradd. Mi gliria i'r llestri 'ma. Rho ditha ragor o goed ar y tân.'

'Awydd chydig o awyr iach sy gen i.'

'Fydda ddim gwell i ti gymryd gorffwys ar ôl bod yn ymlafnio drwy'r dydd? Mynd i'w chyfarfod hi w't ti, 'te?'

'Ia, Mam, i gyfarfod Grace.'

A hithau wedi edrych ymlaen at gael rhannu oriau'r min nos, ni cheisiodd Elen guddio'i siom, ac meddai'n swta,

'Dos di, os mai dyna w't ti 'i isio.'

A dyna'r cwbwl oedd o ei eisiau. Cael ailbrofi'r llawenydd a deimlodd yr haf hwnnw pan oedd y dyfodol yn olau i gyd. Gallu mentro croesi'r bont fregus gan wybod y byddai Grace yno'n ei ddisgwyl, a gadael y dyddiau blin y tu cefn iddo.

'Does dim rhaid i chi aros amdana i.'

'Dydw i rioed wedi peidio gneud.'

Wedi iddi olchi'r llestri ac estyn popeth oedd ei angen ar gyfer y bore, eisteddodd Elen wrth y tân a'i fwydo â'r coed bob hyn a hyn er mwyn ei gadw ynghynn. Roedd y nos wedi meddiannu'i chegin cyn iddi symud o'i chadair. Goleuodd y lamp olew a'i gosod ar silff y ffenestr. Yna, a hithau wedi cyflawni'r cyfan oedd o fewn ei gallu, dychwelodd at y tân i aros am Tom.

gomer

# RHANNU'R TŶ
# Eigra Lewis Roberts

Dewch yn ôl i Fethesda ar ddechrau'r ugeinfed ganrif, adeg streic Chwarel y Penrhyn – digwyddiad a seriwyd ar gof y genedl. Y cloi allan hwnnw, a'r caledi enbyd a ddaeth yn ei sgil, yw cefndir y nofel newydd, eithriadol hon gan Eigra Lewis Roberts.

Ystyr yr enw 'Bethesda' yn y Beibl yw 'tŷ tangnefedd' – eironig iawn, o ystyried nad yw'r pentre yng nghysgod y chwarel yn Nyffryn Ogwen yn lle tangnefeddus o gwbl adeg y Streic Fawr. Mae hynny hefyd yn rhoi ystyr ehangach i'r teitl, *Rhannu'r Tŷ*, rhaniad sy'n ymgorffori cartrefi unigol, teuluoedd, capeli a'r pentref i gyd. Wrth i gymdeithas Bethesda gyfan gael ei rhannu, all neb sefyll o'r neilltu. Gall ambell un ddal yn gadarn wrth y gred mai rhyfel cyfiawn yw'r streic a bod Duw o'u plaid. Mae'r mwyafrif yn llawn ofnau ac amheuon. Yn y rhannu hwn, gwelir pobl ar eu gorau ac ar eu gwaethaf, yn ceisio ymdopi nid yn unig â'r frwydr allanol ond â'r frwydr fewnol sy'n bygwth dinistrio gobeithion, perthynas a chyfeillgarwch, am byth.

ISBN 1 84323 320 7 £8.99

# Fy Hanes i

# STREIC

*Dyddiadur*

*Ifan Evans, Llwybrmain, Bethesda, 1899-1903*

NID OES

BRADW

YN Y  **Eigra Lewis Roberts**

*Dydd Sul, Rhagfyr 31, 1899*

*Gan mai fi pia'r dyddiadur 'ma, mae'n debyg y bydda'n well i mi roi fy enw a 'nghyfeiriad arno fo.*

*Ifan Evans*
*20 Llwybrmain*
*Douglas Hill*
*Bethesda*
*Sir Gaernarfon*
*Cymru*
*Prydain Fawr*
*Y Byd*

*Mae 'na fap o'r byd ar y wal yn ysgol Bodfeurig. Dim ond sbotyn ydi Cymru arno fo, a dydi Prydain Fawr hyd yn oed, er ei bod hi mor bwysig, yn ddim ond tamad bach. Ond mae Llwybrmain, Douglas Hill, yn ddigon mawr i mi.*

ISBN 1 84323 246 4

£4.99

'Mi faswn i'n iawn oni bai am y gwybad bach yma.'
'Mi fydda pawb yn iawn oni bai am rwbath.'

# Eigra Lewis Roberts

# ONI BAI

Deg o storïau byrion sydd yn y casgliad
gwefreiddiol hwn gan Eigra Lewis Roberts, a phob
un yn benthyca o hwiangerdd neu rigwm yn y teitl.
Mae pob stori yn ei ffordd ei hun yn peri i ni
feddwl faint y mae bywyd rhywun yn troi ar un
digwyddiad neu ffactor – ac oni bai am hynny, pa
mor wahanol fyddai pethau?

Dyma gyfrol aeddfed a chaboledig gan awdures
sy'n feistr corn ar y grefft o lunio stori fer.

ISBN 1 84323 563 3                    £6.99